A ILHA

Obras do autor publicadas pela Editora Record

A corrente
A ilha

ADRIAN McKINTY

A ILHA

Tradução de
João Pedroso

1ª edição

EDITORA RECORD
RIO DE JANEIRO • SÃO PAULO
2023

CIP-BRASIL. CATALOGAÇÃO NA PUBLICAÇÃO
SINDICATO NACIONAL DOS EDITORES DE LIVROS, RJ

M144i   McKinty, Adrian
         A ilha / Adrian McKinty ; tradução João Pedroso. – 1. ed. – Rio de Janeiro : Record, 2023.

         Tradução de: The island
         ISBN 978-65-5587-675-8

         1. Ficção inglesa. I. Pedroso, João. II. Título.

23-82714   CDD: 823
                            CDU: 82-3(410.1)

Meri Gleice Rodrigues de Souza – Bibliotecária – CRB-7/6439

Título original:
The Island

Copyright © 2022 by Adrian McKinty

Este livro foi publicado mediante acordo com Little, Brown and Company, Nova York, Nova York, EUA.

Trecho de *A tempestade* retirado de: SHAKESPEARE, William. *A tempestade*, ato III, cena II. Tradutor José Francisco Botelho. São Paulo: Penguin-Companhia das Letras, 2022. E-book.

Os personagens deste livro visitam as terras do povo bunorogue. O autor gostaria de agradecer aos guardiões tradicionais dessas terras e prestar respeito ao passado e ao presente de seus anciões. Os povos originários foram os primeiros contadores de história dessa terra, que sempre foi e sempre será aborígene.

Texto revisado segundo o Acordo Ortográfico da Língua Portuguesa de 1990.

Todos os direitos reservados. Proibida a reprodução, no todo ou em parte, através de quaisquer meios. Os direitos morais do autor foram assegurados.

Direitos exclusivos de publicação em língua portuguesa somente para o Brasil
adquiridos pela
EDITORA RECORD LTDA.
Rua Argentina, 171 – Rio de Janeiro, RJ – 20921-380 – Tel.: (21) 2585-2000,
que se reserva a propriedade literária desta tradução.

Impresso no Brasil

ISBN 978-65-5587-675-8

Seja um leitor preferencial Record.
Cadastre-se no site www.record.com.br e receba informações
sobre nossos lançamentos e nossas promoções.

Atendimento e venda direta ao leitor:
sac@record.com.br

Calma: esta ilha é cheia de rumores,
De sons, doces acordes e toadas
Que só trazem deleite e não machucam.
    William Shakespeare, *A tempestade*, 1611

Eu me encho
Do azedo e do doce,
Antes
que aquilo,
aquela coisa,
lá de fora
Chegue.
    Oodgero Noonuccal, "Not My Style"

Um corvo de olho amarelo e desconfiado a observava do eucalipto chamuscado por um raio.

O corvo era a morte.

Se grasnasse, ela estaria morta. Se voasse em direção a Jacko, e ele se virasse para olhar, ela estaria morta.

Com a cabeça meio virada, o corvo a observava.

Ela engatinhou pela grama quebradiça, chegou ao tronco, parou e recuperou o fôlego.

Secou o suor da testa com a barra da camiseta e sugou toda a umidade que conseguiu do tecido.

Parou por um instante para se recompor e passou furtivamente pela árvore até chegar ao limiar da charneca. Agora, não havia mais nada entre ela e Jacko. Nenhuma vegetação. Nenhum esconderijo. Não fazia nem mais sentido continuar engatinhando.

Devagar, bem aos poucos, ela se levantou.

Com cuidado, passou o facão da mão esquerda para a direita. Era um troço velho e pesado, todo enferrujado. Ela segurou firme o cabo de madeira lascado e torceu para que não se despedaçasse quando fosse brandido.

Estabilizando-se, ela avançou com cautela.

Já tinha matado antes — salmões, trutas e patos.

Mas isso era diferente, não era? Bem diferente.

Era um ser humano.

Jacko estava sentado de costas para ela, escarranchado num barril de óleo. A carabina pré-histórica presa no ombro parecia letal o bastante de onde ela estava.

Descalça sobre rochas e cascalho, ela se aproximou lentamente.

Na baía, algo enorme se moveu debaixo da água não muito longe da orla. Foi uma decisão acertada não buscar segurança a nado. Aquilo era uma barbatana cheia de cicatrizes de um tubarão-branco. Jacko também o tinha visto. Ele se levantou, pegou a carabina do ombro e atirou no bicho. A arma disparou com um estouro poderoso que rasgou a calmaria. Garças e gaivotas levantaram voo da charneca.

Ela olhou para o corvo lá atrás.

Parecia inabalado. Continuava empoleirado no mais alto dos galhos escurecidos, encarando-a. Cenas como essa não eram novidade para ele. Sem sombra de dúvida, estava esperando carniça em breve.

Jacko claramente tinha errado o alvo.

— Merda! — disse ele consigo mesmo e se levantou empunhando a carabina enquanto o tubarão mergulhava e sumia.

Ela esperou até ele soltar a arma, mas Jacko não soltou.

Só ficou lá, encarando a água.

Olivia continuava esparramada na frente dele, imóvel.

O walkie-talkie chiou.

Jacko puxou o ferrolho, e um cartucho caiu na areia. Colocou o ferrolho de volta no lugar, e uma nova bala deslizou para a câmara.

Se ela fizesse qualquer barulho agora, e Jacko se virasse, sabia que ele lhe daria um tiro no peito à queima-roupa. Ela tinha conhecimento sobre armas e havia fingido gostar do assunto para passar o tempo com o pai. Sabia que o ferimento de saída de uma .303 a essa distância seria do tamanho de uma bola de beisebol.

Ela continuou parada, esperando que ele voltasse a pendurar a carabina no ombro, mas Jacko continuou observando o mar enquanto murmurava baixinho.

O sol estava às costas dela, e sua sombra crescia centímetro a centímetro em direção ao campo de visão de Jacko. Não gostava nem um pouco disso. Se houvesse qualquer outra forma de se aproximar dele, ela teria usado, mas não havia. Se ele sequer olhasse de relance para a esquerda, veria a pontinha da silhueta dela.

Pelo menos ela estava contra o vento.

As gaivotas pousaram. As garças pararam sobre a água.

O sol castigava os braços e o pescoço expostos dela.

Enfim, Jacko pendurou a carabina de volta no ombro e se sentou. Pegou isqueiro e cigarros. Acendeu um e guardou o isqueiro no bolso.

Ela ensaiou dar um passo à frente. A sombra se moveu junto.

Jacko não se mexeu nem um centímetro. Ela estava agora a menos de cinco metros de distância. Ele se inclinou para trás e soprou fumaça para o céu. Mais um passo. Dedos, depois a sola e por fim o calcanhar. O pé ia com o mais suave dos toques sobre a praia coberta de pedras.

Dedos, sola, calcanhar.

Mais um passo.

E outro.

Até que...

Uma pontada forte e curta de pura dor.

A ponta irregular de uma garrafa velha quebrada tinha perfurado a pele do seu calcanhar.

Ela mordeu o lábio para conter o grito. Sua sombra dançava de um lado para o outro; pelo jeito, tentando chamar a atenção de Jacko. Piscando para afastar as lágrimas, ela cruzou as pernas e se sentou. Estava sangrando, mas o vidro não tinha penetrado muito fundo. Segurou o caco e o puxou com delicadeza. Lambeu o dedão, esfregou-o no machucado e começou a se sentir melhor. Pegou uma pedra lisa e pressionou o corte com ela. O sangramento diminuiu. Tinha que bastar. Ela não podia ficar ali sentada o dia inteiro.

Levantou-se de novo e deu alguns passos incertos.

Sua sombra traidora agora estava inteira no campo de visão de Jacko.

Mais perto.

Dava para ler o que estava escrito nas costas da regata amarela encharcada de suor dele. Havia uma estrela vermelha em cima das palavras BINTANG BEER.

Dava para sentir o cheiro dele. Fedia a cê-cê, fumaça de cigarro e óleo de motor.

Completo silêncio. Os ecos do tiro de carabina tinham sumido, e o único som era o da água do mar correndo pelo canal.

À esquerda, o pouco que sobrou da neblina matinal evaporava à luz do sol. O ar se enchia de expectativa pelo calor que estava por vir. Seria um forno. Mais de 43 graus fácil, fácil.

Era, lembrou ela, 14 de fevereiro. Engraçado como as estações aqui eram ao contrário. Em casa, estaria uns 4 graus ou até menos.

Dia dos Namorados.

Há exatos doze meses, Tom apareceu para a primeira sessão de massoterapia na clínica de West Seattle. Estava nevando. Quando ele se deitou na maca, ainda tinha flocos de neve no cabelo.

Quanta diferença um ano fazia.

Naquela época, ela não tinha filhos, podia ficar desempregada a qualquer momento e morava num apartamento úmido perto da praia de Alki. Agora, era casada, responsável por duas crianças e estava prestes a matar um homem que mal conhecia numa praia diferente do outro lado do mundo.

Ela deu mais três passos com cuidado e ergueu o facão.

1

A placa dizia ALICE SPRINGS 25, TENNANT CREEK 531, DARWIN 1.517. Ela levou um ou dois segundos para absorver a informação.

Se acabassem perdendo a saída para Alice, teriam que percorrer mais 500 quilômetros para conseguir água, comida e gasolina. Ela olhou pelas janelas para os dois lados da estrada vazia e não viu absolutamente nada. Tinha uns vinte minutos que o rádio sintonizava e perdia o sinal, mas parecia que o sinal estava ficando um pouco melhor. Quase dava para ouvir John Lennon cantando sobre um sedã que subia a estrada devagar.

Conseguia identificar praticamente todas as músicas dos Beatles com apenas um ou dois compassos ou um trechinho qualquer da letra. Seus pais e quase todo mundo na ilha de Goose endeusavam John Lennon e, como os sinais de TV e internet eram instáveis, música acabava sendo uma coisa ainda mais importante. A canção terminou, e o DJ começou a tagarelar.

— Essa foi "Come Together", a primeira faixa de *Abbey Road*. E antes dela a gente ouviu "Hey Jude". Alguém aí sabe me dizer de que álbum é "Hey Jude"?

O DJ parou de falar por um instante para que os ouvintes pudessem responder.

— Não era de álbum nenhum, foi só um single lançado num compacto simples — sussurrou Heather.

— Nem precisa ligar, pessoal. Isso não é uma competição. É uma pegadinha. "Hey Jude" nunca foi lançada em nenhum álbum original dos Beatles, só nas compilações. Bom, minha gente, espero que tenham aproveitado o clima ameno da meia-noite, porque acabamos de atingir a temperatura mais baixa do dia: 36 graus Celsius, ou, para os velhotes, 96,8 graus Fahrenheit.

Dormindo, Tom resmungou, e ela baixou o volume. Ele tinha uma manhã cheia pela frente, e cada segundo de sono agora ia ajudar. Ela se virou para dar uma olhada nas crianças. Estavam dormindo também. Embora até meia hora atrás Owen estivesse no celular na esperança de que algum Wi-Fi se materializasse do nada no meio do deserto. Olivia capotou bem mais cedo. Heather verificou se o cinto de segurança dos dois estava bem preso e voltou a atenção para a estrada vazia.

Seguiu dirigindo.

O câmbio barulhento. As mariposas na luz do farol. O rolar dos pneus do Toyota no asfalto.

Ela refletiu como a montagem dos filmes do Mad Max era boa para apagar o tédio das viagens de carro pelo interior da Austrália. A paisagem de Uluru era toda assim. Fazia qualquer um sentir saudade do empolgante engarrafamento matinal da West Seattle Bridge. Não havia nenhum outro carro por ali; só o barulho do Toyota e do rádio sintonizando e perdendo o sinal. Não havia ninguém nos arredores, mas, perto de uma placa que informava manutenção na pista, ela viu grandes máquinas cor de terra cobertas de poeira que pareciam mastodontes sonolentos na estrada de acesso.

Ela seguiu em frente e começou a ficar preocupada de ter pegado alguma saída errada. Não havia nenhum sinal de cidade ou aeroporto. O GPS não atualizava fazia um tempo, e, de acordo com ele, ela estava perdida numa imensidão branca e vazia em algum lugar do Território do Norte.

O desconforto aumentou quando a estrada ficou pior. Ela procurou algum sinal de vida à frente e dos lados.

Nada.

Que merda. Lá atrás, naquela obra, ela deve ter pegado a saída err...

Um imenso canguru cinza apareceu do nada diante dos faróis.

— Merda!

Ela pisou com tudo nos freios, e o Toyota estremeceu até parar com uma desaceleração alarmante. Tom e as crianças foram para a frente, mas voltaram para trás, puxados pelos cintos de segurança.

Tom grunhiu. Olivia choramingou. Owen resmungou. Mas ninguém acordou.

— Uau — disse ela, encarando o canguru.

O animal continuava lá, a pouco mais de um metro do carro. Um segundo a mais e teriam sofrido um acidente grave. Suas mãos tremiam. Estava difícil respirar. Ela precisava de ar. Colocou o carro em ponto morto, deixou os faróis acesos e desligou o motor. Abriu a porta e saiu. A noite estava quente.

— Xô — falou para o imenso canguru. — Não tenho como seguir viagem se você ficar no meio da estrada.

Ele não se mexeu.

— Xô! — repetiu e bateu palmas.

O canguru continuou encarando o carro. Como é que ele não entendia a linguagem universal do "xô"?

— O farol deve ter cegado o bicho. Apaga os faróis — disse uma voz saída da escuridão à direita.

Heather deu um pulo, virou-se e viu um homem a alguns metros, no deserto. Quando soube que ela ia para a Austrália, Carolyn falou das "cobras e aranhas mais mortais do mundo" e, como isso não surtiu efeito, mandou uma lista de filmes sobre viajantes pedindo carona e assassinados por maníacos no interior do país.

— Chega a ser um gênero cinematográfico, Heather! Só pode ser baseado na vida real — disse Carolyn então.

Heather assistiu a apenas um deles, *Wolf Creek: viagem ao inferno*, que já foi assustador o bastante.

— Não quis assustar você — disse o homem.

O coração dela batia forte, mas a voz do sujeito era tão tranquila, tão gentil e inofensiva que a acalmou imediatamente.

— Hum, desculpa. O que foi que você disse sobre os faróis, mesmo? — perguntou.

— Os faróis devem ter cegado o canguru. Apaga e espera um minutinho — repetiu o homem.

Ela esticou o braço para dentro do Toyota e apagou os faróis. O homem esperou alguns segundos e então foi até a estrada.

— Vamos lá, amigão! Sai daí! — disse ele e bateu palmas.

O canguru virou a cabeça, olhou para os dois com certa indiferença e depois, sem pressa nenhuma, pulou noite adentro.

— Bom, por essa eu não esperava. Obrigada — agradeceu Heather, oferecendo a mão para cumprimentar o sujeito.

Ele aceitou a gentileza. Tinha mais ou menos um e setenta de altura, uns 60 anos e cabelo preto e cacheado. Usava um suéter vermelho, bermuda jeans e chinelos. Fazia uma semana que estavam na Austrália, mas aquele era o primeiro aborígene que Heather encontrava. Bem ali no meio do nada.

— Você não deve ser daqui — disse o homem.

— Não mesmo. O meu nome é Heather, sou de Seattle. Hum... Nos Estados Unidos.

— Eu sou Ray. Também não sou daqui. A gente só veio para o festival. Eu e o meu povo, na verdade.

— O seu povo?

— Ã-hã, a gente acabou de chegar para o festival. A gente vem todo ano.

Assim que seus olhos se ajustaram à escuridão, ela percebeu que havia várias pessoas no deserto com o sujeito. Na verdade, era um acampamento inteiro, com talvez umas vinte ou trinta pessoas. Velhos e crianças. A maioria dormia, mas algumas estavam ao redor das cinzas de uma fogueira.

— Para onde você está tentando ir? Alice? — perguntou Ray.

— Estou tentando chegar no aeroporto. Se eu continuar nessa estrada...

— Que nada, eles deviam era ter sinalizado melhor. Essa estrada só vai contornar o mato. É só voltar até onde você viu as obras na pista e pegar a direita. Vai chegar em Alice em uns quinze minutos. Não vai ter trânsito.

— Obrigada.

Ray fez que sim com a cabeça. Os dois ficaram ali, meio sem graça, por um instante. Ela percebeu que não queria que a conversa acabasse.

— Que festival é esse que você mencionou? — perguntou.

— O Festival de Alice Springs. É o evento do ano por essas bandas. Os brancos não gostam que a gente fique pela cidade, mas não têm como impedir que a gente venha para o festival.

— Mas como é esse festival? É tipo uma quermesse?

Ray concordou com um aceno de cabeça.

— Quase isso, acho. É uma exposição de gado, mas tem comida e música também. Brinquedos para as crianças. Tem gente que vem de centenas de quilômetros de distância. Costuma acontecer em julho, só que vai ser mais cedo esse ano. Vêm povos de todo o território, alguns até lá de Queensland. Eu e o meu povo estamos andando já faz três dias.

Ela olhou impressionada para o "povo" dele mais uma vez. Aquela gente (avós, pais, mães e crianças) estava atravessando o deserto havia três dias?

— Os pequenos ali nunca viram uma estadunidense. Para eles, vai ser novidade. Você se importa de dar um oi? — perguntou Ray.

Heather passou alguns minutos conhecendo os familiares de Ray (os que estavam acordados, pelo menos). Nikko, a neta, e a esposa dele, Chloe. Chloe ficou admirada com seus brincos, e Heather implorou a ela que os aceitasse em agradecimento à ajuda de Ray na estrada. O presente foi aceito, mas não antes de ele dar a Heather um pequeno canivete que ele mesmo tinha feito.

— Eu vendo no festival. Madeira de *jarrah* e ferro meteórico — contou.

— Ferro meteórico?

— Isso. Daquele meteoro que caiu lá em Wilkinkarra.

O canivete tinha emus e cangurus entalhados de um lado e o que ela deduziu ser a Via Láctea do outro. Era lindo. Heather fez que não com a cabeça.

— Não posso aceitar de jeito nenhum! Deve custar centenas de...

— Tenho sorte se consigo vinte pratas por cada. É de coração. Uma troca. Os seus brincos pela faca. Viu a argola ali embaixo? Me falaram que, se você colocar as chaves ali e botar o canivete na bandeja ao lado do detector de metais junto com o celular, dá até para pegar avião com ele. Pensam que é só um chaveiro ou algo do tipo.

Não tinha como convencer Ray a pegar de volta o presente, então ela aceitou de bom grado. Voltou para o Toyota, acenou em despedida e refez a jornada até a placa que indicava obras na pista. Desta vez, pegou a saída correta para Alice. Conforme a cidade se aproximava, a estrada ficava mais firme. Casas e lojas saíam da escuridão. Ela viu fogueiras de acampamentos e mulheres reunidas ao redor das chamas. Mais nativos que, pelo visto, deviam ter vindo para o festival.

O celular recuperou o sinal do GPS. O rádio voltou à vida.

— No próximo cruzamento, pegue a direita para chegar ao aeroporto de Alice Springs — anunciou o Google Maps de repente com um animado sotaque australiano.

Dez minutos depois, Heather estava no aeroporto. Dirigiu até o estacionamento da locadora de carros e desligou o veículo. Uma placa dizia NÃO ALIMENTE DINGOS, CACHORROS SELVAGENS OU GATOS FERAIS acima de um desenho de um cachorro com ar triste e um gato indiferente. Ela se certificou de que as portas estivessem trancadas e deixou todo mundo dormir mais um pouquinho.

— Chegamos — disse, por fim, e sacudiu Tom com gentileza.

Ele se espreguiçou.

— Ah, que bom. Obrigado, amor. Eu podia ter dirigido um pouco! Era só ter me acordado. Teve algum problema?

— Até que não, mas teve um canguru que parou no meio da estrada — respondeu ela enquanto prendia o canivete no chaveiro.

— Você viu um canguru e não acordou a gente? Qual é, Heather! — resmungou Owen do banco traseiro antes de se agitar num bocejo.

Acordaram Olivia, pegaram a bagagem e foram andando atordoados e sonolentos até o terminal de embarque. Estavam três horas adiantados. Tom jamais se atrasou para um voo e não ia começar agora. O aeroporto estaria deserto se não fosse por um casal gótico todo montado que, pelo visto, não se parecia em nada com as fotos dos passaportes. Quando chegou a vez de Heather passar pela máquina de raios X, ela sorriu para a segurança.

— Esses góticos de hoje em dia... Vou te contar. Maquiagem demais e catedrais de menos — disse. A mulher pensou na própria piada por um instante e riu baixinho. Em seguida, acenou para toda a família passar.

Ninguém confiscou o canivete para sorte de Heather, já que ele salvaria a vida dela dali a dois dias.

2

Conduziram um Owen e uma Olivia morrendo de sono até o portão. O embarque foi liberado mais cedo, e eles eram os únicos passageiros da classe executiva; na verdade, eram praticamente os únicos passageiros no avião inteiro. Tom sempre ficava nervoso ao voar. Pela figura profissional dele, ninguém imaginaria que ficasse nervoso, mas ficava. Quando foi à clínica de massagem pela primeira vez, Heather percebeu quase de imediato que seus problemas nas costas não eram resultado de uma "antiga lesão de esqui", mas sim da tensão acumulada nos ombros e na lombar. Médicos normalmente eram os mais céticos em relação aos benefícios de uma boa massagem, mas ela só precisou apertar bem, e, no fim da primeira sessão, Tom já estava oitenta por cento melhor. Ele continuou indo para a massoterapia mais pela conexão entre os dois que por qualquer "lesão".

Os comissários de bordo começaram a dar os avisos de segurança. Ela deu um tapinha na perna de Tom, e ele lhe ofereceu um sorriso.

— Estou com fome — disse Owen.

Heather procurou dentro da mochila e lhe ofereceu uma barra de cereal. Ele fez que não com a cabeça.

— Dessa não! Pelo amor de Deus, Heather, você sabe que eu odeio isso!

— A gente comeu todas as de morango. Só sobraram essas — explicou Heather.

— Então deixa para lá! — resmungou Owen.

Ele colocou de volta os fones de ouvido, puxou o capuz, conectou o celular no carregador e voltou para o seu joguinho de corrida.

Heather meditou um pouco enquanto o avião taxiava. *Tudo faz parte da jornada*. Seu cansaço era a jornada, a cara feia de Owen era a jornada, a tensão de Tom era a jornada e o rostinho lindo e sonolento de Olivia era a jornada.

Decolaram um pouquinho antes do amanhecer, e a vista do lado esquerdo da aeronave era espetacular, o sol nascendo sobre o que parecia uma imensidão vermelha e vazia. A Austrália era quase tão grande quanto os Estados Unidos, mas tinha menos de um décimo da população. Um deserto ocre, vermelho e escarlate. Imensos saaras de uma vastidão vazia de óxido de ferro interrompidos por grandes pedras de arenito que pareciam lápides de uma raça de gigantes havia muito extinta. Ela pensou em Ray e seu povo atravessando tudo aquilo para chegar ao festival. Era inacreditável.

Seus olhos estavam pesados. *Vou descansá-los só um pouquinho*, pensou.

Acordou quando pousaram em Melbourne. Tinha sonhado com Seattle. Com a neve sobre o bosque do parque Schmitz.

— Onde é que... — começou a dizer, mas então a memória veio.

O aeroporto era igualzinho a todos os outros, e a cidade, vista do banco traseiro de um SUV enorme, parecia-se com todas as outras. Tom estava na frente, conversando com Jenny, a representante do congresso. Heather ia atrás, ao lado de Olivia, ainda grogue de sono. Owen estava acordado agora, com o rosto enfiado no seu livro sobre cobras australianas, a cabeça coberta pelo capuz do casaco, sem olhar pelas janelas. Tom e seus amigos da geração X costumavam comentar nos jantares como ficavam preocupados porque *millennials* e as crianças da geração Z não "se envolviam de verdade com o mundo", mas Heather achava que Owen não tinha nenhuma culpa. O mundo havia lhe tirado sua querida mãe pouco antes do seu aniversário de 12 anos. O mundo tinha enfiado na vida dele uma estranha magrela que deveria ser sua "nova mãe". Que palhaçada!

— Coloquei vocês em um Airbnb perto da praia, conforme solicitado — disse Jenny enquanto se inclinava para olhar para Heather. Era jovem, na casa dos 20, com cabelo cor de cobre e sorridente.

— Mas eu não pedi... — começou a se explicar Heather.

— Eu que pedi, amor — falou Tom. — É muito melhor que o hotel do congresso. Já dei uma olhada pela internet. É ótimo. Uma casa longe de casa.

— Ah, claro. Tudo bem — concordou Heather, embora, no íntimo, estivesse animada para curtir o serviço de quarto e alguns mimos enquanto Tom fazia as coisas do congresso.

Dirigiram pela orla reluzente de Melbourne e passaram por um farol e uma marina no caminho. Havia palmeiras, praia e um oceano índigo.

Tom gentilmente cutucou Olivia e disse:

— Isso me lembra: por que a gente nunca vê um elefante se escondendo atrás das palmeiras?

— Por quê? — perguntou Olivia, morrendo de sono.

— Porque eles se escondem muito bem.

— Chega dessas piadas de tio do pavê! — implorou Olivia.

— Achei engraçada — sussurrou Heather.

Tom deu uma risadinha, pegou a mão de Heather e deu um beijinho nela.

— Mas eu não me arriscaria a abandonar a medicina para tentar uma carreira em stand-up — acrescentou Heather.

— Lá vem você arruinando os meus sonhos — disse Tom e deu um tapa na própria testa.

— Está gostando da Austrália, Heather? — perguntou Jenny.

— É a primeira vez que saio dos Estados Unidos! Então estou, sim, tudo é muito empolgante — respondeu Heather.

— Já passou o jet lag?

— Quase, acho. A gente passou dois dias em Sydney e dois em Uluru. Vai ficando mais fácil a cada manhã.

— E com o que você trabalha? — perguntou Jenny.

— Sou massoterapeuta — respondeu Heather. — Agora, fico mais cuidando das crianças, mas ainda tenho uns clientes rabugentos que se recusam a ir em outro lugar.

— Minha amiga Kath é fisioterapeuta — disse Jenny. — Kath é tão engraçada. Ela tem cada história. E ela é durona. Faz os velhinhos completarem os exercícios bem direitinho. Ela sempre diz que a diferença entre um fisioterapeuta e um terrorista é que com um terrorista talvez dê para negociar.

— No momento ainda não tenho licença para praticar fisioterapia — falou Heather, mesmo sabendo que Tom odiava quando ela mencionava isso.

— Olha, chegamos na baía — continuou Jenny. — É bem aqui. O clima vai estar perfeito para a praia. Vocês gostam de praia, certo, crianças?

Ninguém respondeu. Entraram numa rua residencial silenciosa chamada Wordsworth e pararam ao chegar a uma grande casa modernista retangular.

— Tem piscina. Você e as crianças podem nadar enquanto eu trabalho — disse Tom com um sorriso largo.

Ele ficava tão bonito quando sorria, refletiu Heather. Fazia com que parecesse mais novo. Na verdade, Tom estava maravilhoso para a idade. Qualquer um lhe daria uns trinta e tantos anos, mas na verdade ele tinha 44. Não tinha praticamente nenhum fio grisalho, e a dieta o mantinha magro. O cabelo agora estava maior que o normal, e naquela manhã as mechas caíam pela testa como a asa de um jovem corvo. De acordo com o perfil publicado na matéria "Os melhores médicos de Seattle", os olhos dele eram de "um azul severo e frio". Mas não para ela. Para ela, eram olhos azuis inteligentes e brincalhões. Amorosos.

Jenny os ajudou a levar as malas até a varanda.

— Alguém precisa usar o banheiro? Os banheiros daqui são tudo de bom. Heather? Parece que está precisando fazer o número dois, hein.

— Hum... Estou bem.

— A casa é ótima. Só do bom e do melhor para um dos nossos principais palestrantes. O dono daqui é um escroto, mas esse lugar é incrível.

Entraram numa grande sala de estar de plano aberto, com sofás de couro e almofadas e tapetes que pareciam custar uma fortuna.

— Os quartos ficam lá em cima — informou Jenny. — Todos têm vista para o mar.

— Tenho que ir para a abertura do evento — disse Tom a Heather. — Mas volto à noite. Relaxem e divirtam-se.

Heather deu um beijo na bochecha de Tom e lhe desejou boa sorte.

— Se cuida, amor — acrescentou ela enquanto se sentava.

Jenny deu um sorriso.

— Pode deixar que eu cuido dele. É o meu trabalho. Alguma dúvida?

— Hum... O que é um escroto? — perguntou Heather.

— O saco onde ficam os testículos — respondeu Jenny.

Heather fez cara de nojo.

— Não literalmente, amor — disse Tom. — É só uma expressão.

E então, simples assim, a assistente e Tom partiram.

— Caramba, olha o que a Cardi B acabou de postar! — disse Olivia, mostrando o celular.

— Ah, por favor, né. Por que é que essa aí ainda se dá ao trabalho? Ela não passa de uma Nicki de quinta categoria — disse Owen.

Olivia riu.

— Sabe aquela história com o Drake? Ele nunca ia trabalhar com ela.

— Vocês estão falando do Drake... o rapper? — arriscou Heather.

— Sério, Heather. Nem tenta — disse Olivia. — Você não faz a menor ideia do que a gente está falando.

Owen ia colocar mais lenha na fogueira, mas foi dominado por outro bocejo, e aí Olivia bocejou também. Heather os levou lá para cima e apressou os dois para o quarto. Graças a Deus ninguém se opôs.

Escolheu um quarto para ela e Tom. Tinha vista para a rua, para o farol e era decorado num estilo meio asteca. Quando foi dar uma olhada para ver se as crianças queriam comer alguma coisa, encontrou as duas cochilando na cama.

Heather tirou os tênis de Owen e o cobriu com o edredom. Fez o mesmo com Olivia, fechou as cortinas e voltou para o quarto de casal. A organização do congresso providenciou uma garrafa de vinho tinto, provavelmente caríssimo. Ela a abriu, serviu-se de uma taça, chutou os tênis *slip-on* e tirou a camiseta e o jeans. Colocou um roupão e estava prestes a entrar no banho quando notou a porta que levava à piscina no terraço. Era pequena, mas funcional.

O biquíni estava guardado numa das malas, mas o terraço era protegido por uma tela que oferecia privacidade. Heather levou a taça de vinho à borda da piscina, tirou o roupão e se jogou na água azul gelada. Ela se permitiu chegar ao fundo da piscina e deixou todo o longo caminho que tinha percorrido dirigindo, a terra, as dores e os desconfortos irem embora aos poucos.

Tudo foi muito mais estressante do que ela havia imaginado, as crianças vinte e quatro horas por dia sem escola nem amigos com que se distrair. Abriu os olhos e fitou o imenso céu azul índigo australiano pelas lentes da água da piscina. Parecia muito o céu do estuário de Puget, mas também estranhamente alienígena.

Já fazia trinta segundos que estava prendendo a respiração.

Ela sabia que seria uma viagem difícil, mas não tinha a menor ideia do quanto. Nos últimos cinco dias, praticamente não teve um momento só seu.

Crianças eram linhas de pesca que capturavam as pessoas em suas crueldades, vontades, dedos grudentos, dramas e decepções. O complexo industrial das mães fazia parecer que era tudo abraços, fogueiras e escolinhas de futebol, mas isso era papo furado.

Ela emergiu da água aos trinta e cinco segundos. Engasgou-se em busca de ar e percebeu que estava à beira das lágrimas. Engoliu o choro, e as lágrimas foram embora. Balançou a cabeça e saiu da água.

Lá dentro, passou pela porta errada e se viu dentro de um closet gigantesco com nada além de centenas de cabides. Havia um espelho enorme nos fundos. Fazia dias que Heather não via um. Foi sugada por ele. Sua mãe, pintora, dizia que a tristeza sempre vazava pelos olhos. Os olhos verdes de Heather pareciam mais cansados que tristes. Seu rosto estava um pouco bronzeado, e o cabelo havia clareado um tantinho por causa do sol. Tinha perdido peso, o que não era bom, porque era tudo massa magra. Não estava se exercitando nem praticando ioga. Parecia frágil, que nem aquelas garotas que seguiam o Charles Manson; quando Tom contava para as pessoas que ela havia crescido numa espécie de comunidade, dava para ver que pensavam naquele culto sexual Nxivm ou coisa pior. Claro que não tinha nada a ver com isso.

Ela pegou o celular, sentou-se de pernas cruzadas no chão e fez uma ligação.

— Alô? — disse uma voz feminina.

— Oi, sou eu.

— Ai, amiga! Estava me perguntando se um dia eu ia falar com você de novo. Tinha certeza de que um caroneiro matador ou uma aranha ia pegar você.

— Ainda não. Que horas são aí, Carolyn?

— Cinco e meia. Cinco e meia da tarde.

— Aqui é de manhã. A manhã de amanhã, eu acho.

— Cara, que doideira. Mas, falando sério, você está de olho nas aranhas, certo? E eu por acaso cheguei a avisar daqueles polvos-de--anéis-azuis que matam qualquer um em dez segundos?

— Avisou, amiga. Mas o engraçado é que tem bem poucos polvos--de-anéis-azuis no deserto, acredita? — disse Heather.

— Depois não vem colocar a culpa em mim quando eles pegarem você. Como é que vai o seu maridinho de ouro?

— Bem.

— Aposto que bem mesmo. Ele é um pedaço de mau caminho, aquele lá. E como vão os monstrinhos? — perguntou Carolyn.

— Não fala assim deles.

— Ah, pronto! Eu sabia que você ia acabar com síndrome de estocolmo mais cedo ou mais tarde. Dá uma tossida aí pedindo socorro em código Morse se ele estiver ouvindo.

— Ele não está, e está tudo bem.

— Você vem me visitar quando voltar? Me mostrar as fotos e me contar como foi?

— Claro.

— Faz séculos que a gente não se vê.

— É que as balsas... É complicado.

— Ele não gosta quando você vem para cá, não é?

— Você está doida.

— É por causa das drogas, não é? Ele acha que a gente é um bando de degenerados. Você nunca devia ter contado das plantações de maconha. E é ele que dá para os filhos os tais "remédios controlados". Como médico é hipócrita, e...

— Pelo amor de Deus, Carolyn, será que dá para mudar de assunto? Como andam as coisas aí em casa? Me fala do estuário. Como está o tempo aí? — interrompeu Heather.

— Me deixa ir na janela. Não dá para ver merda nenhuma. Neblina e chuva. Está chuviscando.

— Sonhei que estava nevando. Como vai o Scotty?

— Daquele jeito. Ele veio me ver ontem. Só abriu a porta bem calminho e entrou. Fiz carinho, e ele pegou no sono no tapete mesmo.

— E você tem visto o meu pai?

— Ã-hã. Ele está bem. Tem passeado de caiaque.

— E a minha mãe? — perguntou Heather.

— Nos dias bons, ela só joga tinta nas pessoas que passam.

— E nos ruins?

— Insiste para que a gente entre e veja a arte dela.

— Ai, nossa, que saudade de vocês. Mas agora estou vendo o mundo, sabe?

— Me conta! Como é a Austrália?

— É linda! Árida, vermelha e tão bonita. E o povo aqui é superamigável.

— Já ouvi falar. Presta atenção: se você vir algum Hemsworth dando sopa, passa o meu número.

— Pode deixar — disse Heather. — E você está bem?

— Ã-hã, estou ótima.

— Tem composto alguma música? — perguntou Heather.

— Não. E você?

— Não.

A linha ficou em silêncio. A estática foi invadida por certa tensão.

— Você sabe que estou muito feliz por você, não é, amiga... — disse Carolyn.

— Estou sentindo que vem um "mas" aí.

— Mas, cara, quando você partiu, disse que queria ser cantora ou atriz. Disse que queria voar...

— E agora eu não passo de uma dona de casa chata que despencou no chão toda troncha numa confusão de cera misturada com penas — disse Heather.

— Viu só? E você tinha talento. Tem uma letra de música nisso aí. Vai saber até onde você poderia ter chegado. Nova York? Hollywood?

Heather bocejou.

— É melhor eu ir, tenho que levar as crianças na praia daqui a pouco.

— Pelo amor de Deus, você está mesmo na mão desse cara, não é? Uma babá vinte e quatro horas por dia, que mora no serviço e com quem ele ainda dá uns amassos sem pagar um centavo.

— Não é bem assim — disse Heather.

— Não é? Seja sincera comigo, amiga. Não vou denunciar você para a Gestapo das Mães.

Heather suspirou.

— Olha, foi uma semana difícil. Um ano difícil, na verdade... É...

— São crianças ricas e mimadas, não é?

— Não, olha só, o problema sou eu, acho. Nunca fui tia, e você bem sabe que ser babá nunca foi a minha praia. Ninguém fala como crianças podem ser cruéis. Eu amo o Tom e sou muito grata por tudo o que ele fez por mim, mas é que... é cansativo às vezes.

— Claro que é. Até com crianças boazinhas.

— Elas não são terríveis, e tenho pena delas... A mãe...

— Você tem que *se* proteger, amiga! O importante é você e a sua vida. Vê se não acaba que nem a primeira esposa dele, bêbada e morta ao pé da escada.

— Carolyn! Você sabe que isso aí é uma mentirada. Você sabe que Judith tinha esclerose múltipla, problemas de equilíbrio...

— Estou só brincando. Eu trocaria de vida com você num piscar de olhos, mesmo com as crianças merdinhas, se achar que ele tem uma queda por ruivas geniosas.

— É bem capaz de ter mesmo. — Heather riu.

— Falando em bebida, vocês ainda vão fazer aquela visita a vinícolas que tinha comentado?

— Não sei. Tomara que sim — disse Heather e bocejou de novo. — Preciso dormir. Até mais, querida.

— Se cuida, amiga.

— Você também. Faz um carinho no Scotty por mim.

Ela desligou, entrou no quarto, deitou-se de bruços na cama e dormiu em questão de segundos.

Owen a acordou uma hora depois cutucando o seu pescoço.

— Era para você levar a gente para tomar sorvete — disse ele.

— Quê? Onde é que... Ah, é. Verdade. Praia e depois sorvete. Me dá cinco minutos.

Ela foi ao banheiro se arrumar e abriu a porta um pouquinho quando ouviu seu nome.

— Não conta para a Heather, mas eu achei uma vitrola lá embaixo — disse Olivia. — Tem um monte de vinil.

— Não conta para o papai também! Aposto que está cheio de música clássica.

— Pelo menos com a idade do papai até que combina. A Heather só ouve aquelas merdas hippies de *millennial*. Tenho medo de pensar no dia em que ela vai confessar que é da Lufa-Lufa e perguntar qual é a nossa casa de Harry Potter — disse Olivia.

— *Cringe* demais! — concordou Owen, e os dois riram.

Heather fechou a porta do banheiro e se permitiu soltar um "que merdinhas" bem baixinho. Já eram soldados infantis comprometidos com a guerra entre gerações. E, sério, se algum dos dois tivesse se dado ao trabalho de dar uma olhadinha nas *playlists* dela no Spotify, teriam achado Porridge Radio, Chance the Rapper, Vampire Weekend, Post Malone, Big Thief, The Shaggs... Ela suspirou e percebeu que era uma batalha que nunca ia vencer.

A casa tinha um ótimo estoque de protetor solar e toalhas de praia. Deu a Ritalina de Owen, o Lexapro de Olivia, e os três atravessaram a rua para a praia de St. Kilda. Owen quase nunca tirava o moletom, mas estava tão quente que Heather achou que até ele acabaria cedendo.

— Vamos lá, gente, deixa eu levar vocês na água — disse ela.

— De jeito nenhum — resmungou Owen, mas Olivia a seguiu até o mar.

Olivia era magra como o pai e tinha o cabelo loiro e a tez da mãe. Tinha crescido bastante no último ano. A mente dela podia até estar de luto e funcionando mal, mas o corpo não sabia disso. Continuava espichando. Estava com 14 anos, mas qualquer um daria 16 ou até mais. Heather e Olivia entraram na água, mas estava fria demais. Owen molhou o pé e fez cara feia para as duas como quem diz "vocês me enganaram".

Encontraram um restaurante simples que servia peixe com batata frita e sorvete no St. Kilda Sea Baths. Heather estava convencida de que ficaram devendo quase três dólares do troco, mas era tímida demais para discutir por isso. Ela voltou para perto das crianças em silêncio enquanto tomavam sorvete, e os três atravessaram a rua para voltar para casa. Certificou-se de que ambos tomassem banho e se secassem. Olivia tinha terminado toda a lição de casa e se ofereceu para ajudar Owen com um dever de astronomia para a aula de ciências. Olivia até que tinha se saído bem no último ano, mas o coitado do Owen estava tendo que repetir ciências. Owen recusou a ajuda, e uma briga teve início. Heather colocou os dois para verem um filme do Godzilla na TV.

Estava exausta. Mas sabia que era o preço a pagar — para ficar com Tom, precisava ficar com as crianças. E ela queria ficar com Tom. Amava

Tom não apesar das suas maniazinhas e esquisitices, mas por causa delas — o pacote completo. A inteligência, o luto, a meticulosidade, o humor de tio do pavê, o jeito como a primeira coisa que fazia no dia era olhar para ela, a forma como tinha mudado por Heather. Quando contou o que escroto significava, ele não revirou os olhos como o Tom de três meses atrás faria. Ainda tinha um pouco do ar de superioridade, mas estava tentando ser um homem melhor.

Ela falou para as crianças que ia dar uma caminhada. Deu a volta no quarteirão e encontrou um 7-Eleven. O vendedor falou que o maço de Marlboro custava vinte dólares e, depois que ele mostrou a etiqueta de preço, ela acreditou. Heather fumou dois cigarros e escutou "Bet My Brains", do Starcrawler, no caminho de volta.

As crianças estavam curtindo o filme.

Tom mandou para ela por mensagem várias "piadas" para quebrar o gelo na grande palestra que daria no congresso e perguntou: **Engraçadas ou não?**

Ela ficou com pena de responder **Não**, mas tentou não se esquecer de lhe dizer que contasse só uma piada, no máximo.

Quando *Godzilla* acabou, ela abriu o armário que dizia PARA MATAR O TÉDIO. As crianças grunhiram, mas ela se impôs e decidiram jogar Risk. Depois de encontrar um aparelho de som, ela ignorou os CDs dos Beatles e colocou Mozart para tocar.

Quando Tom chegou às seis parecendo acabado, Olivia já tinha conquistado quase o mundo inteiro. Ele se sentou no sofá feliz da vida e ficou assistindo, satisfeito com o fato de que as crianças estavam fazendo alguma coisa das antigas e adorando. Ela lhe trouxe uma taça de vinho e, enquanto iam para a cozinha, Olivia destruiu a última resistência da Ásia.

— Como foi o dia? — perguntou Tom.

— Todo mundo tirou uma soneca, e depois levei as crianças para a praia. E o seu?

— Foi divertido. Conheci os mandachuvas locais em cirurgia ortopédica e a gente ficou contando histórias sobre joelhos. O povo daqui tem o joelho tão ruim quanto nos Estados Unidos. Graças a Deus — disse Tom, beijando-a.

— Vocês viram que eu ganhei? Ah, não, sem beijos! — disse Olivia, triunfante, vindo para a cozinha com Owen logo atrás.

Tom riu.

— Olha, tenho várias recomendações de lugares para a gente jantar. E amanhã, enquanto eu trabalho na minha palestra, vocês podem descansar.

— Que descansar o quê! A gente não viu nenhum bicho legal desde que chegou — disse Owen. — O Jake me disse no Instagram que acha que eu estou é em Utah.

— Tenho certeza de que o Jake está só provocando você.

— Por favor, pai! A gente não pode ficar só aqui! Temos que explorar um pouco antes de voltar para casa! A gente tem que pelo menos ver uns coalas. Por favor, por favor, por favor! — disse Owen, e até Olivia se juntou à comoção e entoou apenas um "por favor" derradeiro meio sarcástico.

— Eles têm um bom argumento — opinou Heather.

— Você não queria ver aquelas vinícolas de que a gente falou? — perguntou Tom.

Heather fez que não.

— Vamos fazer alguma coisa com as crianças.

Cansado, Tom acenou positivamente com a cabeça.

— Está bem, vou pensar — disse.

3

Tom acordou pouco antes de amanhecer. A inevitável carga de adrenalina depois de um dia cheio encontrando gente o fez cair no sono direto. Heather ressonava suavemente quando ele, com cuidado, levantou-se. Ele a observou por um tempo e abriu um sorriso largo. Ela era incrível. Tão divertida, madura e gentil. As crianças ainda não estavam cem por cento convencidas, mas chegariam lá. Judith não teria vindo para a Austrália por nada nesse mundo, mas, para Heather, tudo era uma aventura.

Ele foi para o terraço, sentou-se ao lado da piscina e, respirando fundo e focando o momento, meditou por dez minutos. Depois, fez cinquenta flexões seguidas de cinquenta abdominais. Seguia essa rotina desde os primeiros dias na faculdade de medicina, um jeito de acalmar a mente e se manter concentrado. Jamais teria conseguido suportar o ano anterior sem esses rituais matinais.

Em seguida, Tom desceu a escada, tomou um copo de água e ligou para a locadora de carros. Ficou irritado quando descobriu que o Porsche Cayenne que tinha reservado já não estava mais disponível. Teria que pegar ou o E-Hybrid ou um Turbo mais antigo.

— Eu queria o Cayenne novo. Liguei ontem à noite para falar disso — disse ele, tentando controlar a raiva.

— Peço desculpas, senhor, mas não temos nenhum disponível. O cliente anterior pegou o último. Temos o Turbo ou o E-Hybrid. O híbrido é nosso Porsche que mais sai, é...

— Não, obrigado. É uma viagem longa. De jeito nenhum que eu confiaria num híbrido!

— Temos um SUV da BMW para...

— Vou pegar o Turbo. Consegue entregar aqui às nove em ponto? Quero sair cedo. Estamos na Wordsworth Street, número três, em St. Kilda.

— Claro, senhor.

Espumando de raiva, Tom desligou. Ninguém fazia o trabalho direito. Ninguém.

Ele se trocou, colocou uma bermuda e uma camiseta, calçou os tênis e saiu para uma corrida à beira-mar. Depois, subiu até a piscina. Mergulhou e deu uma ou duas voltas completas antes de entrar de novo em casa. Tomou um banho e, como o espelho estava embaçado, barbeou-se com a lâmina elétrica usando a câmera do celular. Tinha emagrecido na viagem, o que lhe caía bem. Estava parecendo um Ted Hughes jovem.

— Você conseguiu, cara. Sobreviveu ao último ano. Que orgulho, meu parceiro — disse para o Tom na câmera do telefone. — Um artigo na *Journal of Orthopedic Surgery*. Congressos internacionais. Foi o orador principal de vários eventos importantes. Sucesso aos 44 anos. Quem teria imaginado? Se Judith pudesse ver você agora, ficaria feliz.

O Tom da câmera do celular refletiu sobre isso por um segundo e lentamente meneou a cabeça.

Ele se enrolou numa toalha e entrou no quarto. Heather veio de um closet que ele sequer tinha notado que existia. Estava de robe ouvindo "212", aquela música que ela adorava e ele odiava.

— Onde você estava? — perguntou Tom.

— Nárnia — respondeu ela.

Tom deu um sorriso.

— E fez alguma coisa interessante por lá?

— Coisas de rainha... E, sabe, eu consigo tirar a minha túnica real num piscar de olhos — sussurrou.

— As crianças?

— Dormindo que nem pedra.

Ela se despiu, ele se despiu, e os dois caíram na cama. Transaram pela primeira vez desde que saíram dos Estados Unidos e chegaram ao clímax juntos enquanto a luz do sol entrava pelas persianas. Heather descansou no peito de Tom.

Ela lhe deu um beijo no queixo.

— Você deixou uma barbinha aqui.

— Já, já eu arrumo.

— Eu gostei. Dá um visual hipster, meio Frank Zappa.

Tom fez que não com a cabeça.

— As pessoas gostam que médicos sejam bem sem graça. Sem graça, calmos e competentes.

— Você é duas dessas três coisas — disse Heather, beijando-o de novo.

Tom fechou os olhos.

— Esse ano foi difícil para todos nós. Mas eu estou tentando, não é?

— Está — disse Heather. — Todo mundo está.

— Eu te amo de verdade, querida — falou Tom e retribuiu o beijo.

— Também te amo... Espera aí, está tudo bem? Você está com uma ruga de preocupação na testa.

— Não consegui o carro que eu queria. Eu queria o novo Cayenne com GPS avançado, câmera de ré e sistema antiacidente, mas eles só tinham o...

A porta foi aberta e uma Olivia sonolenta entrou.

— A que horas a gente sai? — perguntou ela enquanto Heather se cobria.

— Assim que o Owen se levantar. E, olha, se a gente tem mesmo que fazer essa viagem, precisamos ir cedo para voltar cedo. Tenho que trabalhar na minha palestra. O pessoal do congresso vai colocar no YouTube — disse Tom.

Olivia foi rápido para o corredor.

— Levanta, Owen! Você está atrasado — gritou ela.

Owen grunhiu uma resposta, e os dois começaram a brigar. Tom deslizou para fora da cama, correu para a porta do quarto e a fechou. A discussão foi abafada na mesma hora.

— Achei que você ia dar um fim na briga — disse Heather.

— Lição básica de paternidade, amor: o que não se vê nem se escuta não está acontecendo.

Apesar da briga, uma hora depois estavam na estrada num Porsche Cayenne laranja-vivo rumando para o sudeste de Melbourne. A rodovia era grande e nova, cortando sem piedade os monótonos bairros de classe média da zona leste de Melbourne. O Porsche era tão confortável quanto se podia esperar, embora fosse um troço esquisito com um "snorkel" enorme na frente para atravessar cheias de rios.

Nada de cheias hoje. Eles estavam a dezesseis mil quilômetros dos Estados Unidos, mas a paisagem, refletiu Tom, podia muito bem ser de um bairro de classe média qualquer. Targets, Walmarts e galerias comerciais. Mas até que era interessante. Aquilo, imaginou ele, era a Austrália de verdade, longe das rotas turísticas, onde as pessoas de fato moravam.

Dirigiram pela península de Mornington, e os bairros foram gradualmente diminuindo e dando espaço para o interior montanhoso do país. Heather apontou para alguns cucaburras e grandes corvos nos fios telefônicos frouxos. Ela tirou foto de um lóris e mandou para Carolyn.

As crianças, por sua vez, não estavam interessadas nos pássaros e ficavam cada vez mais frustradas.

— Cadê os cangurus? Cadê os coalas, caramba? — exigiu Owen.

Tom olhou para ele pelo retrovisor e franziu a testa. Aquele garoto era tão diferente da irmã. Se tivesse ganhado uma viagem para a Austrália quando tinha a idade de Owen, Tom teria curtido cada segundo. Agora Owen ficaria de mau humor até que voltassem e ele tomasse seu diazepam. Tom estava prestes a falar umas verdades para o filho quando Heather colocou a mão na coxa dele.

— Pessoal, querem ouvir uma que o seu pai me contou ontem? — disse ela. — Tecnicamente, coalas não são ursos. Sabem por quê?

— Pai, por favor, não deixa ela terminar a piada! As suas já são ruins o bastante — implorou Olivia.

— Porque eles não têm *coalificação* para isso — terminou Heather, e as duas crianças cobriram o rosto com as mãos.

A estrada ficou mais esburacada e se afunilou para uma só mão conforme se aproximavam da costa. Wi-Fi, Siri e Google Maps pararam de funcionar.

Era mais um dia quente lá fora — 41 graus —, mas, dentro do carro, todo mundo tinha uma garrafinha de água que pegou no Airbnb e estava fresquinho, 20 graus.

Era meio-dia, e eles não tinham visto muita coisa, e Tom queria voltar para Melbourne para trabalhar na palestra sobre artroplastia de joelho. As crianças estavam com fome, então pararam numa banquinha de comida. A fumaça de uma churrasqueira nos fundos lutava contra um persistente enxame de mosquitos. Um velhote desgrenhado lá pelos 50 anos vendia cerveja, refrigerante e "salsicha na chapa", que, ao que tudo indicava, eram pães de fôrma com salsicha.

Heather, Olivia e Owen pegaram sanduíches por caríssimos cinco dólares cada. Tom recusou e, em vez da salsicha, optou por uma lata de cerveja. Sentaram-se a uma mesa de piquenique à sombra.

Sem sinal de telefone, Tom pegou seu enorme livro de contos e peças de Tchekhov. Owen tirou o dever de astronomia das últimas páginas da apostila de ciências e o encarou com raiva por um minuto ou dois.

— É impossível — murmurou, por fim.

— Posso ajudar você com isso aí — ofereceu Olivia.

— Não preciso da sua ajuda — respondeu Owen, com raiva.

Um motorhome velho da Volkswagen estacionou, e um casal magro de cinquenta e muitos ou sessenta e poucos anos saiu. Pegaram duas latas de Victoria Bitter e se sentaram à mesa livre na sombra. Não dava para os casais não se cumprimentarem.

— O meu nome é Tom e essa aqui é a minha esposa, Heather, e esses são os meus filhos, Owen e Olivia — disse Tom.

— O meu é Hans e o dela é Petra — respondeu Hans.

— A gente é dos Estados Unidos. Lá de Seattle — disse Tom.

— Nós somos de Leiden, na Holanda. Eu sou engenheiro. Venho de uma longa família de engenheiros. Engenheiros automotivos.

— Ah, é?

— Ã-hã. Meu bisavô inventou o volante.

Owen ergueu a cabeça do dever de casa.

— Foi o seu avô que, tipo, inventou o volante? — perguntou ele, incrédulo.

— Meu bisavô.

— Ele que contou isso para você? — perguntou Owen.

— Foi.

— Duvido — disse Owen, meneando a cabeça.

— E o que você faz, Petra? — perguntou Heather à mulher.

— Sou socióloga — respondeu a senhora.

Owen continuava olhando para Hans com todo o ceticismo que um garoto de 12 anos tem. Começou a ficar meio desconfortável.

— Acho que está quente demais aqui. Vamos comer no carro — anunciou Hans.

O casal voltou para o motorhome.

— Owen, por que você falou desse jeito com o cara? — perguntou Tom depois que ficaram sozinhos.

— Não falei nada de mais. Eu acreditei real nele. Até porque foi a *minha* tataravó que inventou a colher. Antes, só tinha garfo — disse Owen.

— E o nosso tataravô inventou o fogo — disse Olivia.

Heather, Owen e Olivia estavam rindo agora, e Tom começou a rir também.

Uma Hilux estacionou, e dois homens saíram do carro. O maior usava uma espécie de chapéu de caubói, calça jeans, camisa xadrez vermelha e botas. Tinha uns 25 anos, barba preta cuidadosamente aparada, sobrancelhas escuras e olhos azuis. Era bonito, pensou Tom, para quem gosta desse tipo de homem mais bruto e fã da natureza. O segundo era um pouco mais baixo, devia ter um e oitenta. Era mais velho, uns cinquenta e poucos talvez, e careca. Era magro, esguio e parecia um tanto ameaçador. Tinha uma cicatriz na bochecha esquerda e uma tatuagem antiga no pescoço que talvez um dia tivesse sido uma âncora. Estava de macacão e galochas e sem camisa.

Tom olhou para o relógio. Era meio-dia.

— Hora de voltar, pessoal — disse.

— A gente nem viu um coala! — protestou Olivia.

— A gente não viu nada! — acrescentou Owen.

— A gente fez o que dava. Mas tenho que voltar para trabalhar — explicou Tom.

Owen deu um chilique: Tom era o pior pai do mundo. A viagem estava um saco. Por que é que tinham se dado ao trabalho de ir até a Austrália se não iam ver nada? Olivia cruzou os braços, balançou a cabeça e fez cara feia com toda a sua força.

Tom olhou para Heather, mas ela não tinha como ajudar com aquela situação.

— Licença, parceiros — disse uma voz. Era o mais alto dos dois homens. — Desculpa me meter, mas acabei ouvindo. Os seus filhos querem ver um coala?

— Quero! — disse Olivia.

— Venham comigo — disse o sujeito.

A família foi atrás dele até a traseira do Toyota, onde, numa gaiola debaixo de um cobertor, havia um coala dormindo.

— Aaaah! A gente pode segurar ele? — perguntou Olivia.

— Isso não vai rolar, foi mal — disse o homem. — Eles são muito vulneráveis a doenças, e vocês são dos Estados Unidos, pelo que entendi.

— Isso, de Seattle. Meu nome é Tom e esses são Heather, Olivia e Owen.

— O meu é Matt, e esse experimento que deu errado aqui é o Jacko, meu irmão.

— Ô! Olha essa boca! — rosnou Jacko.

— E de onde veio esse carinha? — perguntou Heather, apontando para o coala.

— A gente é lá do outro lado da baía, de uma ilha particular. E lá tem coala por tudo que é canto. E cangurus, equidnas e vombates. É tipo um Jurassic Park, parceiro — disse Jacko.

As crianças se viraram para o pai.

— A gente tem que ir lá! — pediu Olivia.

Tom fez que não com a cabeça.

— Você disse ilha *particular*?

— É, foi mal, mas nada de visitantes — respondeu Matt.

— Pai! — protestou Owen, e Olivia adicionou um suspiro teatral de quem não podia acreditar.

Tom olhou para eles. Passaram por um ano difícil. E ele vinha sendo tão rigoroso na viagem. Quem sabe um pouco do jeitinho sujo estadunidense resolvesse.

— Tem uma balsa? A gente pode pagar — disse Tom.

Matt fez que não com a cabeça.

— Balsa até tem, mas a questão não é dinheiro. A mãe não gosta de visitantes. A ilha Holandesa é dela, sabe?

— Quanto dinheiro? — perguntou Jacko.

Tom havia sacado trezentas pratas no aeroporto de Alice Springs e tinha recebido o cachê de setecentos dólares do congresso. Tinha quase mil dólares australianos. Abriu a carteira.

— Quatrocentas... Quinhentas pratas? Só para ver e quem sabe bater uma foto ou outra? Para as crianças — disse.

— Esses ianques! Nem tudo tem um preço, parceiro! — disse Matt, meneando a cabeça com desgosto.

Mas Jacko jogou um braço nos ombros de Matt e o puxou por um minuto. Os dois começaram uma discussão furiosa. O casal holandês chegou a sair do motorhome para ver o que estava acontecendo.

— Ele disse ilha *Holandesa*? — perguntou Hans.

— Se você pagar novecentos, aí vai dar trezentos para cada um. Para mim, para o Matt e para o Ivan, que é o cara da balsa — propôs Jacko, voltando. — Mas vai ter que ser jogo rápido. Só umas fotinhas e depois é zarpar de novo.

— Novecentos! Aí já é loucura — protestou Tom.

Isso dava o quê? Quinhentos dólares americanos?

— Pai! — choramingou Owen mais uma vez.

— Acho melhor a gente voltar logo para Melbourne — disse Heather.

— Aí são vocês que saem perdendo. É um lugar muito especial — disse Jacko. — É único. Tem animais por todo lado. A gente produz a nossa própria eletricidade. Planta a própria comida. Não tem celular, nem imposto, nem lei. Quando foi a última vez que um policial deu as caras por lá mesmo, Matty?

— Antes da minha época — disse Matt. — Mas não é isso que...

— Coalas, pássaros e até uns pinguins — continuou Jacko.

— Tem até pinguim, pai! — disse Olivia.

— Seiscentos é o meu limite — insistiu Tom.

— Se nós pudermos ir também, pagamos a diferença — ofereceu Hans.

Matt não parava de sacudir a cabeça, mas o sorriso feroz de Jacko só se alargava mais e mais.

— Acho que chegamos a um acordo, parceiros.

4

O comboio de veículos parou num cais de madeira decrépito que mais parecia um membro ossudo cutucando a baía. A balsa era uma embarcação de fundo chato e contava com um motor diesel, uma cabine minúscula para o caso de o tempo ficar ruim e uma rampa de cada lado. Muito parecida com as balsinhas que se viam no estuário de Puget.

Ivan, o piloto, era um sujeito alto e robusto com uns 50 anos, um longo cabelo grisalho e olhos verdes injetados. Estava fumando e usava um macacão pesado de brim mesmo com o calorão que fazia. Ficou surpreso quando viu os três carros, mas, quando Jacko lhe deu trezentas pratas, ele enfiou a grana no bolso e fez que sim.

Tom entrou dirigindo primeiro, seguido pelo casal holandês e pelo Toyota.

Saíram dos carros enquanto Ivan soltava os cabos de aço que prendiam a balsa na costa. Com uma vara, o piloto afastou a balsa de um monte de pneus velhos que protegiam a doca, depois ligou o motor, e lá foram eles.

— Se querem ver tubarões, indico irem para bombordo. Ou, para vocês que não entendem nada do mar, o lado esquerdo da balsa — disse Ivan, enquanto apagava um cigarro e acendia outro, e Jacko assumiu o leme.

Todos foram para bombordo e conseguiram ter um vislumbre da barbatana de um tubarão-tigre, o que fez Owen agraciar todos com um sorriso.

— Qual o tamanho da ilha? — perguntou Tom.

— Cinco quilômetros de largura — respondeu Ivan. — E três de comprimento.

— Cadê os coalas? — perguntou Heather.

Matt veio da balaustrada de sotavento. Havia tirado o chapéu. Com seus longos cabelos castanhos, Heather achou que ele parecia um daqueles caras dos comerciais de absorvente dos anos noventa que as mulheres iam cavalgando encontrar.

— Os coalas vão estar nas árvores — respondeu Matt. — Olha, vocês não dirijam para longe do cais. Não tem internet nem Wi-Fi, então é fácil se perder. E definitivamente fiquem longe da fazenda que fica no meio da ilha.

— Eu ia gostar de ver uma fazenda australiana — disse Tom.

— Não! — negou Matt. — Não era nem para vocês estarem na ilha. De qualquer forma, nem tem nada para ser visto. É uma fazenda que agora a gente só mantém por passatempo. Ovelhas, cabras, um gerador e um poço. Só para a gente. Só para a família.

— Então vocês vivem do quê? — perguntou Tom.

— O governo federal manteve uma prisão no fim da estrada aqui de 1920 até o fim dos anos oitenta. Pagavam aluguel, e a gente vive do que sobrou desse dinheiro. Tentaram transformar em ponto turístico depois que a cadeia fechou, mas a mãe colocou um ponto-final nessa história.

— Ô, se colocou — murmurou Ivan.

— Olha lá! Outro tubarão! — disse Owen.

Ele pegou o braço do pai e o levou até a frente da balsa, onde Olivia estava. Hans foi atrás deles e deixou Matt sozinho com as duas mulheres.

— Tem quantas pessoas na ilha? — perguntou Petra depois de um tempo.

— Incluindo as crianças, umas vinte e cinco ou vinte e sete, por aí, acho.

— Tem escola lá? — perguntou Heather.

— As mais velhas estudam num internato. Os mais novos fazem *homeschooling*, se é que vocês sabem o que é isso.

Heather sorriu.

— Eu sei. Fui educada em casa também.

— Em Seattle? Pensei que era uma cidade grande — disse Matt, parecendo, quem sabe, um pouquinho mais amigável.

— Eu me mudei para Seattle faz poucos anos. Cresci numa ilha pequenininha também. Ilha de Goose, no estuário de Puget.

— E como era? — perguntou Petra, genuinamente curiosa.

— A gente se mudou para lá quando eu era pequena. Depois que os meus pais saíram do Exército. Era como se fosse uma colônia de artistas — explicou Heather, curtindo a experiência de contar um pouco da sua história para completos desconhecidos. — Foi fundada nos anos setenta, mas acabou atraindo muitos ex-militares com transtorno de estresse pós-traumático e coisas desse tipo. Lá tem arteterapia. E natureza. É um lugar bem tranquilo. Ficou... hum... muito pequeno para mim, aí me mudei para Seattle.

— Eu fiz o contrário — disse Matt. — Que nem os seus pais. Me mudei para cá. Casei aqui. Não tenho o sangue da família. Sou genro.

— É meio... hum... no meio do nada, não é? — sugeriu Petra.

— É o objetivo. Cresci num flat em Melbourne. Mãe solo. Os bondes elétricos, os carros, a gritaria... Essas coisas da cidade me deixam maluco. Vim para cá com a Tara, a segunda filha. Só que elas brigavam que nem cão e gato. Ela deu o fora, mas eu fiquei. Aprendi técnicas de sobrevivência na natureza aqui, sem falar que vejo uns cem pássaros diferentes quando saio para caminhar de manhã.

— Sobrevivência na natureza? Pássaros? Você e o meu pai iam se dar superbem — disse Heather.

— Pelo jeito, ia mesmo. Aquele ali não é o seu pai, ou é? — perguntou Matt.

— Não! Tom é o meu marido! — respondeu Heather, corando.

— É que você mal parece ter idade para ter filhos — disse Petra.

Heather olhou para Tom e as crianças.

— Sou a segunda esposa dele. A primeira, Judith, morreu faz um ano — explicou ela baixinho.

— Ai, não. Coitadinhos — lamentou Petra. — Mas tenho certeza de que você deve trazer conforto para eles.

Eu tento, articulou Heather com a boca, mas não falou nada.

Matt tentou e não conseguiu acender um cigarro. Heather lhe emprestou um Zippo, e aí deu certo.

— Tem algum descendente de aborígenes aqui? — perguntou Petra.

— Não. Olha, a nossa ilha *não é* um ponto turístico — insistiu Matt.

— A gente deu um belo de um jeito neles. Traçamos uma linha negra naqueles malditos — disse Jacko quando ele e Ivan trocaram de lugar no leme.

— Linha negra?

— Vocês já ouviram falar da Linha Negra da Tasmânia, né? — disse Jacko.

Heather e Petra fizeram que não.

— Dois mil homens sob o comando do major Sholto Douglas marcharam pela Tasmânia e capturaram todos os aborígenes que sobraram. Mataram um monte deles — disse Jacko, feliz da vida. — Fizeram a mesma coisa aqui na ilha Holandesa pouco depois.

— E os caminhos do sonho? — perguntou Petra.

— Um deles veio aqui uns anos atrás com esse papinho. Lembra, Matt? — disse Jacko.

— Lembro — respondeu Matt.

— Ele veio e falou que, como não tinha nenhum nativo, a nossa terra não tinha Sonhos. A audácia. Uma fraude do cacete. Mas a mãe sacou direitinho qual era a do sujeito. Aquela conversinha sobre demônios e *bunyips*. A mãe mandou que o Ivan e eu fôssemos atrás dele com as nossas espingardas! Tinha que ver o cara correndo! — contou Jacko, morrendo de rir.

— Puxa vida — disse Petra e se virou para Heather, que estava de olhos arregalados, apreensiva.

O desconforto de Heather aumentava conforme a balsa barulhenta se aproximava implacavelmente da costa. Para se distrair, ela ficou observando Ivan controlar o leme com o pé e jogar uma linha de pesca na água.

— O que ele está pescando? — perguntou-se Heather em voz alta.

— Se tem tubarão por aqui, deve ter peixe grande tipo salmão ou atum — respondeu Petra.

— Você pesca, Petra? — perguntou Heather.

— Ah, pesco, sim. Hans e eu pescamos de fly na Alemanha — disse Petra. — E você?

— Não pesco mais. O meu pai cresceu pescando de fly no Kentucky, mas, nossa, os pescadores de verdade da família são do lado da minha mãe. A mãe dela, a minha avó, cresceu na Reserva Makah. A minha mãe dizia que eles conseguiam pescar qualquer coisa do mar. Até baleias.

— É melhor ele parar com a pescaria. A gente já está chegando — disse Matt. — Última chance de usar a casinha, gente.

Olivia puxou a manga de Heather, que ergueu a mão igual a uma criança na escola.

— Por acaso "casinha" é o banheiro? — perguntou ela a Matt.

Matt sorriu para ela.

— Isso mesmo, parceira, fica ali dentro da cabine. Só não se esquece de acender a luz e ver se tem alguma aranha antes de sentar.

Olivia olhou para Heather e fez que não com a cabeça.

— Com que tipo de aranha devo me preocupar? — perguntou Heather.

— Vem comigo, eu verifico para vocês. Viúvas-negras da Austrália. São umas cretinas, se quer saber. Se escondem embaixo do assento da privada de vez em quando. Podem matar em alguns casos. — Matt foi até o pequeno banheiro, abriu a porta e deu uma olhada. — Está seguro.

— O que que é aquela coisa? — perguntou Olivia, apontando para uma aranha enorme na outra ponta da parede.

Era uma coisinha marrom e peluda do tamanho da mão dela.

— Ah, essas aí são inofensivas. É uma aranha-caçadora-gigante. Inclusive, fazem um baita favor pra gente. Elas comem moscas. Não vão machucar você — disse Matt.

Olivia não se sentiu nem um pouco mais tranquila.

— Vou segurar — disse ela.

— Tem certeza, querida? — perguntou Heather.

— Tenho! — respondeu Olivia, envergonhada.

A menina cruzou os braços e foi, brava, até a proa da embarcação ficar com Owen e o pai.

— O banheiro é ok? — perguntou Petra a Heather.

— Se você tiver problemas com aranhas, não acho que seja uma boa ideia usar — respondeu Heather.

Matt assumiu a direção enquanto Ivan se juntava a Jacko na frente da balsa. Jacko causava arrepios em Heather, e não passava despercebido por ela que os dois homens cobiçavam Olivia. Não teve certeza de início, mas então viu Jacko dar uma cotovelada nas costelas de Ivan para chamar a atenção dele quando Olivia se abaixou para pegar alguma coisa do deque. Heather sabia lidar com esses assédios revirando os olhos e dando uma resposta atravessada, mas Olivia não estava acostumada a receber esse tipo de atenção nojenta de homens mais velhos. Com olhos azuis, pernas compridas, cabelo loiro e um belo rosto, ela ia arrasar corações dali a uns três ou quatro anos. Mas não agora. Heather ia comentar alguma coisa, mas, felizmente, estavam chegando à costa, e os dois ficaram ocupados rebocando a balsa ao passo que Matt desligava o motor e a embarcação deslizava até o cais de concreto.

— É isso aí, minha gente, entrem nos seus veículos! Não passem de meia hora, no máximo quarenta e cinco minutos, e aí levo vocês de volta — anunciou Ivan enquanto abaixava a rampa da balsa.

— Isso aí, tirem foto dos coalas e voltem antes que a mãe comece a reclamar — murmurou Jacko.

— Tomem cuidado e não demorem, é sério! — acrescentou Matt, dirigindo-se a Heather.

Eles entraram no Porsche e foram explorar a ilha. Heather ficou aliviada de voltar para o ar condicionado. A Austrália era sua primeira experiência num clima tão quente, e já havia decidido que não era a sua praia. A estrada que partia do píer seguia para o leste. A paisagem não tinha nada de inspiradora. Não havia coalas em lugar nenhum, só um descampado cheio de grama recém-queimada e um ou outro eucalipto com um corvo. Heather olhou para aquela vastidão lúgubre amarela e marrom e teve a sensação de que havia levado uma boa rasteira.

— Que porcaria! — disse Owen, dando voz ao que todos estavam sentindo.

— E se a gente for mais para a frente? — sugeriu Tom.

— Acho que é para a gente ficar perto da orla — disse Heather.

— A gente pagou, então vai, sim — retrucou Tom, irritado e acelerando o Porsche.

Atravessaram um cruzamento e chegaram ao que imaginavam que fossem os restos da antiga prisão. Uma casa e alguns prédios em ruínas cobertos de líquen e musgo. Um homem magricela e grisalho saiu das sombras de uma das construções e, furioso, acenou para que desacelerassem. Tom parou o carro e abriu a janela.

— O que vocês estão fazendo aqui? — perguntou o sujeito, chocado.

— A gente... hum... está procurando coalas e...

— Vocês têm que ir embora. Isso aqui é propriedade particular. É perigoso. Vocês precisam sair. Agora!

Heather agarrou o joelho de Tom.

— Não estou gostando *nada* daqui.

O homem bateu no Porsche com seu bordão.

— Saiam! — gritou.

Tom fez que sim e fechou o vidro. Estava tão assustado quanto todos os outros. Dirigiram de volta até o cruzamento.

— Para que lado? — perguntou Tom, nervoso.

— Esquerda! — disse Owen.

— Em frente — disse Heather.

— Acho que é para virar à direita — disse Tom.

Ele pegou a via da direita, que logo virou uma estrada de terra com mato alto dos dois lados.

— Merda! Caminho errado! — disse Tom.

Deram meia-volta e voltaram para o cruzamento.

— O moço da balsa disse para a gente ficar quarenta e cinco minutos no máximo — falou Olivia, verificando o relógio do celular.

— Não se preocupa, vai dar tempo de sobra — disse Tom.

Ele pisou fundo, e o Porsche acelerou. A estrada fez uma curva. O sol quase diretamente acima deles já mergulhava para o horizonte. Alguma coisa azul chamou a atenção de Heather.

— Cuidado! — gritou ela.

Uma mulher de vestido azul numa bicicleta apareceu vindo de uma rua secundária, completamente alheia ao Porsche indo para cima dela. Heather teve uma sensação momentânea de leveza. O carro não chegou a sair do chão nem nada do tipo; o Porsche estava cem por cento em segurança. A sensação vinha de outro ramo da física. Era uma impressão de que a sua vida tinha ido parar num daqueles multiversos dos quais Tom sempre falava. Num universo, Tom ligou para a locadora cinco minutos mais cedo, e eles conseguiram alugar o Porsche que contava com radar e sistema antiacidentes. Neste universo, o real, Heather gritou:

— Tom!

Neste exato instante, a mulher de bicicleta desapareceu sob a frente do SUV.

5

Os freios a disco eram potentes, mas o Porsche estava muito rápido.
— Ai, meu Deus do céu! — gritou Tom quando o carro atingiu a bicicleta com um baque nauseante.

O carro derrapou por uns vinte metros até acabar numa vala de drenagem. Os airbags se inflaram, e Heather foi puxada com tudo para trás pelo cinto de segurança. Eles pararam, mas o motor morreu e as rodas continuaram girando.

Heather abriu os olhos.

O mundo estava trinta graus torto na horizontal. Havia mato alto dos dois lados da estrada. Não viam a mulher e a bicicleta em lugar nenhum. O airbag esvaziava lentamente à frente dela.

Heather torceu o pescoço e enfiou as unhas da mão esquerda no punho. Havia aprendido a fazer autotriagem com os pais. Analisou a si mesma em busca de algum sangramento ou ossos quebrados, mas sabia que estava relativamente bem. Soltou o cinto e se virou para olhar as crianças.

Os airbags laterais do banco traseiro haviam inflado e esvaziado. Olivia estava atordoada, mas parecia bem. Owen cortou a bochecha no cinto.

— Você está bem, Owen? — perguntou ela.

Os olhos dele encontraram os de Heather, e o garoto fez que sim.

— Fala! Me diz se está bem ou não.

— Estou bem — confirmou ele.

— Que bom. Olivia, você está bem?

— Acho que sim. O que aconteceu?

— Batemos em alguma coisa? — perguntou Owen.

Heather olhou para Tom. O airbag o estava pressionando contra o banco. O lado do motorista havia entrado na vala, e o corpo dele estava inclinado para longe dela.

— Tom? Tom! Você se machucou? — perguntou Heather.

— Quê? Não... Não... machuquei. Cabeça... janela — grunhiu ele.

— Me deixa ver.

Ele bateu a cabeça na janela e arranhou a testa. Estava claramente desnorteado, talvez tivesse sofrido uma concussão.

Nos últimos seis meses, Tom fez tudo por ela. Abriu portas, pagou contas, brigou com garçons, zerou a dívida do cartão de crédito, dirigiu o tempo todo e cuidou de todas as emergências. Mas ele precisaria de alguns minutos para se recuperar, e as crianças não podiam...

Ela teria que...

— Eu vou — disse. — Crianças, quero que vocês fiquem no carro por enquanto. Tirem o cinto. Olivia, ajuda o seu irmão.

O ombro de Heather doía no ponto pressionado pelo cinto. Ela tirou o airbag vazio do caminho e encontrou a maçaneta. Os dedos formigavam e o braço parecia de borracha. Ela forçou a porta, mas nada aconteceu. Colocou mais força e mesmo assim nada. Deu um chute naquela filha da puta, e aí, sim, ela se abriu.

O calor a atingiu como uma onda.

Tinha se esquecido do calor. O ar-condicionado devia estar no talo. Ela saiu do carro e caiu no chão. Suas mãos queimaram no asfalto.

Quando se levantou, respirou fundo e foi aos trancos até a frente do SUV. A mulher não estava lá. Foi atravessada por uma tênue esperança. Ela correu os olhos pelo mato dos dois lados da estrada. Era tentador imaginar que Tom havia, de alguma forma, desviado dela, mas Heather sabia muito bem que isso não tinha acontecido. Sentiu a bicicleta sendo amassada embaixo dos pneus.

Ela se abaixou sobre um joelho e olhou embaixo do carro. E lá estava, uma bicicleta sob a roda esquerda traseira. Correu até a parte de trás do carro e viu o corpo terrivelmente esmagado a três metros.

Ela correu e se ajoelhou ao lado da mulher.

— Você está... Ai, meu Deus.

As pernas estavam torcidas para baixo numa posição nada natural, em que pernas não deveriam ficar. Tinha um sangramento que atravessava o vestido azul. Heather levantou o vestido e viu um arranhão enorme no peito, mas nenhum ferimento perfurante evidente. A mulher não parecia estar respirando.

— Ai, meu Deus, me desculpa! Ai, não, me desculpa, de verdade. Coitada... A gente não te viu... Ai, meu Deus...

Escorria sangue do nariz e da boca da mulher.

Ela precisava de um médico.

— Tom! Vem aqui!

Heather colocou a mão no pescoço da mulher e contou até dez; não havia sinal nenhum de batimentos cardíacos. Inclinou gentilmente a cabeça dela para trás, colocou dois dedos na boca e tirou todo o sangue, dentes quebrados e um pedação de carne.

— *Por favor...* — disse Heather e respirou fundo.

Tentou soprar ar para os pulmões da mulher, mas ele voltou para a boca de Heather como um reflexo profano do sopro da vida: ocre, quente, rançoso e com cheiro de sangue. Havia alguma coisa bloqueando a traqueia. Ela levantou o corpo flácido.

— Vai ficar tudo bem — disse.

Bateu nas costas da mulher, e outro pedaço de carne caiu da boca.

— Tom! Preciso de você! Vem cá!

Heather a deitou no chão de novo, fez respiração boca a boca e desta vez o ar pareceu chegar ao que havia sobrado dos pulmões.

Ela começou a fazer massagem cardíaca.

Fez vinte e conferiu os batimentos de novo.

Nada.

Havia sangue escorrendo dos ouvidos, dos olhos, da boca e das narinas.

Já havia moscas pousando nela.

— Merda.

Tudo o que Heather estava fazendo era mover o sangue para lá e para cá dentro do cadáver de uma mulher. Não conseguiria salvá-la. Só médicos profissionais com uma equipe de emergência, e bolsa de sangue, e equipamento, e...

Ela pegou o celular do bolso da calça jeans e digitou 911.

Não, não era 911. Qual era mesmo o número da emergência australiana? Zero, zero, zero.

Ligou para 000. Não havia sinal. Ergueu o celular o mais alto que pôde. Sem sinal.

Correu até a frente do carro e queimou as mãos ao escalar seu capô escaldante.

Atordoado, Tom a encarava através do para-brisa. As crianças se mexiam atrás dele.

— Vê como as crianças estão e vem aqui! — disse ela.

Tom a encarou, perplexo por um instante, então fez que sim.

Heather olhou para o telefone. Sem sinal, era o que dizia.

A fazenda que Matt mencionou não devia ficar muito longe.

Será que teria um telefone lá? Mas Matt disse que *não* havia telefones na ilha, não disse? Ou será que ela estava lembrando errado?

Heather pulou do capô e correu de volta para a mulher.

Tentou fazer massagem cardíaca de novo.

Tentou e tentou.

Escorria muito sangue da boca da mulher.

Heather parou o que estava fazendo.

Toda a cavidade peitoral dela devia estar cheia de sangue. Provavelmente alguma veia importante se rompeu. Não havia nada que pudesse fazer. O impacto a matou, e já devia ter sofrido morte cerebral havia alguns minutos.

Nunca houve a menor chance de salvá-la.

Heather abaixou de volta o vestido azul. Que rosto mais simpático, adorável e carinhoso o dela. Aquela mulher era filha de alguém, irmã, esposa. Uma jovem vida ceifada por eles.

— Me desculpa. A gente não viu você. Ai, meu Deus, me desculpa — disse Heather enquanto os olhos se enchiam de lágrimas.

Heather ouviu um barulho atrás dela. Era Tom saindo do carro. Coberto de terra, ele enfim apareceu ao seu lado. Deve ter escalado pela janela do lado do motorista e corrido pela vala até alcançá-la.

— Ai, meu Deus! O que foi que eu fiz?!

— Não foi culpa sua. Ela apareceu do nada.

— Eu buzinei! Não buzinei? Ai, meu Deus. Ela nem olhou para o lado!

— Não tinha nada que você pudesse fazer, Tom. — Ela se levantou e tentou pegar a mão dele, mas Tom a dispensou.

— Ela morreu? Tem certeza? — perguntou.

— Morreu. Morreu na hora.

— Massagem cardíaca! Eu sou treinado... Me deixa ver... A gente pode... Merda, olha para ela!

— Pensei a mesma coisa. Mas já fiz. É tarde demais. Tom, olha, você não podia ter feito nada. Freou assim que...

— Se a gente tivesse pegado o carro mais novo. Aquele que eu pedi. O radar antiacidente teria freado por nós. Era o que eu queria. Eu te falei!

— Eu sei.

— A culpa é sua e das crianças. Nem era para a gente estar aqui! Eu queria trabalhar na merda da minha palestra!

Os punhos de Tom estavam cerrados. Com olhos furiosos, ele encarava o nada a sua frente. Parecia quase transtornado.

Ele não costumava ficar assim, mas ela já havia presenciado isso uma ou duas vezes. A raiva de Tom a pegou de surpresa. Sabia que tinha que tirá-lo daquele estado rápido.

Ele era quinze centímetros mais alto. Ela ficou na ponta dos pés, esticou os braços, colocou as mãos na sua nuca e o fez abaixar a cabeça para olhar nos olhos dele.

— Tom! — disse, estalando os dedos na frente do rosto dele.

— Eu não fazia a mínima ideia de que ia ter gente andando de bicicleta nesse calor! Quem é que anda de bicicleta quando está quase 40 graus? Eu estava procurando coalas nas árvores. Eles deviam ter avisado a gente. Você viu alguma placa de limite de velocidade? Eu não vi.

— Não tinha placa nenhuma, Tom. Ela veio do nada.

— Eu consigo salvá-la! Sempre existe uma esperança. Fiz estágio no pronto-socorro durante a residência! — disse Tom e se ajoelhou.

Ela sabia que ele não ia acreditar que a mulher estava morta até ver com os próprios olhos.

Heather olhou para os dois lados da estrada. Não havia carros. Ninguém estava vindo.

Ainda.

Ela examinou o Porsche. Dois pneus estavam na vala, mas era uma vala rasa, menos de trinta centímetros de largura e uns sessenta de profundidade. Não ia demorar muito para conseguirem voltar à estrada. Por outro lado, era quase certo que teriam que empurrar o carro. Era importante aliviar o peso. Ela dirigiria, e Tom teria que empurrar. As crianças podiam ajudar. Owen era forte, e Olivia, com aquelas pernas compridas, poderia contribuir também.

Tom tinha começado a massagem cardíaca.

Heather deixou que ele tentasse por um minuto.

— Não está dando certo — disse ele.

— Ela morreu, Tom.

— Eu estava dirigindo rápido demais. Aquele cara me assustou. Eu estava olhando pela janela e dirigindo rápido demais. Temos que ligar para a polícia. Chamar uma ambulância — disse.

— É tarde demais agora. Não tem mais o que fazer.

Tom se levantou e tentou encontrar sinal no celular.

Heather foi até o Porsche, abriu o porta-malas e o vasculhou atrás da toalha de praia. Pegou-a e verificou como estavam as crianças — continuavam atrapalhadas com o airbag e o cinto de segurança. Voltou para perto de Tom e cobriu a mulher com a toalha.

Heather olhou para os dois lados da estrada de novo. Ainda vazia.

Refletiu sobre a situação.

Estava pensando em fazer algo *errado*.

Completamente errado.

Legalmente.

Moralmente.

É crime atropelar e não prestar socorro à vítima.

Tom matou a mulher. E agora ela ia agravar o horror desse ato. Parecia erradíssimo. Mas todos os seus instintos lhe diziam que era a única opção.

Tentou pensar no que sua mãe a mandaria fazer.

Sua mãe, concluiu, mandaria que esperassem as autoridades.

Seu pai diria que dessem o fora dali.

Ela voltou para o Porsche e abriu a porta traseira. Inclinou-se e soltou o cinto de Olivia.

— Você está bem, querida? — perguntou.

Olivia fez que sim e depois meneou a cabeça.

— O meu braço está doendo.

— Me deixa ver.

O cinto de segurança havia ralado o braço da garota. Não estava quebrado.

— Já, já a gente coloca um Band-Aid aí. Deixa eu ajudar você a sair. Pega a garrafa de água.

Heather pegou a mão de Olivia e a puxou para fora do veículo.

— Espera na frente do carro enquanto eu pego o seu irmão.

— O que aconteceu?

— Um acidente. Quero que você espere lá na frente do carro. Sei que está calor. Consegue esperar lá?

— Consigo — disse Olivia, ainda atordoada.

Tirar Owen foi mais complicado. Ele estava praticamente catatônico. Estava retraído atrás da sua "parede", uma coisa que o garoto fazia desde a morte da mãe e que ainda era um mistério para Heather.

— Olivia, preciso de ajuda com o Owen.

— Owen! Sou eu! Vem — chamou Olivia, e as duas o tiraram do carro juntas.

Heather voltou até Tom.

— Tirei as crianças do carro. Vocês três podem empurrar e eu dirijo para fora da vala — disse.

— Naquela fazenda devem ter um rádio. Aí a gente chama uma ambulância aérea — sugeriu Tom.

— Não, Tom. Ela morreu com o impacto, e depois você... a gente passou por cima dela. Os pulmões e os órgãos internos foram esmagados. Sei que você sabe disso. Não tem mais nada que a gente possa fazer agora.

Tom ainda parecia atordoado, mas acenava que sim com a cabeça.

Era o momento.

Heather precisava tomar a decisão agora. Ela diria o que fazer e sabia que Tom seguiria o fluxo.

Mas o que era o certo a fazer?

Sua bússola moral e seus instintos de sobrevivência apontavam para direções absolutamente opostas.

— Olha, amor, você viu como essa gente é — começou. — Tem só uma família aqui na ilha. Eles controlam a balsa, que é o nosso único jeito de sair daqui. Não tem nem sinal de celular. Não dá para pedir ajuda. A gente depende completamente deles.

— E?

— Você ouviu o que o Jacko disse sobre a polícia. Ele me contou que eles pegaram espingardas e botaram uma pessoa para fora da ilha. Parece que a lei aqui fica por conta deles.

— O que... O que você está sugerindo? — perguntou Tom.

Heather olhou para ele. Tom era mais velho, sim; e também tinha lido mais; mas sempre viveu nos mesmos círculos. Vinha de uma família com dinheiro, e sua experiência com a natureza humana era supreendentemente limitada. Uma noite maldormida na rodoviária de Tacoma lhe ensinaria mais que mil livros.

— A gente esconde a mulher e a bicicleta no mato. Tira o carro da vala, dirige até a balsa e sai daqui o quanto antes. Quando estivermos em segurança no continente, aí contamos para a polícia que talvez tenhamos atingido alguma coisa enquanto dirigíamos. A gente pensou que era um animal, mas não tinha certeza.

— Você quer que a gente... que eu... abandone o local de um acidente? Um acidente que a gente causou?

Ela olhou nos olhos de Tom. As pupilas dele estavam enormes. As mãos tremiam. Tinha se perdido de novo.

— O que a-aconteceu? — perguntou Olivia. A curiosidade levou a melhor e a menina se aproximou para ver. Owen estava três metros atrás dela. — Aquilo ali é sangue?

Heather se virou.

— Volta lá para a frente do carro, Olivia, por favor. Leva o seu irmão.

— Alguém morreu? — perguntou Olivia tapando a boca com as mãos. Estava pálida e tremendo, assustada.

— Alguém morreu mesmo — murmurou Tom.

Heather estremeceu, pegou Olivia pela mão, agarrou o braço de Owen e os arrastou até a frente do Porsche.

— Houve um acidente. Vocês vão ter que ser corajosos, tá bom? — disse com delicadeza.

Ela percebeu que havia sangue e um amassado no snorkel do carro. Teriam que limpar antes de devolver o veículo. O grande para-choque de aço inoxidável também estava danificado; não era nada muito grave, mas precisaria ser explicado.

Owen soltou a mão dela.

— O papai matou ela, não foi? Ele matou ela — disse de uma forma estranha, como se estivesse distante, no fundo de um poço.

Owen, assim como Olivia, era ao mesmo tempo mais velho e mais novo do que a idade que tinha. Estava com 12 anos, mas às vezes parecia ter 15 e outras agia como um menininho assustado.

Heather voltou até Tom.

— Como as crianças estão? — perguntou ele.

— Vão ficar bem. Olha, você fez o seu melhor. Freou e buzinou.

— Isso! — exclamou Tom. — Eu buzinei. E esse nem era o carro que eu queria. Eu queria o outro.

— Você fez tudo o que dava para fazer. Não é culpa sua. Acho que agora a gente tem que ir. Acho que a gente tem que voltar para o carro e chegar na balsa o quanto antes.

Tom fez que sim.

— Vamos tirar o corpo da estrada e dirigir até a balsa — disse Heather.

— A gente não devia fazer isso. É crime — respondeu Tom.

— Acho que não temos escolha. Essa gente dá medo. Eles têm armas. É tudo uma família só. Você confia que eles vão chamar a polícia?

Ele refletiu.

— Entendi o que você está... mas é uma decisão e tanto — disse Tom.

Ela percebeu que escorria suor dele. E que o corte na testa estava sangrando.

— Quer saber? A culpa é minha, Tom. Eu vou tomar a decisão. Você bateu a cabeça. Quem vai decidir sou eu, entendeu? Não precisa pensar em nada disso agora. A única coisa que você precisa fazer é me ajudar a tirar o corpo da estrada. A gente vai colocar no mato alto ali do lado.

— Você quer que a gente *mexa* nela?

— A gente tem que mexer. Você pega os tornozelos, e a gente coloca o corpo no mato. Tudo bem?

Tom se ajoelhou e esticou as pernas da mulher. Os ossos fizeram um *crec* grotesco de gelar o sangue. Tom ergueu os tornozelos e Heather a pegou pelos ombros. Escorria um sangue quente e grudento pelos dedos dela. E agora as moscas começavam a se juntar. Pousaram nas mãos de Heather e nos braços e no rosto da morta.

— Tem certeza? — perguntou Tom. — Nunca se mexe num corpo. Lembro quando eu encontrei Judith... Aquelas escadas... Eu não queria que as crianças pensassem que ela tinha feito de propósito. Queria mudar as coisas. Esconder o copo, a garrafa de uísque. Mas tive que deixar do jeito que encontrei... A gente não devia estar fazendo isso.

— Agora a gente já mexeu. Tarde demais. Só mais uns passos para trás. É fácil. Por favor, Tom, agora, não consigo segurar para sempre! Vai!

Tom começou a andar para trás, em direção ao mato.

— Isso, depois da vala, na grama.

Passar por cima da vala foi difícil, mas deram um jeito. Deitaram a mulher na grama comprida e seca.

— Agora a bicicleta — disse Heather.

Puxaram a roda dianteira da bicicleta de baixo do pneu traseiro do Porsche. Carregaram a bicicleta destruída até o mato e a esconderam lá também. Heather ajeitou algumas das folhas de capim-canguru para deixá-las na vertical de novo e, assim, esconder a trilha que haviam aberto.

Heather correu de volta para a estrada e jogou as partes maiores da bicicleta no mato. Havia sangue e partes menores ainda por lá, mas não podiam fazer nada quanto a isso. Heather fechou os olhos por alguns segundos, abriu-os e tentou encontrar o lugar em que haviam escondido a mulher. Não dava para ver nada. Ainda mais para quem passasse por ali de carro.

Ela limpou o sangue das mãos na toalha da melhor forma que pôde. Limpou as mãos e a testa de Tom. As unhas estavam imundas e com cheiro de podre. Butucas e mosquitos pousavam neles impunemente.

— Tá, agora é só dar o fora daqui — disse Heather, tão calma quanto conseguia ficar enquanto devolvia a coberta ao porta-malas. — Crianças, preciso que ajudem o pai de vocês a empurrar o carro para fora da vala — disse e as guiou para a traseira do carro.

— O que aconteceu com aquela moça? — perguntou Olivia.

— A gente tirou ela do sol e depois vamos chamar a polícia — respondeu Heather.

— Você sabe o que está fazendo, Heather? — perguntou Olivia. — A gente não devia chamar uma ambulância ou alguma coisa assim?

— Devia, e vamos chamar depois, Olivia — falou Heather. — Mas agora temos que fazer o carro pegar. Tom, por favor, vem aqui e mostra para as crianças o que fazer. Eu dirijo.

— Eu que devia dirigir — disse Tom.

— Não, eu sou mais leve e você é mais forte. Você empurra e eu dirijo.

— Faz sentido — disse ele.

Heather andou pela vala e se sentou no banco do motorista. Ajustou o retrovisor e deu uma olhada no próprio rosto.

De onde essa Heather tinha vindo? Será que sempre esteve ali, à espreita? Será que foi só porque Tom sofreu uma concussão e ela precisou assumir o comando ou isso sempre foi parte dela? A adrenalina também contava. Quando passasse, ela provavelmente ficaria destruída.

Trocou para a primeira marcha. O velho Honda que dirigia era manual, por isso se sentia confortável com embreagem e câmbio. Não seria difícil. Apertou o botão de ignição, e o Porsche ligou.

— Todo mundo pronto? — perguntou.

— Ã-hã — disse Tom.

— Empurrem! — gritou ela, pisando no acelerador.

Os pneus giraram na vala, mas o carro não se mexeu.

— Colocou na primeira? — gritou Tom.

— Coloquei! Continuem empurrando — respondeu Heather.

Eles empurraram, e o pneu da frente começou a se arrastar para fora da vala. Ela manteve o volante firme, e, mesmo que lentamente, o veículo pesado escalou de volta para a estrada. Estavam na perpendicular do sentido da estrada.

— Entra! Põe as crianças para dentro — disse Heather.

Tom pulou para o banco do carona. As crianças foram para o banco traseiro.

Algo entrou no campo de visão dela.

Havia outro carro vindo. Um Toyota. Um dos veículos da fazenda. Ela jamais conseguiria fazer a volta a tempo. *Merda. Mais trinta segundos e ninguém teria visto nada...*

Ela levou o Porsche para o lado esquerdo da via, e o Toyota parou ao lado deles. Uma janela foi abaixada. Eram Jacko e Matt.

— Oi — disse Heather.

— O que aconteceu com vocês? — perguntou Matt.

— Nada. A gente está só dando a volta — respondeu Heather.

— Vocês caíram no covão? — perguntou Jacko.

— No quê?

— A mãe chama de covão. A vala. Caíram?

— Caímos, mas deu tudo certo — disse Heather.

— Os airbags inflaram — completou Matt.

— Pois é. Esse carro é tão sensível. A gente nem estava tão rápido... mas, enfim, está tudo bem, obrigada por pararem. É melhor a gente pegar a estrada para não perder a balsa — disse Heather.

— O seu marido está bem? Você está bem, parceiro? Está com cara de acabado. Bateu a cabeça? — perguntou Matt.

— Estou bem — respondeu Tom.

— E os pequenos?

— Estão bem, sim. Está todo mundo bem. É melhor a gente partir para pegar a balsa.

— É, é melhor vocês irem mesmo — concordou Matt.

— Estamos indo. Obrigada.

— Vocês por acaso não viram a Ellen, não? Uma menina de bicicleta? — perguntou Jacko.

— Não — respondeu Tom, rápido.

— A gente não viu ninguém — acrescentou Heather. — Bom, acho melhor a gente ir. Tchau.

Ela fechou o vidro, acenou e continuou dirigindo.

Pelo retrovisor, viu Jacko e Matt parados dentro do carro por um instante antes de Matt abrir a porta e sair.

Viu-o se abaixar sobre um joelho e começar a olhar o chão antes de perdê-lo de vista numa curva.

— Merda — murmurou Heather e pisou fundo. — Põe o cinto, gente!

Dirigiu o Porsche a mais de cem por hora em direção à balsa.

Chegaram em dois minutos, e, felizmente, a embarcação estava lá. Ela desacelerou e colocou um sorriso no rosto.

— Ninguém diz nada, entenderam? — disse, olhando para Tom e depois se virando para as crianças no banco traseiro. — Ninguém diz nada. A gente vai dar um jeito nisso depois que sair da água.

Ela acenou para Ivan, parou o carro e abaixou o vidro.

— Olá! — falou.

— Viram uns coalas? — perguntou Ivan, inclinando-se na janela do carro.

Foi então que Heather percebeu que ele tinha um objeto preto e amarelo preso no macacão. Era um walkie-talkie.

— Ah, vimos, sim — garantiu Heather.

Ivan cutucou o nariz e suspirou.

— E é *você* que vai entrar na balsa com o carro? Não o seu marido?

— Isso. Ele está meio cansado.

— Olha, eu posso dirigir se quiser. Nunca dirigi um Porsche na vida — disse Ivan.

Heather deu uma olhada no sangue que cobria todo o volante.

— Não, não, é só você me guiar — disse ela com um sorriso amigável.

— Claro que guio, dona. Não tem com o que se preocupar. Deram uma batidinha, né? Vi que os airbags armaram.

— Na verdade, não. A gente só caiu numa vala. Esses airbags é que são sensíveis demais. O cara da locadora tinha até avisado — disse Heather.

— Esses carros modernos! Dirigi o meu velho Holden Sandman por trinta anos e nunca tive problema nenhum. As crianças conseguiram tirar foto junto com os coalas?

— Hum... conseguiram — disse Heather, na esperança de que Ivan não pedisse para vê-las.

— São umas praguinhas. Sabem arranhar a gente como ninguém. Quer dizer, os coalas, não as crianças! Enfim, vou abaixar a rampa e você vai devagar. Quando parar totalmente, puxa o freio de mão.

Ivan abaixou a rampa e ela subiu com o carro na balsa.

— Nem foi tão ruim, hein? — disse Ivan.

— Nem um pouco.

Heather desligou o motor. Ivan colocou as mãos nos bolsos e pegou um maço de cigarros. Acendeu um.

Não parecia estar particularmente apressado para ir embora.

— Hum... Olha, será que dava para a gente ir agora? — perguntou Heather.

Ivan fez que não com a cabeça.

— É melhor esperar. O casal holandês deve chegar a qualquer minuto. Mandei que fossem vapt-vupt.

— O Matt disse que você ia levar a gente agora — disse Heather.

— Matt? Aquele lá tem vez que se acha o mandachuva. Nem da família O'Neill ele é. É um Watson. A balsa é minha, e eu decido quando a gente vai, cacete.

— É que a gente está meio com pressa de voltar para Melbourne. Temos uma reserva de jantar.

Ivan resmungou e colocou as mãos nos bolsos.

— Eu teria que fazer duas viagens...

Heather vasculhou o bolso da jaqueta jeans, puxou uma nota de cinquenta dólares e a examinou para garantir que não havia sangue nela.

— Eu sei que daria trabalho. Mas e se eu desse um jeito de recompensar? — perguntou, segurando o dinheiro para fora da janela.

Ivan sorriu e pegou a nota.

— Vamos indo.

Ele levantou a rampa e fechou o portão nos fundos da balsa.

Heather olhou para trás para ver se havia algum carro vindo pela estrada.

Por enquanto, tudo certo.

Ivan soltou as cordas que amarravam a balsa à baía e pulou de volta para o barco. Ligou o motor.

— Será que a gente conta para ele da mulher? — perguntou Olivia.

— Ninguém diz nada até a gente chegar do outro lado — sibilou Heather.

— Austrália continental, lá vamos nós! — anunciou Ivan. — Podem sair do carro se quiserem.

— Estamos bem aqui — respondeu Heather.

Um rastro branco se agitou na esteira da embarcação, e a ilha Holandesa começou a se distanciar aos poucos.

Heather percebeu que estava prendendo a respiração.

Ivan foi até a janela do carro.

— Alguém falou para vocês das raposas? Eu e a Kate estamos pegando com armadilhas. É uma espécie invasora. A Kate já tem uma coleção e tanto de caveiras. Compram da gente. O governo.

— Não vimos raposa nenhuma — disse Heather, cobrindo o sangue no volante com as mãos.

— Está bem. Olha, se eu vir algum tubarão, aviso, e vocês podem tirar umas fotos — disse Ivan antes de voltar para a cabine.

— Acho que a gente... — começou a dizer Tom, mas parou quando Ivan pegou o walkie-talkie da lapela.

— Que foi? — disse Ivan. — Não dá para ouvir. Caralho, não estou ouvindo. — Ele colocou o motor em ponto morto. Bateu no walkie-talkie e girou o dial. — Não estou te ouvindo, parceiro.

Com os nós dos dedos esbranquiçados, Heather continuava agarrada ao volante. As costas da camiseta estavam encharcadas de suor. Sabia que estava com uma aparência péssima. Com cara de culpada.

— E se a gente... — começou Tom.

— Não — disse Heather.

— Acho que agora dá para ouvir, parceiro! — disse Ivan. — Fala.

Ivan foi até os fundos da balsa e teve uma conversa no walkie-talkie que Heather não conseguiu ouvir.

Ela não estava gostando nada daquilo. Pegou o celular e, com o dedão, digitou **Socorro** para Carolyn, a última pessoa para quem tinha mandado uma mensagem.

Mensagem não enviada. Sem conexão com a internet, dizia a resposta que chegou.

Ivan prendeu o rádio de volta à lapela.

63

Pegou uma bolsa esportiva, abriu o zíper e tirou alguma coisa de dentro dela.

Heather se inclinou por cima do volante para ver o que era.

— O que ele está fazendo? — perguntou Olivia.

— Não sei.

Ivan voltou lentamente para a janela do motorista. Apontou um revólver com cara de antigo para o rosto de Heather.

— Me entreguem todos os celulares e depois saiam do carro bem tranquilos e devagar. Se ficarem de palhaçada, se fizerem qualquer coisa, dou um tiro num dos pequenos. Entenderam?

6

A Hilux os esperava no cais da ilha Holandesa. No banco traseiro havia também uma loira virulenta com uma espingarda por ação de bombeamento.

Aquela, descobriram, era Kate, a mais nova da família.

— Nem um pio — disse Kate.

A estrada que ia da balsa até a fazenda era erma. Uma charneca vazia pontuada por uns dez veículos abandonados e queimados, largados para enferrujar. A fazenda em si era um conjunto variado de celeiros, galpões, casas a um sopro de desabar, duas propriedades menores e uma grande casa de frente para um pátio. As construções tinham telhados de ferro corrugado em péssimo estado. Criancinhas usando macacões cobertos de poeira ficaram observando o carro chegar.

Eles foram levados até a casa.

Heather percebeu que as crianças estavam murchando. Olivia estava de jeans e camiseta da Grimes. Owen, de bermuda cargo verde pesada, com o moletom vermelho de sempre e tênis da Adidas. Ela havia colocado um jeans da DL 1961 e camiseta preta. Tom estava de calça chino grossa e camisa branca de manga comprida. Tudo aquilo era apropriado para o clima do estado de Washington, mas não para o calor da Austrália.

— Aqui! — disse Kate e os forçou a se sentar num sofá.

O cômodo começou a encher de gente.

Matt, Ivan, Jacko e outro irmão, Brian, apertaram-se num sofá em frente ao deles. Matt havia tirado o chapéu de caubói. Ele, Jacko e Brian seguravam carabinas. Kate estava perto da janela com uma espingarda. Ninguém falava nada. Era um espaço amplo diminuído pelo acúmulo de gerações de móveis e quinquilharias. Havia uma lareira ardendo com fogo de verdade naquele calor. Na cornija, dezenas de fotos de família, e ainda mais na parede revestida por um papel de parede amarelo antigo já descascando nas pontas. Fotos da era de ouro da fazenda. Fotos da Irlanda. Cartões-postais de Sydney e de Londres. Anos de verões escaldantes racharam o piso de madeira e preencheram as rachaduras com insetos mortos e lixo. Os sofás eram de couro, remendados com fita adesiva e com cobertores jogados por cima. Pelo visto, todo o clã O'Neill foi até lá para encará-los embasbacados. Homens e mulheres armados. As crianças, que antes riam, agora faziam silêncio. Um cachorro entre as pernas de Matt olhava, nervoso, para as escadas.

Um relógio de chão tiquetaqueava tão lentamente os segundos que a sensação era de que o tempo passava mais devagar.

Ninguém parecia saber o que ia acontecer agora.

A temperatura estava insuportável.

Heather apertava a mão de Tom de um lado e a de Olivia do outro. Normalmente Olivia não deixava que Heather a tocasse. Pelo menos Tom parecia estar um pouquinho melhor. Não estava mais com aquela palidez terrível, e seus olhos tinham voltado ao normal.

— A que horas o Danny volta? — perguntou Jacko para Matt baixinho.

— Só depois das seis — respondeu Matt.

— Tá... — disse Jacko.

As escadas rangeram.

E rangeram de novo.

Todo mundo ergueu o olhar.

Heather viu dois pés lá em cima. Os pés desceram um degrau e se tornaram um par de calcanhares; depois, de panturrilhas. Uma mulher poderosa de chinelos com um vestido cor-de-rosa descia a escada apoiada num pedaço de pau de um lado e, do outro, numa menininha. Devia ter uns 70 anos, era pálida e tinha um tapa-olho sobre o olho esquerdo. Usava uma peruca reluzente cor de cobre. Havia algo de aterrorizante nela que não tinha nada a ver com a aparência. Heather fez massagens em vários clientes mais velhos, e muitos tinham físicos imponentes. Mas aquilo era diferente. A mulher mudava o campo gravitacional do lugar. Deixava o ar elétrico. Heather percebeu que todos ali sentiam medo dela, o que a deixou com medo também.

Ela desceu a escada devagar.

Muito devagar.

Duas crianças se levantaram correndo de uma cadeira de balanço perto da lareira. Matt virou a cadeira para que ficasse de frente para a sala, e não para o fogo. Quando chegou ao fim da escada, a mulher ofegou e então continuou até o outro lado do cômodo, como um velho papa chegando a um tribunal da Inquisição.

Matt ajudou a mulher a se acomodar na cadeira de balanço, e, quando ele se sentou de volta, o cão se escondeu embaixo das suas pernas.

Um barulho parecido com o som de um cortador de grama quebrado escapou da boca da mulher, e uma criança trouxe um copo com um líquido transparente que ela virou com satisfação.

Aquela obviamente era a mãe.

— São dos Estados Unidos? — disse a mãe com um ruído que parecia saído do lado errado de uma sepultura.

— Ã-hã. Dos Estados Unidos — respondeu Matt.

— Conheço um ou dois ianques. O Terry dizia que eles eram até que bacanas no Vietnã. Os que eu conheci também eram. O que ele faz da vida? — perguntou a mãe.

— É médico. Dr. Thomas Baxter. Cuida do joelho dos outros. Está com o documento. É tudo verdade — disse Matt.

— Quanto dinheiro tinha na carteira?

— Quatrocentos contos.

— E quanto vocês já ganharam, seus lixos? — perguntou a mãe.

— Novecentos — respondeu Matt, sem graça.

— Não é muito. Não paga uma vida. E ela, faz o quê?

— Massoterapeuta, segundo ela — respondeu Jacko.

— Meu Deus do céu. Quase uma puta — disse a mãe. — Quando o Danny volta?

— Só depois das seis, talvez sete — disse Matt.

— E quem mais vocês deixaram entrar na minha ilha hoje, seus desgraçados? — perguntou a mãe, fazendo cara feia para Ivan.

— Não foi culpa minha, mãe. O Jacko e o Matt... — protestou Ivan.

— Chega! Me surpreende você, Matthew — disse a mãe, balançando a cabeça.

— Desculpa, mãe.

— Vocês deixaram outro carro entrar, não deixaram? — perguntou a mãe.

— Deixamos, mãe. Dois alemães — disse Ivan.

— E cadê eles?

— Devem estar esperando na balsa — respondeu Ivan.

— Então é bom alguém ir atrás deles e trazer os dois para cá, cacete! — grunhiu a mãe.

Jacko acenou com a cabeça para uma criança, que saiu correndo.

— Olha, eu sinto muito — disse Tom. — Ela apareceu do nada. Eu buzinei, mas a mulher não escutou...

— Ela era surda! — disse uma das crianças.

— Surda? — perguntou Tom.

— Isso, a Ellen era surda — disse a mãe.

— Foi sem querer. Bati bem atrás dela. Aconteceu tudo tão rápido. Quer dizer, é óbvio que a gente vai cooperar cem por cento com as autoridades.

— O que é que você vai fazer, *Dr. Baxter*? — perguntou Jacko com escárnio ao pronunciar o título de Tom.

— É... hum... Tom. Hum... Olha, vou assumir toda a responsabilidade. E... tenho certeza de que o meu seguro vai pagar uma quantia satisfatória — disse Tom.

— Seguros nem sempre pagam, não é? — disse a mãe.

— Eles vão pagar. Vou assumir a culpa.

— E onde é que você vai assumir essa culpa? — perguntou a mãe.

— Aqui e lá em Melbourne, é claro. Garanto que vou cooperar com a investigação da polícia e até adiar o nosso voo de volta para casa se for necessário.

— Nada disso — disse a mãe. — Nada de Melbourne. Nada de voar de volta para casa.

Murmúrios na sala, então silêncio de novo.

O tique-taque melancólico do relógio. Os estalos do fogo. O zunido de mosquitos. O ganido do cachorro. Nos fundos da sala, Heather viu o homem que lhes tinha vendido as salsichas na chapa. Quando pegassem o casal holandês, todo mundo que sabia da ida deles para a ilha estaria naquela casa, sob o controle da mãe.

— Vocês tentaram esconder o corpo. Fugiram do local do acidente. Isso é crime. Crime na ilha Holandesa, crime em Victoria e crime nos Estados Unidos — disse a mãe.

— Isso... hum... foi culpa minha. Tom tinha batido a cabeça. A ideia foi minha — explicou Heather. — Não sei no que eu estava pensando. Fiquei com medo. Queria voltar para o continente antes de chamar a polícia.

— Com medo, é? — disse a mãe. — A gente não quer que ninguém fique com medo, não é? — A mãe meneou a cabeça e fechou o olho. Parecia estar repassando tudo. Uma lenha na lareira estalou e se partiu.

— Olha... hum... talvez o Ivan e eu devêssemos ir de balsa até Stamford Bridge e chamar a polícia. Deixar que eles cuidem disso. Que tal, mãe? — perguntou Matt.

Heather olhou para ele e articulou com a boca um "obrigada".

Ivan e Jacko balançaram a cabeça.

— A gente tem um histórico longo com a polícia de Vic. Você sabe no que vai dar — balbuciou Jacko. — Um de nós vai acabar levando a culpa por isso e por outras merdas, tipo fazer a nossa própria cana ou algo assim. E esse filho da puta aí vai acabar solto.

A maioria dos adultos murmurou em concordância.

— Não, nada de polícia. O Terry nunca precisou de polícia — disse a mãe.

Houve um longo silêncio. Crianças sussurraram. Escorria suor pelas costas de Heather. Devia estar uns 46 graus. Até as maiores varejeiras pareciam derrotadas e letárgicas.

— Talvez eu pudesse dar entrada num pagamento. Agora. Como... hum... prova da minha honestidade e de que vou assumir a culpa — sugeriu Tom.

Heather apertou de leve a mão dele. Talvez essa fosse a saída.

A mãe tossiu, e alguém lhe trouxe outra bebida.

Tom se levantou.

— Olha, eu sinto muitíssimo. Entendo a sua...

— E quem é que disse que você podia levantar? Faz ele sentar, Ivan.

Ivan deu uma coronhada no estômago de Tom com a carabina.

— Deus do céu! Com a arma não, parceiro! — grunhiu Matt, mas já era tarde demais.

Tom estava encolhido no chão.

Quando deu por si, Heather tinha se levantado e se lançado sobre Ivan. Ele lhe deu um tapão na cara. Foi o tapa mais forte que ela já recebeu na vida. Quase deu uma volta completa e caiu no chão também.

As crianças gritaram. O cachorro começou a latir.

— Pelo amor de Deus, Matt. Não consigo pensar com essa barulheira. Para que foi que você trouxe essa gente para cá? Tira essa gente da merda da minha casa enquanto eu penso no que fazer! — disse a mãe.

O pânico deixou Heather com ânsia de vômito.

Ninguém sabia que eles estavam ali. Os celulares tinham sumido. Os organizadores do congresso só começariam a se preocupar com Tom na segunda-feira à noite, ou até mesmo na terça-feira de manhã antes da palestra. E já seria tarde demais.

7

A mãe apontou a bengala para Jacko e Matt.

— Eu não precisava ficar repetindo as coisas aqui antes. Tirem eles da minha casa! Tirem daqui, revistem direitinho, ponham no galpão de tosquia até o Danny voltar!

Heather estava de cara no chão de madeira. Seu braço esquerdo estava debaixo do corpo. Ela alcançou o bolso, pegou a faca que tinha ganhado em Alice Springs e a enfiou dentro da parte da frente da calça. Foi bem na hora. Jacko a puxou pelos cabelos e a fez ficar de pé. O irmão dele, Ivan, empurrou-a pela porta da frente, onde Kate a apanhou pelo pescoço e lhe deu mais um empurrão. Ela tropeçou nos degraus da varanda e estendeu as mãos para proteger o rosto antes de cair de novo na terra.

Era fim de tarde, e o círculo vermelho do sol já havia afundado no continente e deixado grandes ondas latejantes de calor pelo caminho. Olivia chorava. Heather se levantou e tentou pegar a mão da garota, mas Jacko as separou com um empurrão.

Estavam marchando para o velho galpão de tosquia, uma estrutura de madeira com cerca de nove metros de comprimento e três de largura. A porta era trancada por um cadeado. Havia palha no chão, e o lugar fedia. Era óbvio que havia anos que nada era tosquiado ali. A família foi empurrada para dentro.

— Sentem! — ordenou Jacko.

Heather se sentou no chão.

— A gente devia amarrar eles para evitar qualquer problema — sugeriu Jacko.

— Verdade — concordou Kate.

— A mãe não mandou amarrar ninguém — apontou Matt.

— Vê se pensa, parceiro. Isso, fácil, fácil, vamos amarrar as mãos deles — sugeriu Ivan.

— Puta que pariu, vocês são burros pra caralho. Eles vão simplesmente se desamarrar — disse Kate. — A gente tem que amarrar eles *em* alguma coisa. Manda o Freddie pegar um pouco da corda número três. Deixa comigo. Enquanto isso, vamos fazer o que a mãe mandou e revistar esses filhos da puta.

— Aí é comigo mesmo — vociferou Jacko. — Aqueles policiais de merda já me revistaram tanto que aprendi todos os truques deles. A gente já pegou os celulares?

— Já — respondeu Ivan. — Mas não tem sinal aqui, é claro.

— Pega o menino aí para mim, faz favor?

Heather viu Owen ser empurrado para uma das paredes do galpão. Jacko vasculhou os bolsos dele e passou as mãos por pernas e costas. Pegaram o dinheiro e o dado de vinte lados que ele levava para todo canto. Já tinham pegado a carteira e o celular de Tom. Pegaram as chaves, uma caneta e não acharam mais nada quando o revistaram.

— Sua vez, mocinha — disse Jacko para Olivia.

— Será que dá para chamar uma das mulheres para revistá-la, por favor? — pediu Heather. — Ela é só uma menininha assustada.

Jacko cerrou o punho e apertou a bochecha de Heather com ele.

— Você está me dando nos nervos. Acho bom calar a boca, senão eu quebro a porra da sua mandíbula — disse.

— É melhor não fazer isso! — disse Tom.

— E se eu fizer? Você vai fazer o quê?

— Desculpa, eu... — começou Heather.

— Eu não mandei *calar a boca*? — gritou Jacko.

Heather fez que sim. Estava toda se tremendo.

— Só vai com calma na menina, parceiro — disse Matt para Jacko.

— Eu sei o que estou fazendo. — Ele revistou Olivia, virou-se para Heather e disse: — Agora você, princesa.

— A encrenqueira é ela mesma, ó — murmurou alguém que estava na porta.

— Pois é, eu sei — disse Jacko e empurrou o rosto dela para a parede. Heather sentiu as mãos grossas subindo e descendo nas suas pernas. Ele chegou aos bolsos da calça jeans, pegou o dinheiro e o maço de cigarros do dia anterior, bateu nos bolsos da bunda e passou as mãos pelas costas e debaixo dos braços. — Marlboro — disse, guardando-o no bolso.

— Cigarro? — soltou Tom sem pensar, como se o hábito de Heather de fumar em segredo naquele mundo perdido em que viviam antes importasse agora.

— Ela não tem nada? — perguntou Ivan.

— Nada — respondeu Jacko. — E vamos amarrar eles mesmo?

— Vamos. Eu estava pensando — disse Kate. — O que vocês acham, rapazes? A gente podia amarrar as mãos deles, deixar um bem longe do outro e aí... Estão vendo aqueles ganchos de ovelha lá em cima?

— Estou, e daí?

— A gente amarra uma corda em cada gancho e outra em volta do pescoço deles. É só apertar bem que aí eles não vão conseguir se mexer por aqui para um ajudar a desamarrar o outro. Que tal?

— Quem ia imaginar? A Kate é um gênio, porra! — disse Jacko, e todos os homens riram.

— Isso é loucura! Vocês não podem fazer isso com crianças! — implorou Heather.

Jacko se virou para Tom.

— Ela é encrenqueira mesmo. Se não calar a boca, ela vai acabar fazendo você e a sua família se machucarem de verdade, meu parceiro.

Heather olhou para Tom e balançou a cabeça.

— Acho que a minha mulher está preocupada que aconteça alguma coisa com as crianças — protestou Tom. — Você não pode estar pensando de verdade em enlaçar o pescoço de criancinhas.

— Olho por olho então — disse Ivan com uma risada desagradável.

— Se amarrar a corda na cintura deles, daria para prender todo mundo na lateral do galpão. Acho que vai ser mais seguro para todos — sugeriu Tom.

— Prender onde? Naquelas tábuas ali? Nada feito, parceiro. Vai ser nos ganchos e fim de papo — disse Kate. — É só falar para essas crianças do inferno não ficarem se mexendo que ninguém morre enforcado.

— Espera! E se eles se levantarem? — perguntou Matt. — Esse plano está furado, Kate.

Kate encarou Matt.

— Amarra as mãos, passa a corda em volta do pescoço até o gancho, depois outra corda do pescoço até a tábua atrás da cabeça de cada um. Satisfeito agora?

— Eles não vão conseguir dar nem um passinho. — Jacko riu.

— Essa é a ideia, parceiro — disse Kate.

Heather ficou observando, impotente, enquanto as crianças eram obrigadas a se sentar no chão com as mãos à frente e um laço era passado ao redor do pescoço delas, vindo de um gancho no teto. Outra corda, também ao redor do pescoço, as prendia à parede do galpão de tosquia. Tom era o próximo. Ela foi a última. Jacko a empurrou, amarrou seus pulsos bem apertado e colocou duas cordas ao redor do seu pescoço.

— Se certifica de que ela está bem presa — disse Ivan.

Tiraram quase toda a folga do laço de modo que Heather mal conseguia mover um músculo sem começar a se sentir enforcada.

— E se a gente amarrar as mãos deles *nas costas*? — perguntou Jacko.

— Pelo amor de Deus, como é que a gente complicou tanto essa merda? Deixa assim! — disse Ivan.

— Tá bom, parceiro. Todo mundo confortável? Beleza, segurem a onda até o Danny voltar — disse Jacko e fechou a porta, fazendo o galpão mergulhar na escuridão.

8

Matt pegou Kate pelo braço e a puxou para longe do galpão de tosquia. Ela o empurrou.

— Que que foi? — exigiu saber.

— A gente não pode fazer isso. Não pode prender essa gente. Um de nós vai ter que ir para o continente chamar um policial — disse Matt.

Kate se afastou um passo dele.

— Você ficou louco, foi? Quer que eu conte para o Jacko o que você acabou de falar? Ou para o Ivan? Ou para a mãe?

— A gente tem que pensar no futuro, Kate. Você sabe tão bem quanto eu que o dinheiro está acabando. Por quanto tempo mais dá para continuar assim? Dois anos? Três?

— Aonde você quer chegar?

— Aquela ideia da pousada ecológica que o Terry teve. É uma *boa ideia*. Turistas vindo aqui de verdade. Passando a noite, gastando dinheiro. Todo mundo sai ganhando. Mas, se a gente for em frente com isso, acabou, entendeu? Pode esquecer.

— O Terry morreu.

— É, morreu, mas a ideia não. Você concordou. Você, eu, a Janey e talvez até alguns dos outros. A gente fala com a mãe antes que o Ivan, o Jacko e aquele povo façam a cabeça dela.

Kate fazia que não com a cabeça.

— A mãe considera você o menino de ouro, Matt. Ela confia em você.

— E eu estou *pensando* nela. Estou pensando no que é melhor para todos nós. Quer que o Jacko fique no comando de tudo aqui? Com meia garrafa de cana na cabeça? A porra do Jacko?

— Eles entraram aqui. Mataram a Ellen. Vão ter que pagar! — insistiu Kate.

— Isso só vai acabar com mais gente morta. O Ivan me contou o que aconteceu com aquela menina que o Jacko pegou no começo dos anos 2000. Pelo amor de Deus! Não precisa ser assim. A gente pode falar com a mãe, nós dois! É todo o nosso futuro que está em risco aqui. Olha, quando o dinheiro acabar, do que é que a gente vai viver? Nada. A pousada ecológica, turismo... Uma coisa assim pode salvar todo mundo.

— Não gosto desse tipo de conversa, Matt. Somos uma família, somos unidos — disse Kate.

— Claro que somos. Mas a gente tem que fazer o que é melhor para a família a longo prazo. Não só hoje à noite.

Kate refletiu por um instante, fez que não com a cabeça e lentamente ergueu a espingarda. A arma parou apontada para o peito de Matt.

— Você tem que tomar uma decisão, Matt. Você é de lá ou daqui? É um deles ou um de nós? Qual vai ser?

— Você não faria isso — disse Matt, olhando para o cano duplo da espingarda. Uma arma que matou centenas de coelhos, gatos, raposas e sabe lá Deus mais o quê.

— Eles ou a gente, Matt?

Matt tirou o chapéu e balançou a cabeça. A faixa do chapéu estava encharcada de suor. Ele secou a testa e fez que sim.

— A mãe me aceitou aqui. Me tratou que nem um filho. A família sempre vai ser a minha prioridade.

Kate baixou a arma.

— Era isso que eu precisava ouvir, Matt. O Jacko e o Ivan não precisam saber que a gente teve essa conversa. Mas vou ficar de olho em você. Só não esquece a quem você deve a sua lealdade.

9

As crianças estavam chorando. Heather, tentando respirar. Dezenas de moscas voavam em círculos acima deles. A cabeça de Tom estava latejando. Eles tinham feito tudo errado. Se tivessem aberto o jogo desde o começo, talvez os O'Neill não reagissem com tanta hostilidade. Ele devia ter seguido seus instintos: confessar tudo. Envolver a polícia. Por que foi escutar Heather? Ela é uma *millennial*. Não sabe de nada.

Ele balançou a cabeça.

Era tarde demais para recriminações.

Mas isso não precisava acabar sendo um erro fatal. Não estavam em algum condado caipira dos Estados Unidos. Nem no Terceiro Mundo. Era a Austrália, um dos países mais civilizados do planeta. Eles iriam ameaçá-los e tentar intimidá-los, mas *chegariam* a algum acordo. Essa mesmíssima situação aconteceu com Thomas Edison na Alemanha. Edison atropelou uma camponesa com o carro e simplesmente abriu a carteira e pagou por todo o...

— O que vai acontecer com a gente? — perguntou Olivia baixinho.

— Não vai acontecer nada, queridinha. Eles estão só tentando intimidar a gente. É bem o que valentões fazem — disse Tom.

— Você matou aquela mulher — retrucou Owen.

— Foi um acidente, Owen. Não matei ninguém. Ela entrou na estrada do nada com a bicicleta. Foi um acidente. É trágico, mas essas coisas acontecem o tempo todo.

— Isso é mentira. Vocês dois são uns mentirosos. Não foi isso que aconteceu — disse Owen. O garoto se inclinou para a frente, mas parou abruptamente quando as cordas o enforcaram.

Tom olhou para Heather em busca de apoio, mas ela estava se contorcendo no jeans para tentar ficar mais confortável ou sabe lá Deus o quê.

— A culpa é sua, Heather — choramingou Olivia. — A gente devia ter chamado a polícia. Não se foge depois de um acidente! Nunca ensinaram isso lá de onde você veio?

— Não tinha sinal de celular — falou Heather.

— Agora eles vão se vingar da gente — disse Olivia.

— Não é assim que funciona. Não na Austrália. E nem em lugar nenhum. Eles estão com raiva agora, mas vão se acalmar e pensar racionalmente. Isso é assunto de polícia. Mais cedo ou mais tarde, vão ligar para eles — insistiu Tom.

— Mas falaram que aqui não tem telefone nenhum — disse Owen.

— Vão pegar a balsa para o continente e ligar de lá. — Tom ainda conseguia ver Heather contorcendo-se no chão. — O que você está fazendo aí? — perguntou.

Encharcada de suor, ela ergueu o olhar para ele.

— Coloquei o chaveiro dentro da parte da frente da minha calça. Acho que consigo pegar.

— Mas para quê?

— Tem um canivete — sussurrou Heather. — Peguei lá em Alice Springs. Achei que fossem fazer a gente esvaziar os bolsos, então escondi.

— Deus do céu! Você é maravilhosa — disse Tom.

— Só se eu conseguir pegar — respondeu ela enquanto tentava manipular o canivete calça abaixo.

Os sentidos de Tom ficaram mais aguçados. Havia um plano B em ação. Ele olhou pelas fendas entre as tábuas. Estava escuro. Era provável que os O'Neill passassem a noite discutindo os próximos passos e, de manhã, estivessem mais racionais. Mas para que correr o risco? Se conseguissem cortar as cordas, não seria tão difícil cavar a terra e sair pelos fundos do galpão. Era o quê? Uns três quilômetros de campo até a balsa? Se ainda estivesse lá, ele poderia dar um jeito de ligar o motor e então atravessariam o canal estreito até o continente em uns quinze minutos. Era uma baía semifechada — sem dúvida as correntes os levariam até a costa. Se não conseguisse ligar o motor, talvez pudessem pegar a balsa mesmo assim e se deixarem levar pela maré.

A essa altura, Heather já tinha conseguido escorregar o canivete pela perna da calça. Ela o pegou com as mãos amarradas e abriu a lâmina. Era uma faquinha de nada.

— É afiado? — perguntou Tom.

— Ã-hã — respondeu Heather, testando o fio com o polegar. — Jogo aí para você?

— Não! Não faz isso. Pode acabar caindo no meio do caminho, e aí o que a gente faz? Corta a sua corda primeiro e depois traz aqui — disse Tom, sussurrando alto.

Heather começou a serrar as amarras que lhe prendiam as mãos.

— Está dando certo? — perguntou Tom.

— Não sei. Acho que sim.

— Não consigo respirar, pai — reclamou Olivia.

— Sinto muito, meu amor. Tenta colocar um dedo entre a corda e o pescoço — instruiu Tom.

— Tá bom — respondeu Olivia, como se aquela fosse uma resposta simples para uma pergunta igualmente simples.

— O que a gente faz se conseguir cortar as cordas? — perguntou Owen.

— Vamos nos soltar e aí cavar por baixo das tábuas até os fundos do galpão. Depois a gente corre pelo meio do mato. O deque da balsa fica só a uns três quilômetros atravessando os campos. Dá para chegar lá fácil — respondeu Tom.

— E depois? — perguntou Owen.

— A gente atravessa para o outro lado.

— E se a balsa estiver do outro lado do canal? — disse Owen.

Tom estremeceu. Não tinha pensado nisso.

— Aí a gente se esconde na ilha.

— Eles vão encontrar a gente — choramingou Olivia.

Tom fez que não com a cabeça.

— Não vão encontrar, não.

Tom conseguia ver que Heather estava com o canivete entre o polegar e o indicador da mão direita. A corda era bem grossa, e ela parecia muito estranha tentando cortá-la.

— Tem certeza de que está funcionando?

— Acho que sim.

— Que bom. Continua, então.

— Você consegue mesmo, Tom? — perguntou Heather. — Esconder a gente?

— Claro que consigo — assegurou ele.

Owen estava começando a ficar empolgado.

— A gente podia pegar uns coelhos. Dá para fazer lanças e caçar.

— Deixa de ser burro, Owen — disse Olivia.

— Você contou para alguém que a gente estava vindo para cá? — perguntou Heather.

— Não, mas o GPS dos nossos celulares ficou ativado o caminho inteiro por quase toda a península, então a polícia vai ter como rastrear os nossos movimentos e descobrir para onde a gente foi.

— Só que não vão saber que a gente veio para cá. O GPS não estava funcionando na balsa — disse Heather.

Tom não precisava dessa negatividade agora, e ela tinha aquela mania dos jovens de dizer tudo o que vinha à mente.

— Querida! — disse ele, quase num tom de reprovação. — A polícia vai descobrir onde a gente está, certo?

Heather entendeu a deixa.

— Isso, isso, você tem razão. Claro que vai. A polícia já deve estar atrás da gente a essa altura e vai nos encontrar amanhã.

Tom fez que sim. Se mantivessem a calma, olhassem ao redor e tentassem focar o aqui e agora, ficaria tudo bem.

— Isso mesmo. Vocês três têm que confiar...

Vozes. Havia pessoas se aproximando...

— Merda, estão voltando, esconde o canivete na terra — disse Tom.

Heather enfiou a lâmina meio de qualquer jeito no chão bem na hora que a porta do galpão se abriu.

— A gente precisa falar com vocês dois de novo — anunciou Matt.

— A gente precisa de água para as crianças — pediu Tom.

— Vamos dar água. A gente decidiu que é melhor falar com vocês antes que o Danny chegue — disse Matt e começou a desamarrar a corda que ligava o pescoço de Heather à armação de madeira.

Tom passou por um momento de tensão quando Matt olhou para o chão perto de onde Heather estava sentada, mas o homem não viu a faca. Ele desamarrou a corda do pescoço de Tom e puxou os dois para que ficassem de pé.

— É uma desgraça sem tamanho. Vocês deviam é ter vergonha. Não podem nos prender desse jeito. São só crianças! No que vocês estão pensando? — disse Heather para Matt.

Mesmo à luz fraca do galpão, Tom percebeu que Matt estava envergonhado.

— Pois é, foi mal por isso. Mas, porra, eu falei para vocês não virem para cá — disse Matt.

— Se vocês insistirem em manter a mim e ao Tom aqui para a gente combinar alguma compensação, tudo bem — disse Heather. — Mas vocês precisam levar as crianças de volta para o continente de balsa.

Tom olhou para ela com ar de "deixa comigo". Ele queria diminuir a tensão. Heather estava ficando nervosa. A mãe nunca ia concordar com uma coisa dessas.

— Não, não precisa fazer isso. Mas as crianças precisam de água — disse ele.

— Vou trazer água. Venham — chamou Matt. — O Danny está na balsa. Quase chegando.

— Não vou deixar as crianças sozinhas aqui — disse Heather.

— Dou a minha palavra de que não vai acontecer nada com elas. Confia em mim — disse Matt com tanta sinceridade que Tom acreditou e Heather se viu acenando positivamente com a cabeça.

— Vamos, Heather — disse Tom. — Vamos nos acalmar e resolver essa situação.

Kate os esperava em frente ao galpão de tosquia com sua espingarda.

— Ela está no pátio — disse ela a Matt. — A gente trouxe a cadeira dela para fora.

Eles se arrastaram entre as construções da fazenda e pedaços esquisitos de equipamento agrícola que mais pareciam instalações de arte moderna sinistras.

Chegaram ao pátio, onde o Porsche continuava estacionado, e Tom percebeu o motorhome do casal holandês. Onde eles tinham se metido enquanto tudo isso estava acontecendo?

A mãe estava sentada em sua cadeira de balanço com cerca de quinze ou vinte pessoas amontoadas ao redor no crepúsculo. As moscas não deram trégua quando o sol se pôs, e havia uma catinga de alga apodrecida vindo do mar. Tom notou que a maioria dos adultos estava armada. Era melhor Heather não tentar nenhuma besteira.

— O Danny está chegando. Acho bom a gente dar um jeito nessa história agora — disse a mãe. — Vocês dois, venham aqui na minha frente. Vamos resolver agora que nem adultos. Encontrar uma solução justa e bater o martelo. Concordam?

Tom fez que sim.

— Claro. Mais uma vez, peço desculpas pelo que aconteceu com a Ellen. Peço desculpas de verdade, tanto por mim quanto pela minha família.

— Que bom — disse a mãe. — Você vai ter que pedir desculpas para o Danny também. E é bom ser uma desculpa daquelas. Ele amava aquela garota.

— Vou pedir. E, olha, antes de o Danny chegar, quem sabe a gente chega num acordo e já apresenta para ele como um *fait accompli* — sugeriu Tom. — Um *fait accompli* é...

— Eu sei o que é! — disse Matt. — Eu frequentei o Liceu Mount Lourdes, sabia? Vamos ver se conseguimos dar um jeito nisso.

Tom começou a se acalmar. Claro, a mãe era aterrorizante, mas parecia disposta a firmar um compromisso. "Dar um jeito" era um bom sinal. Além do mais, havia um ligeiro sotaque irlandês na voz da mãe. Ela deve ter vindo para cá quando era criança. A matriarca da ilha Holandesa não era descendente de algum culto isolado incestuoso de adoradores de ídolos pagãos. Era só mais uma imigrante tentando a vida num país grande.

Tom deu um sorriso tranquilizador a Heather. De cabeça baixa e com as mãos amarradas na frente do corpo como um inimigo derrotado, ele se aproximou de Matt.

— Obviamente, o que aconteceu aqui foi uma tragédia terrível. Foi culpa minha, sinto muito e presto os meus sentimentos à família da Ellen e ao Danny.

— O Danny vai ficar puto da vida — disse um homem entre as pessoas reunidas.

Houve um murmúrio generalizado de concordância.

Tom mordeu o lábio. Sim, a ilha inteira era uma grande família, mas a mandachuva era a mãe. A palavra dela seria lei. Ele só precisava persuadi-la.

— Sinto muito pelo acidente, mas não foi por maldade. Ninguém tem culpa. Foi só uma dessas coisas que acontecem — disse Tom.

— Você estava rápido demais naquela via — disse Kate, e, mais uma vez, houve um murmúrio em concordância da multidão.

Tom sabia que entrar numa discussão acalorada seria fatal para o seu caso. Tudo o que tinha que fazer era concordar e parecer arrependido.

— Talvez você esteja certa. Talvez eu estivesse mesmo rápido demais — continuou ele. — Mas tentei salvá-la. Tentei muito. Eu sou médico e fiz o melhor que pude. E depois, quando vimos que não tinha mais solução, entramos em pânico. A gente fez a coisa errada, sem dúvida. Olha, não temos como trazer a Ellen de volta. Mas podemos oferecer uma... hum... compensação.

— Dinheiro, você quer dizer? — perguntou Jacko.

— Isso.

— Você é médico. De quanto dinheiro estamos falando? A Maya, a minha sobrinha, é enfermeira e recebe mal pra caralho — disse a mãe.

— Tenho me dado muito bem nos últimos tempos. Fui eleito um dos melhores médicos de Seattle esse ano, e, bom, sendo bem sincero, ganhei muito dinheiro quando me casei — disse Tom.

— Quanto dinheiro? — perguntou Kate.

— A minha falecida esposa, Judith, vinha de uma família rica de Seattle. Já ouviram falar da Microsoft?

Matt, Kate e Ivan fizeram que sim.

— Já — disse Matt.

— O pai de Judith foi um dos primeiros investidores. Temos umas ações e...

— Ações! Quanto dinheiro vivo você tem? — exigiu saber a mãe.

— Aqui na Austrália.

— Na Austrália, só umas centenas de dólares — admitiu Tom.

— Mas a gente consegue mais amanhã por transferência lá dos Estados Unidos — acrescentou Heather.

— Era aí que eu ia chegar. Podemos transferir um dinheiro para cá sem problema. Bastante dinheiro.

— Quanto? — perguntou a mãe.

Tom se inclinou para trás. Todos olhavam para ele. Havia mariposas voando em direção às lâmpadas. As estrelas estavam começando a aparecer. O ar estava ficando mais fresco. A temperatura estava abaixando — tanto literal quanto metaforicamente. Ele os conquistou com bom senso, persuasão e tranquilidade. O tipo de coisa que não era ensinada na faculdade de medicina, as boas maneiras com os pacientes; era uma das habilidades mais importantes da profissão.

Estava no papo.

O segredo era o dinheiro. Eles saíram do campo da vingança e entraram no financeiro. Tom sabia que precisava escolher a quantia exata pelo princípio de Cachinhos Dourados. O valor não podia ser muito alto para não parecer absurdo, mas também não dava para ser tão baixo.

— Quinhentos mil dólares americanos — disse ele.

Alguns "nossa!" ecoaram pela multidão.

— Meio milhão? — disse Kate, desconfiada.

— Tenho isso na conta, sim — insistiu Tom.

— Como funciona a transferência? — perguntou uma mulher mais velha numa calça jeans imunda e numa regata rasgada. Ela também tinha uma arma, uma carabina com cara de velha que usava como bengala.

— Pois é. Como... Como é que funciona essa coisa de transferência? — exigiu saber Ivan.

— O dinheiro está numa conta-corrente lá dos Estados Unidos. Tenho mais em outras poupanças, mas dá para transferir tudo da conta-corrente sem levantar nenhuma suspeita.

— Isso é papo furado — disse Kate.

— Como assim "papo furado"? — perguntou Matt.

— Se a gente deixar eles irem para Melbourne pegar o dinheiro, nunca mais vamos ver essa gente na vida — disse Kate.

Mais murmúrios.

— Os pirralhos ficam aqui. Ele vai, pega o meio milhão em dinheiro e traz para cá. Aí a gente troca a bolada pelas crianças. Cem mil vão para o Danny, para compensar a perda, e o restante a gente divide — propôs Matt, olhando para ver se a mãe concordava.

— Cem mil por uma esposa morta! — disse Kate.

— Bom, ela não era do sangue de vocês, não é? Que nem eu — disse Matt.

As pessoas riram um pouco. Tom percebeu que o humor geral estava mudando. Estavam começando a ficar mais racionais.

— Acho que é justo — disse Tom.

— Talvez seja. Faz só um ano que a Ellen veio para cá — admitiu a mãe.

— Não! As crianças não podem ficar como reféns. Elas vão morrer de medo. O Tom leva as crianças e eu fico aqui, aí... — começou a dizer Heather, mas Tom a interrompeu:

— Pelo amor de Deus, Heather! Deixa comigo, *amor*. Vai ficar tudo bem. Quem sabe eu levo a Olivia para me ajudar a resolver as coisas. Você fica para cuidar do Owen. Vou pegar o dinheiro no banco e amanhã a essa hora já estou de volta. Vai ficar tudo bem. Depois a gente vai para casa. Vai dar certo — disse Tom.

Ela franziu o cenho, mas depois fez que sim.

— Tá bom.

A mãe também acenou positivamente com a cabeça.

Ele começou a relaxar um pouco. *Talvez dê certo mesmo.*

— Como é que a gente vai ter certeza de que ele tem mesmo esse dinheiro? É muita grana — disse Kate.

— O povo dos Estados Unidos é rico! — disse outra pessoa.

— Olha para a merda do carro dele, sua idiota. É a porcaria de um Porsche.

— Eu tenho o dinheiro — insistiu Tom acima do burburinho crescente.

A mãe cutucou Ivan, que estava ao seu lado. Ele ergueu a pistola e deu um tiro para o alto.

Todos calaram a boca. No silêncio, Tom conseguiu ouvir Heather choramingando.

— Pronto. Agora que tenho a atenção de todo mundo — disse a mãe —, em primeiro lugar: Dr. Thomas Baxter, se você voltar com a polícia, nunca mais vai ver a sua esposa e o menino. Entendeu?

— Entendo plenamente — respondeu Tom.

— Eles vão ser levados para outro lugar.

— Entendi.

— Em segundo lugar: se você vier para cá com um mísero dólar a menos, o acordo já era.

— Não vai acontecer. Vou trazer a quantia exata.

— Em terceiro lugar: se, depois que vocês voltarem para os Estados Unidos, a polícia aparecer fazendo perguntas sobre dinheiro sumido, é melhor você ficar esperto, meu parceiro. Porque aí a gente vai contar para os policiais o que você fez, e isso vai ser só o começo. A nossa família é grande. Um de nós vai para os Estados Unidos atrás de você.

— Não vou dar para trás no acordo. Era isso que eu queria desde o começo. Sei que fiz uma coisa errada. Sei que não posso fazer nada para mudar isso. Mas eu cumpriria a minha palavra mesmo que vocês não mantivessem a minha mulher e o meu filho... *como...* — Sua voz foi ficando mais baixa. Ele não queria dizer "reféns". Era uma situação excepcionalmente delicada, e Tom não queria deixar tudo ainda pior com palavras inflamatórias. — Como convidados.

Heather estava agitada. Ela costumava ser tão equilibrada. Inclusive, foi um dos motivos para Tom se sentir tão atraído. Ela era o oposto de Judith em muitos, muitos aspectos. Desde que havia conhecido Heather, um ano atrás, quase não a tinha visto perder as estribeiras, mas aquela era uma circunstância muito fora da curva. Ele não podia correr o risco de deixá-la estragar tudo agora.

— Vai dar tudo certo, Heather. Confia em mim — disse Tom com calma. — Olha para mim, amor. Olha para mim. Confia em mim. Respira fundo. Isso, pronto.

Ela respirou e fez que sim.

— Você vai voltar com o dinheiro?

— Claro que vou.

— E vai fazer com que eles deem comida e água para a gente?

— Vou.

— Tá bom.

Ao longe, Tom ouviu o barulho de uma moto.

— É o Danny chegando — disse Matt. — Negócio fechado?

— Por mim, sim — respondeu Tom.

— Por nós também — falou Matt. — Somos gente sensata, Dr. Baxter. Moramos aqui sozinhos. Não fazemos mal a ninguém. Não convidamos ninguém para a nossa ilha, mas, se alguém vem aqui, sejam policiais ou gente do governo, esperamos que sejam respeitosos.

— Claro. O erro foi nosso, e sinto muito.

— A gente não queria nada disso... — disse a mãe.

— Desculpa interromper, mãe, mas acho que temos outro problema — falou Jacko.

— O que foi?

— A gente encontrou os alemães e está mantendo os dois lá em casa, mas eles querem muito ir embora — disse Jacko.

— É só dizer que a balsa precisa de reparos.

— Beleza — respondeu Jacko.

— Mais algum problema que eu precise resolver? — perguntou a mãe antes de dar uma longa tragada no cigarro.

— As crianças não podem de jeito nenhum passar a noite naquele galpão. Vocês vão ter que tirá-las de lá — disse Heather.

Ai, porra. A gente conseguiu. Não vem arranjar problema, gritava Tom telepaticamente.

Para sua surpresa, Heather pareceu entender o pensamento.

— Bom, a gente vai precisar pelo menos de lençol, alguma coisa para comer e um banheiro, senão a coisa vai ficar feia lá dentro — disse Heather.

A moto estava muito perto agora. Aproximando-se da fazenda. Tudo ficou em silêncio, na expectativa.

Uma linha de nuvens.

As estrelas silenciosas.

A lua crescente amarela silenciosa.

— O Danny vai ficar puto — murmurou Jacko.

— A gente já falou o que tinha para falar e fechou negócio — disse Matt. — O Danny vai ter que gostar e acabou.

— Ã-hã — concordou Ivan. — Como o Matt falou, ela nem era do nosso sangue.

A moto estacionou diante da casa.

O silêncio sinistro ficou mais intenso.

Moscas.

Mariposas.

Vácuo.

Vazio.

Todos esperavam.

De repente, houve um grito.

— Pelo visto, contaram para ele — disse Kate.

— Acho que você matou a charada, Katie — respondeu Jacko com uma risadinha.

Um som de confusão fez-se ouvir, e a porta foi aberta com tudo.

Houve um gemido terrível, parecido com um cachorro morrendo. Barulho de discussão.

E, então, silêncio.

Uma silhueta apareceu na soleira da porta.

Danny carregava o corpo de Ellen nos braços.

— Eita, porra — sussurrou Matt. — Jacko, se prepara porque é bem capaz de ele fazer alguma besteira.

Danny carregou Ellen até o pátio. Assim como todos os membros da família O'Neill, era alto e magro. Tinha cabelo ruivo e ralo e olhos escuros.

Olhou para Tom.

— Foi ele? — perguntou à mãe, cuspindo as palavras.

— Se acalma aí, parceiro, a gente já resolveu a situação.

— Pois é, me contaram — disse Danny. — Você acha que eu vou aceitar esse dinheiro sujo? Acha que vou pegar um centavo que seja? Em troca dela?

Danny colocou Ellen com gentileza no chão. Ela era uma boneca de pano, quebrada em dezenas de lugares. Tremendo, Danny acariciou seu rosto.

— Ela era tudo para mim. Era melhor que todos vocês juntos, e vocês sabem disso, porra! — disse Danny.

— Sinto muito. De verdade — falou Tom.

E sentia mesmo. Aquela coitada. Que coisa horrível. Mas... o problema agora era outro. O problema era o que fariam a seguir.

Danny se levantou. Seus olhos estavam vermelhos e vazios. Ele apontou um dedo para Tom.

— Você matou ela!

Tom fez que sim com a cabeça.

— Foi um acidente. Me desculpa. Mas... eu... eu assumo toda a culpa.

— Não é o bastante! — gritou Danny.

— Calma aí, parceiro. Todo mundo aqui concordou. Você perdeu a reunião. A gente concordou e a mãe decidiu — disse Matt.

— Decidiu, mãe? Sem mim? — disse Danny com a voz distante e monocórdia.

— Decidi, sim. É melhor assim — respondeu a mãe com firmeza.

Danny foi até Tom e cutucou o peito dele com um dedo.

— Eu sinto muito, de verdade — disse Tom suavemente.

— Sente muito, é? Você sente muito! — O rosto de Danny estava retorcido de raiva e luto. Seus olhos eram fendas de uma fúria sombria. Escorria baba pelo queixo dele. — E vocês concordaram? — continuou Danny, ainda com o dedo no peito de Tom. — Esse riquinho filho da puta atropela a minha Ellen, uma inocente que não machucaria nem uma mosca. Que era tudo o que eu tinha no mundo. E vocês concordaram em não fazer nada?

— Eu estou arrasado de verdade com o que aconteceu. Ela apareceu do nada, eu... — começou a dizer Tom.

Danny lhe deu um empurrão no peito. Tom tropeçou nos próprios pés e caiu. Danny tentou chutá-lo, mas Matt o agarrou com seus braços enormes e o ergueu do chão.

— A mãe já deu a ordem, parceiro! — disse Matt.

Cauteloso, Tom se levantou.

— Vocês não podem decidir nada sem mim! — gritou Danny. — Olhem para ela! Olhem o que ele fez com ela! Ela era linda. Era tudo o que eu tinha. O que é que eu vou fazer?

— Se acalma, parceiro. Vai ficar tudo bem — insistiu Matt.

— Como?! Como é que vai ficar tudo bem? — gritou Danny. — E a mulher *dele*? E se a gente fizer alguma coisa com ela?

— Não. Isso não tem nada a ver com a minha mulher. Não tem nada a ver com a minha família. Era eu que estava dirigindo. A culpa é minha — disse Tom.

— Sua?

— Minha.

— Então tudo bem, tá bom, tá bom, já entendi — disse Danny, mais calmo agora. — Me solta, Matt. Tá tudo bem, me solta, parceiro.

Com cuidado, Matt soltou os braços e largou Danny de volta no chão.

— Nada vai trazer a Ellen de volta. Nada. É o melhor a fazer — falou Matt.

— Entendi — respondeu Danny. — Eu saí daqui, consegui um emprego e uma mulher enquanto vocês não fazem nada além de ficarem sentados fumando, reclamando e bebendo cana de pijama. E agora um bando de lixo que nem vocês quer decidir por mim?

Ele voltou até o corpo de Ellen, beijou-a e a abraçou. Pegou alguma coisa do bolso. Um crucifixo, pensou Tom, quando o viu reluzir à luz da lua.

Não, não era um crucifixo, era uma...

— Cuidado! — gritou Heather quando Danny se virou, correu até Tom e enfiou a faca nele com tanta força que quase o derrubou.

Heather deu um grito.

— Uhhhh — disse Tom enquanto a faca penetrava profundamente na lateral direita do seu corpo.

— Pelo amor de Deus! Olha o que você fez! — Tom ouviu Matt gritar.

— Ele mereceu — berrou Danny em resposta.

Danny puxou a lâmina para esfaquear Tom de novo. Antes que conseguisse golpeá-lo, Heather subiu nas suas costas e fez o que pôde para colocar as mãos ainda amarradas em volta do pescoço dele.

Essa aí é uma lutadora, pensou Tom enquanto suas pernas cediam. Ele caiu feito uma marionete sem cordas.

O chão era quente. Confortável.

Tinha uma visão de pés e das laterais das construções que constituíam a fazenda.

Heather era pequenininha, e Danny, em comparação, um homenzarrão. Não era uma luta justa, mas Ivan e Matt estavam entrando em cena.

— Seu burro do caralho! — dizia Ivan.

Danny gritava algo em resposta.

As vozes esmaeciam. Tudo parecia esmaecer.

Os campos.

As estrelas cadentes.

A lua crescente se dissolvia em vapor sobre a terra.

Seus olhos estavam pesados.

Quatro pensamentos perpassaram sua consciência errante. Quatro pensamentos, que também eram quatro palavras:

Judith.
Heather.
Olivia.
Owen.

Ele tentou se manter no agora, mas era tão difícil; o agora não parava de escorrer pelos seus dedos.

Tom sentiu um espasmo de preocupação, de ansiedade, de medo.

Arrependimentos.

Erros.

O dia esfriava.

A terra estava quente.

Quando fechou os olhos, o mundo desapareceu por completo.

Ele não conseguia sentir a ponta dos dedos.

Ele não conseguia sentir as pernas.

E então não havia mais um "ele" para sentir coisa alguma.

10

Heather tinha passado a corda de cânhamo ao redor do pescoço de Danny e continuou apertando até ele cair de joelhos e largar a faca.

— Dá um jeito nisso, Ivan! — disse a mãe.

Ivan agarrou Heather pelo cabelo e a jogou no chão como se ela não fosse nada.

— Pode deixar que eu cuido dela — rosnou Danny, recuperando-se.

— Você já cuidou de coisa até demais por uma noite, parceiro — disse Jacko, pisando com a bota nas costas de Danny e mantendo-o no chão.

Matt pegou a carabina que carregava pendurada no ombro e apontou para ele.

— Já chega, Dan! — gritou.

Danny deu uma gargalhada amarga.

— Ah, então agora é assim? Quem você pensa que é? Você não manda em nada aqui. Muito menos em mim.

— Sou tão O'Neill quanto qualquer um. E não vou tolerar você falando o contrário — disse Matt.

Heather não ligava para nada daquilo no momento. Ela foi arrastando-se até Tom.

Ele estava deitado de lado numa poça de sangue.

— A gente tem que chamar uma ambulância! — disse ela, histérica.

— Não tem telefone aqui — informou Kate.

— Vocês têm que ajudar ele! — gritou Heather.

— Já chega — disse a mãe.

— Não! Ainda dá para salvar ele — falou Heather. — Por favor! A gente pode ajudar.

De mãos amarradas, Heather agarrou a faca caída de Danny e com muito esforço se levantou. Havia meia dúzia de armas apontadas para ela agora.

— Vocês têm que ajudar! — implorou, brandindo a faca.

— É melhor largar isso aí, queridinha — disse Kate.

Ivan deu um tapa na lateral da cabeça de Heather e arrancou a faca das suas mãos quando ela caiu.

E, então, Kate deu um tiro de espingarda para cima. Todos ficaram paralisados.

— Obrigada, minha querida — disse a mãe. — Isso aqui virou uma zona, é isso que virou! Como sempre, eu é que vou ter que resolver tudo, né? Não tenho um segundo de paz. Para começar: levem os corpos para casa. Botem todos no velho congelador.

— Os alemães estão lá. E eles? — perguntou Ivan.

— Jesus, Maria e José! Não deixem que eles vejam nada. E não deixem que eles vão embora. Mantenham todo mundo aqui até a gente decidir como vai resolver essa bagunça — respondeu a mãe.

— A gente já sabe o que vai fazer — disse Jacko. — Não vamos deixar a polícia pegar o Danny.

Com dificuldade, a mãe se levantou da cadeira de balanço.

— Será que alguém nessa merda dessa ilha escuta alguma coisa do que eu falo?

— Sim, mãe — respondeu uma dúzia de homens.

— Levem esses corpos lá para dentro!

Dois homens pegaram Tom, um pelos tornozelos e outro pelos ombros, e o removeram dali. Heather chorava convulsivamente. Tom estava morto. Tom, tão calmo e centrado. Tom, que sabia tudo. O que raios ela ia fazer agora?

Outros dois homens levaram Ellen para dentro. Assassino e vítima unidos. Sobre o que será que seus fantasmas estavam conversando?

Tom, ai, meu Deus, Tom.

Heather cerrou bem os olhos.

Tentou apagar as últimas horas.

Aquele rosto sem vida. Aquele reflexo da asa de um corvo morto.

Isso não pode estar acontecendo.

Eu estou em Melbourne. Tom vai me acordar, e a gente vai sair para ver pinguins e coalas.

Ela tentou abrir os olhos, mas teve que limpar o sangue das pálpebras primeiro.

Mosquitos.

Lua de cabeça para baixo.

Uma multidão armada.

Sangue preto na terra morta como Tom sob as estrelas mortas como Tom.

Uma criança apontando uma arma de brinquedo para ela.

Homens de verdade com armas de verdade.

Ela se sentou.

Havia pessoas conversando baixinho.

Heather sabia que não teria muitas outras oportunidades de fazer com que pensassem racionalmente.

— Vocês têm que deixar a gente ir. Isso já foi longe demais — disse.

— Faz essa piranha calar a boca. Se ela falar mais uma vez sem a minha permissão, pode quebrar a mandíbula dela — disse a mãe.

— Ouviu? — perguntou Matt para Heather.

Ela fez que sim com a cabeça.

— Então o *que é* que a gente vai fazer? — perguntou Ivan.

— Se livrar deles o quanto antes! — respondeu alguém.

— Calma aí — disse Danny enquanto batia a poeira das roupas. — Vocês têm que perguntar para mim o que fazer. Eles são meus. Todos eles.

— Seu burro filho da puta — falou Kate. — Você nos custou quinhentos mil dólares. Você sempre foi burro mesmo. Uma anta, é isso que você é. Uma anta.

— Dá uma folga para o cara, Katie. A Ellen morreu — disse Matt.

— Morreu mesmo. Ela era tudo o que eu tinha. Você sabe disso. Nenhum dinheiro no mundo... — A voz de Danny foi ficando mais baixa.

Pessoas vieram para dar tapinhas nas costas de Danny, afagá-lo e abraçá-lo. Alguns aproveitaram a oportunidade para cuspir, beliscar e cutucar Heather.

Ela conseguia se sentir afundando. Estava com tanta sede. Tudo doía. Ela estava sentada de pernas cruzadas no chão. Uma trilha de sangue escorria do seu corpo até a terra. Tentou inspirar. Respirar doía. Suas costelas doíam. O ar parecia pesado. Sua avó dizia que os mortos conseguiam nos ver através dos espelhos. Talvez Tom pudesse vê-la de alguma forma. Que conselho será que ele daria agora?

— Se tenho que ficar aqui fora, dá para alguém dar um jeito nessas merdas desses mosquitos? — disse a mãe.

Alguém acendeu um fogareiro. Latas de cerveja começaram a ser distribuídas.

— A pergunta continua: o que a gente faz com esses três? — questionou Matt.

— Mata. Não temos escolha — respondeu Jacko.

— Não — disse Matt. — Isso só vai piorar as coisas.

— Quem é que vai dar por falta dessa gente? Eles nem são da Austrália, nenhum deles — comentou Ivan.

— Então vamos descobrir quem é que vai dar por falta deles, Kate — disse a mãe.

Kate agarrou Heather pelos cabelos e a puxou até colocá-la de pé.

— De onde você é? — perguntou.

— Quê?

Kate lhe deu um tapa na cara.

— De onde você é, sua piranha?

— De Seattle, Washington.

— E o que exatamente vocês estavam fazendo aqui? — perguntou Kate.

— O Tom veio para um congresso, e a gente veio junto para conhecer o país. Fomos para Sydney, Uluru e Melbourne, mas as crianças queriam ver uns coalas no interior...

Kate a largou, e ela caiu de volta no chão.

— Turistas dos Estados Unidos, mãe, basicamente isso.

— Turistas. Então quem é que você acha que vai sentir falta deles? — pensou a mãe em voz alta.

— Alguém vai — disse Matt.

— Vai! Tom era o palestrante principal — contou Heather. — Do... hum... Congresso Internacional de Medicina Ortopédica. Vocês não podem simplesmente dar um sumiço na gente. A locadora do carro sabe também. A gente teve que assinar uns formulários. O melhor a fazer é deixar a gente ir e...

— Chega! — disse a mãe.

— Não, espera, me escuta, não precisa... — começou Heather, mas Kate se abaixou e, com uma mãozorra branca, apertou *com força* as bochechas dela.

— As únicas testemunhas são os alemães, não é? — perguntou a mãe.

— O Ned, conhecido nosso, estava cuidando da barraquinha de comida. Ninguém viu quando eles vieram com a gente na balsa a não ser os alemães — confirmou Jacko.

A mãe acendeu um cigarro e gesticulou para que abrissem espaço em volta da sua cadeira. Os murmúrios foram aos poucos se encerrando, e a multidão ficou em silêncio. A cabeça de Heather tinha parado de latejar e, na quietude, era possível ouvir pássaros empoleirados nos eucaliptos distantes. Um jato passou lá em cima, e a trilha que deixava era visível apenas à luz do luar. Tudo estava se encaminhando para o futuro. Inclusive ela. Mas Tom, pobre Tom, ficaria morto para sempre. Agora, Heather tinha que pensar nela mesma e nas crianças.

— Por favor. Sei o que vocês estão pensando e não vai dar certo — implorou Heather.

— Foi você que nos forçou a ir tão longe. Matou a Ellen e tentou fugir. A culpa é sua — disse a mãe.

— Não piora as coisas. Você...

— Matt! Eu falei para você calar a boca dessa piranha — disse a mãe com uma calma gélida. — É o último aviso, garota. Se falar de novo sem a minha permissão, vou mandar o Lenny, nosso ferreiro, tirar a sua língua fora com a tesoura de cortar couro. Acena com a cabeça se tiver entendido. Não quero mais nenhuma palavra sua, entendeu?

Heather fez que sim.

— Só os alemães, então? Matt, e se a gente largasse o carro em algum lugar do continente?

Matt acenou positivamente com a cabeça.

— O GPS deve ter parado bem antes de Stamford Bridge.

— Jamie, você acha que daria para destruir o carro? — perguntou a mãe para alguém que Heather nem conseguia ver.

— Ô, se daria. É moleza. Tem um monte de declive bem íngreme na Red Hill Road. Alguns até de vinte e cinco metros. O carro cai num deles, a gente mexe um pouco nas mangueiras de combustível... Bum.

— O que você acha, Ivan?

Ele refletiu por um tempo antes de enfim pigarrear e dizer:

— Gosto do plano, mãe. A polícia vai achar o carro daqui a uns dias e só pensar: "Ah, que pena, esses estadunidenses burros esqueceram qual era o lado certo para dirigir."

— Só que a polícia de Melbourne é esperta. E se eles vierem para cá? — perguntou Kate.

— A gente fala que não sabe nada de estadunidense nenhum; gostamos de ficar na nossa.

— Olha aqui, a decisão é minha, não é? — disse Danny. — Segundo a lei antiga. O erro deles foi *comigo*, não com vocês.

— Você já nos custou meio milhão de dólares, Danny! Cala a porra da boca — disse Ivan.

— O que é que você quer, Daniel? — perguntou a mãe.

Danny foi até o centro do círculo. Alguém tinha lhe passado uma jarra de barro, e ele tomou um enorme gole de uma bebida tão forte que Heather conseguia sentir o cheiro de onde estava, esparramada no chão.

— O que eu quero? — disse Danny depois de um instante.

— Não tem nada que eles possam dar para você agora, parceiro — disse Matt.

— Não, olha... Eu perdi uma mulher e ouvi falar que tem uma menina. Quero ver. Tragam ela aqui — ordenou Danny, limpando a boca com as costas da mão.

— Ivan? — chamou a mãe.

— Acho que não é uma boa ideia, mãe. Se vamos mesmo fazer isso, não pode ter nenhum sobrevivente — comentou Jacko.

— Quero o que é meu por direito — insistiu Danny.

— Você perdeu uma mulher, não uma filha — disse Matt.

— Não posso ficar com essa porra dessa piranha violenta. Não dá para confiar nela — argumentou Danny, apontando para Heather.

Kate riu.

— Verdade. Ela ia cortar o nosso pescoço, essa aí.

— É meu direito, não é? — disse Danny.

— O que a polícia ia achar, Ivan, se só tivesse três corpos? — quis saber a mãe.

— Acho que a menina pode ter sobrevivido ao acidente, saído andando por aí atrás de ajuda, se perdido, e o seu corpo nunca foi encontrado — disse Ivan.

— Pode até ser bom para a gente — comentou Jacko. — A polícia vai se concentrar na busca pela menina no continente. Nem vamos ser parte da história.

— Matem todo mundo! — gritou alguém.

A mãe ergueu as mãos para pedir silêncio.

— Ouvi tudo e agora vou dormir para tomar a minha decisão. A gente não precisa decidir nada hoje à noite, certo, Matt?

— Certo. E a gente também não quer colocar a balsa em funcionamento de noite. Nada fora do comum — disse Matt.

— Amanhã, se for isso que eu decidir, vamos levar o carro para o continente e o Jamie vai armar uma batida na Red Hill Road. O restante de nós pode ir se deitar agora. As minhas pernas estão doendo. Esqueci o meu cigarro do bom — continuou a mãe.

— E eu? — perguntou Danny.

— Você que vá tomar no cu, Danny! — ralhou Jacko.

— Tá bom, vamos deixar o Danny dar uma olhada na menina. Alguém vai lá pegar ela! — ordenou a mãe.

— Então o plano é matar essa aqui e o menino? — perguntou Kate, apontando para Heather.

Heather meneou a cabeça. Era surreal. Eles não podiam estar falando sério. Era tudo um erro. Um pesadelo. Um...

— Talvez — disse a mãe. — E os cigarros, cadê?

Uma menininha entregou um maço para a mãe. Ela acendeu um e passou a caixa adiante.

— Onde estão os alemães agora?

— Ainda lá na casa — contou Jacko. — Falei que a gente estava consertando a balsa e eles acreditaram, mas aí o velhote falou uma coisa que não devia.

— O que ele disse?

— Que tinha percebido o para-choque do Porsche torto e perguntou se tinha acontecido algum acidente.

— Merda! — disse a mãe. — Você ferrou tudo mesmo, não é, Daniel?

— A Ellen morreu. Quero aquilo que é meu por direito.

— Você vai receber o que é seu por direito, Danny — disse Kate. — Mas, parceiro, por sua causa, agora, a gente vai ter que matar mais duas pessoas, por segurança.

Heather se levantou.

— Vocês não podem estar falando sério! Ficaram loucos? — choramingou ela.

— Eu te avisei! Eu te avisei, caralho. Não avisei? Arranca a língua dela, Lenny — ordenou a mãe.

Um homem grande, bronzeado e magro começou a atravessar a multidão. Ele usava um avental de couro e uma camiseta imunda. Seus olhos eram pretos, e ele tinha um ar de indiferença. Cheirava a sangue seco e carniça.

Ele agarrou Heather com violência pela cabeça e lhe deu um mata-leão.

Ela socou e arranhou o braço dele quando o homem enfiou dois dedos enormes na sua boca. Ela os mordeu, mas era como morder blocos de madeira.

— Dá para arrancar, sim. Jodie, pega a tesoura. Deixa que eu cuido dessa aqui.

Heather tentou gritar, mas não conseguia respirar nem emitir som nenhum.

11

Olivia conseguia ouvir a gritaria. Estava apavorada. Não sabia o que estava acontecendo lá fora. Não sabia o que devia fazer. Tinham pegado o seu celular, mas não era ao telefone que ela recorria quando estava perdida. A maioria das crianças da sua idade perguntava ao Google, à Siri ou à Alexa quando queria saber das coisas, mas ela sempre buscou o pai nesses momentos. Seu pai sabia tudo. Seu pai sabia tudo do mundo, e sua mãe sempre teve respostas para os seus problemas na escola com amigos, professores ou autoestima. Ela era tão inteligente quanto o seu pai, mas nunca gostou de ficar se exibindo por causa disso. Algum dos seus pais sempre sabia o que estava acontecendo e o que ela devia fazer.

Mas a sua mãe estava morta, e o seu pai foi tirado dela.

Estava completamente sozinha, sem o pai, sem a cobertinha que a acalmava e sem o Lexapro.

Owen não servia para nada.

Owen estava escondido dentro do capuz, sem dizer nada. Nem chorar chorava. Na pressa para sair de casa, Heather se esqueceu de lhes dar as medicações do dia. Era sempre assim. Heather era nova demais para ser uma mãe de verdade. Mães faziam listas, conferiam item por item e nunca esqueciam as coisas. Mães cuidavam dos filhos.

A transição entre o Owen com TDAH e o Owen com TOC e crises de pânico era sempre difícil de acompanhar. Ela conseguia se virar, mas Owen já estava um dia e meio sem os remédios, então logo mais viraria um caco. Provavelmente era melhor deixá-lo quieto.

Estava tão quente.

A garganta de Olivia doía.

Ela estava com muita sede.

Deixou que as moscas pousassem no seu corpo. O cansaço era intenso demais para lutar contra os insetos agora. Elas rastejaram de um lado para o outro no seu braço.

Papai matou aquela mulher.

Mas a culpa era de Heather.

Ele estava dirigindo rápido para impressioná-la.

Heather se impressionava fácil. Não era muito inteligente. Não tinha nem concluído o ensino médio. A mãe de Olivia, sua mãe de *verdade*, tinha até doutorado. Sua mãe de verdade era bióloga.

Olivia conseguiu colocar dois dedos entre a corda e o pescoço. Isso fez com que respirar ficasse um pouco mais fácil.

Colocaram cordas ao redor do seu pescoço como se fossem enforcá-la. E era provável que fossem mesmo. Era provável que matassem todos eles. Olho por olho e toda aquela baboseira dos estudos bíblicos.

As cordas eram ásperas, e doía quando ela tentava se mexer. Em Owen, estavam por cima do moletom. Ele foi esperto de deixar assim. Desse jeito não arranhavam o pescoço. Ele continuava ali parado, como se estivesse morto. Nem chorando estava. Olivia estava. E ninguém vinha ajudar. Ninguém viria ajudar. A sua mãe tinha morrido, e o seu pai...

— Oi — disse uma voz.

Uma voz bem ao seu lado.

Apavorada, Olivia se virou. Um rostinho a encarava por uma fenda entre as tábuas. Uma menina de uns 7 ou 8 anos com cabelos loiros e grandes olhos escuros.

— Oi — disse Olivia. — Qual é o seu nome?

— Niamh — respondeu a menina. — E o seu?

— Olivia.

— É o seu irmão aquele ali? — perguntou Niamh.

— Ã-hã. O nome dele é Owen.

— Oi, Owen — disse a menina.

Owen não falou nada.

— Ele não é de falar muito — explicou Olivia.

— Vocês não deviam estar aí — disse Niamh. — É para ovelhas. Elas usam de casinha às vezes. Não é lugar para se viver.

— Casinha é banheiro, certo? — perguntou Olivia.

— Casinha é casinha! — respondeu Niamh, chocada com o questionamento. — De onde vocês são?

— Dos Estados Unidos.

— Eu conheço os Estados Unidos. Ficam perto de Sydney, eu acho. Meu papai já foi para Sydney. Você está triste?

— Triste? É, acho que sim. Eu queria ir para casa.

— Está triste por causa do seu pai?

— Como assim?

— Está triste porque ele morreu?

— Ele não morreu — disse Olivia enquanto sentia uma onda de pavor tomando-a de assalto.

— Ele morreu, sim. O que você acha que acontece quando a gente morre? Na escolinha falam que a gente vai para o céu e vira anjo, mas o papai diz que não existe céu coisa nenhuma. Ele diz que, quando a gente morre, não acontece nada.

— Por que você acha que o meu pai morreu? — perguntou Olivia.

— Porque o Danny deu uma facada nele. Uma facada daquelas. O sangue e as tripas saíram e depois ele deitou e ficou lá, sem fazer nada.

— Isso é mentira! — disse Olivia.

— É verdade. Eles fizeram uma coisa com a sua mamãe.

— A Heather não é minha mãe.

— O Lenny vai cortar a língua da sua mamãe. O Lenny vai colocar aquela tesourona na boca dela e cortar a língua fora porque aí ela não vai mais poder ficar respondendo a mãe. A mãe não gostou nada.

— Não! Nada disso aconteceu.

— É verdade. A mãe mandou eles levarem o seu papai e a Ellen para o velho congelador. Duas pessoas mortas juntas. Se olhar pela janela, dá para ver eles na mesona. Vem e vê com os seus próprios olhos.

— Você tem como me soltar? — perguntou Olivia.

— Quê?

— Você tem como me soltar?

A menina foi até a frente do galpão de tosquia e voltou.

— Eles colocaram um negócio na porta. Como é o nome daquelas coisas de metal, mesmo?

— Cadeado?

— Isso.

— Tem outro jeito de sair daqui? — perguntou Olivia.

— Não sei. Tinha um buracão no teto de onde dava para ver o lado de fora, mas eles arrumaram já.

— O teto é alto demais, de todo jeito.

— Uma das ovelhas fugiu no verão passado — contou Niamh.

— Por onde?

— Está vendo ali na parede que tem uma parte com cor diferente?

— Não, está escuro demais para ver qualquer coisa.

— Perto de mim, aqui onde eu estou. O Jacko arrumou. Ele usou madeira que veio com o mar. Acho que não é muito forte. E não pintaram nem nada. Ivan é um carpinteiro melh... Tem alguém vindo — disse a garota antes de se esconder na sombra.

Olivia ouviu uma chave girar no cadeado. A porta se abriu. Owen espiou pelo capuz.

— Muito bem, você vem comigo — disse um homem.

Era um sujeito gigante com bigode e cabelo preto. Ele se ajoelhou na frente de Olivia e desamarrou a corda que ia do pescoço dela até o gancho sobre sua cabeça. Depois, desamarrou a corda que a prendia à parede. Puxou-a pelas costas da camiseta até ela ficar de pé.

— Para onde você vai levar ela? — perguntou Owen.

— Cala a boca aí, amiguinho, se tiver algum bom senso nessa sua cabeça — disse o homem.

Ele levou Olivia para fora e trancou a porta do galpão.

— O que está acontecendo? — quis saber Olivia.

— Daqui a pouco você vai ver — respondeu o homem.

Ele a levou até o pátio da fazenda, onde havia muita gente reunida. Havia uma fogueira estalando. Música.

— Espera — disse o sujeito.

Ele mexeu em alguma coisa que tinha prendido ao cinto. Era uma garrafa de barro. Tirou a rolha e a passou para Olivia. Ela a pegou com suas mãozinhas pequenas. O cheiro era ruim.

— O que é isso? — perguntou ela.

— Cana. Você vai precisar.

— Eu... Eu não quero.

— Deixa que eu te ajudo a engolir.

Ele apertou as bochechas dela, fez com que ela abrisse a boca e virou a bebida. Olivia não teve escolha a não ser engolir, e o líquido queimava. Seus olhos ficaram marejados, e sua garganta parecia arder em chamas.

Ela tropeçou, e o homem a levantou pela cintura para carregá-la até o meio do círculo. Outro homem estava segurando Heather pelo pescoço e enfiando um alicate na sua boca.

Olivia gritou, soltou-se do sujeito que a carregava e correu até Heather. Chutou o homem que segurava o alicate, e ele ficou tão surpreso que acabou soltando Heather. Olivia caiu nos braços dela.

— Mataram o papai! Mataram ele, não mataram? — perguntou Olivia, chorando convulsivamente.

— Me desculpa. Me desculpa, meu bebê — disse Heather, apertando-a ainda mais, colocando as mãos amarradas de Olivia ao seu redor, abraçando-a o mais forte que conseguia.

Olivia se enterrou no peito de Heather. Nunca a havia abraçado de verdade antes, a não ser naquela única vez no casamento, antes do Natal. E foi só por educação.

Heather a embalou de um lado para o outro e começou a chorar também.

— O que eu faço agora? — perguntou o ferreiro.

— Deixa para lá — respondeu Matt.

— Ele morreu mesmo? — sussurrou Olivia.

— Eu sinto muito, meu amor. Sinto muito, muito mesmo — sussurrou Heather em resposta.

— Olha a menina aí! Quero dar uma olhada nela — disse Danny.

— Deixa ele dar uma olhada nela — ordenou Jacko.

Olivia sentiu um braço envolvê-la e afastá-la de Heather, que tentou alcançá-la, mas o homem com avental de couro a empurrou para o chão.

— O que acha, Danny? — perguntou Jacko.

O sujeito chamado Danny a estava encarando. Ele era magro, ruivo e repulsivo. Estava com a língua para fora e babava. Parecia muito bêbado. Ele esticou a mão e tocou o cabelo dela. Olivia se encolheu.

Alguns dos homens começaram a rir, e alguém gritou:

— Vai fundo, Danny! Manda ver!

— Quantos anos você tem? — perguntou Danny. Seu bafo tinha o cheiro daquela cana que ela foi forçada a beber.

— Catorze — respondeu Olivia.

A velha com a bengala estava se aproximando, aquela que chamavam de mãe. Ela inclinou a cabeça da menina para trás e deu uma boa olhada. Suas mãos eram frias e grudentas.

— E aí, Danny? — perguntou a idosa.

— Ninguém nunca vai substituir a Ellen, mas já é melhor que nada — respondeu ele.

— Tudo na vida é equilíbrio. A natureza tratou você muito mal hoje. Isso vai restaurar o equilíbrio. Pode ficar com ela — declarou a mãe.

Vieram algumas risadas dos homens reunidos.

Olivia viu que Heather tinha se levantado. O sujeito com o alicate se colocou na frente dela. Ela deu a volta nele e se aproximou um passo da mãe.

— Você não fez nada de errado até agora — disse Heather.

— Como assim? — perguntou Matt.

— Você não fez nada de errado. Nadinha de nada. Tudo o que aconteceu de ruim foi culpa ou do Tom ou dele — continuou ela, apontando para Danny. — Se você nos levar de volta para o continente...

— Aí você vai até a polícia. Claro que vai! — argumentou a mãe com raiva.

— E daí? Nada vai acontecer com ninguém aqui além dele. Você não fez nada de errado — disse Heather.

— A gente sequestrou vocês — disse Matt. — Mantivemos todos aqui contra a vontade.

— Não, vocês nos mantiveram em segurança enquanto tentavam entrar em contato com a polícia do continente. Se deixarem esse sujeito ficar com ela agora, aí acabou — insistiu Heather. — Vão ter que matar todo mundo. E o casal holandês. Vocês têm certeza de que vão se safar? Essa é uma decisão enorme.

— Uma decisão que eu já tomei — disse a mãe.

— Você falou que ia dormir para pensar melhor. A gente não vai a lugar nenhum. Estamos trancados naquele galpão. Pode decidir de manhã — apontou Heather.

Matt olhou para a mãe.

— Até que faz sentido o que ela está dizendo.

A mãe se apoiou no pedaço de pau e meneou a cabeça.

— E onde é que isso vai parar? A palavra do Terry era a lei e, na época dele, era isso e *ponto* — disse a mãe.

— Com licença, mas você não vai ter que voltar atrás em nenhuma decisão. É só para pensar a respeito durante a noite. Que diferença vai fazer? Não vamos a lugar nenhum — falou Heather.

— E que diferença vai fazer para você? — perguntou Matt.

Heather olhou para Danny e então para Matt.

— Eu tenho o dever de proteger essas crianças — disse ela baixinho.

— E os outros dois? — quis saber a mãe. — Acho que temos que segurar eles também. O que vamos fazer, Matt?

— Podemos decidir amanhã também.

A mãe pegou um lenço do bolso da saia. Assoou o nariz e examinou o conteúdo. Depois, olhou para Matt e terminou o cigarro.

— Eu falei que ia dormir para pensar melhor, não falei?

Matt fez que sim com a cabeça.

— Eu acho que é uma ótima ideia.

— Não! Você falou que eu podia ficar com ela! — choramingou Danny.

— E talvez eu fale de novo, mas agora cala essa boca, Daniel.

— Só quero o que é meu por direito!

— E vai ter. Mas precisa esperar. Tá bom, Jacko. Põe eles de volta no galpão de tosquia e tranca todo mundo lá. Inclusive os alemães. De manhã a gente dá um jeito. Se o Danny incomodar você, manda alguém jogar ele na porcaria do poço.

12

Heather venceu essa batalha. Mas havia muitas outras pela frente. Pelo menos tinha conseguido um pouco de tempo.

Danny começou a gritar e protestar atrás delas enquanto Jacko as levava de volta à prisão. Ainda com as mãos amarradas, Heather colocou os braços ao redor de Olivia, mas a menina se afastou. Heather sabia que ela ainda estava tentando processar tudo.

Tom teria que conversar com a filha sobre...

Espera. O que estava acontecendo? Tom. Como Tom poderia...

Ela engoliu em seco.

Tom. Ai, não. Ai, meu Deus. Tom não. Não foi amor à primeira vista, mas quase isso. Ele era tão engraçado, tão charmoso e tão inteligente. Todos os livros que ele tinha lido. Todas as coisas que ele sabia. E aquela educação da Costa Oeste à moda antiga. E não atrapalhava em nada o fato de ele ser tão bonito. Com aquela beleza típica dos anos cinquenta. A calma e a postura firme de um homem dos anos cinquenta. Ele não sabia consertar um motor como os homens da ilha de Goose, mas sabia preparar uma caneca de chocolate quente, ler poesia numa tarde chuvosa e colocar as crianças para dormir cedo no sábado, depois trancar a porta do quarto para mandar ver na cama.

E agora estava morto. E ela estava num pesadelo. No meio do nada, cercada por um bando de gente doida. E com tanta sede. Sua cabeça parecia aérea.

Seria tão fácil cair e também se deixar consumir por aquela terra avermelhada e quente...

Estava entrando em choque. Mas não podia. *Tinha* que manter a calma por si mesma e, agora, por Owen e Olivia.

Chegaram ao galpão de tosquia. Jacko destrancou a porta e as empurrou lá para dentro.

— Faz horas que a gente está sem água ou comida — disse Heather.

Jacko se aproximou do rosto dela.

— Pensei que já tinha aprendido a lição, sua piranha tagarela. Agora cala essa boca ou eu calo para você.

— A gente precisa de água — disse Heather.

Jacko a separou de Olivia e a forçou a se sentar. Colocou o nó ao redor do seu pescoço e o apertou bem rente à viga do telhado. Amarrou uma segunda corda também ao redor do seu pescoço e a prendeu à parede dos fundos para que ela não conseguisse se mexer. Depois, começou o mesmo processo com Olivia.

— Não aperta muito — pediu Heather. — O Matt tinha concordado.

— O Matt é um frouxo — respondeu Jacko.

Enquanto olhava fixo para ela, ele apertou lentamente o laço ao redor do pescoço de Olivia até a garota começar a engasgar. Ela até tentou colocar um dedo entre a corda e o pescoço, mas já estava esticado demais.

— Por favor! — implorou Heather. — Para com isso!

— A mãe mandou garantir que vocês ficassem bem presos — disse Jacko.

— Ela mandou manter a gente vivo! — protestou Heather.

— Ela não está morta. Está bem confortável. Não é, bonitinha?

— Está doendo — disse Olivia, ofegante.

— Por favor — pediu Heather.

— Eu gosto quando você fala "por favor" desse jeito. Repete, vai — disse Jacko.

— Por favor, ela é só uma criança.

Jacko fez que não com a cabeça.

— Que nada, ela é uma mulher já. Quer dizer, pelo menos vai ser depois que o Danny der um trato nela — murmurou ele.

— *Eu* sou uma mulher. Por favor, larga ela.

Jacko fez que sim.

— Ah, você é uma mulher, é? — disse ele, abrindo uma folga no laço que envolvia o pescoço de Olivia.

A menina ofegou, tentando respirar fundo várias vezes. Jacko atravessou o galpão de tosquia. Afastou da frente do rosto as mechas de cabelo que restavam na cabeça e deu um sorriso amarelado de chacal.

Ele se agachou na frente de Heather e deu uma olhada nela.

— E bem novinha também. Quantos anos você tem? É bem mais nova que ele.

— Vinte e quatro — respondeu Heather.

— Vinte e quatro, é? Bom, 24, é você ou ela. Quem vai ser?

— Não foi isso que mandaram você fazer — disse Heather, desesperada.

— Mandaram? Ninguém manda em mim. Ninguém mandou coisa nenhuma! — Ele deu risada. — Você já morreu, gatinha. Todos vocês. Ou não estava prestando atenção?

— Me desculpa, eu não quis dizer "mandaram". É só que a mãe pediu que você nos trancasse aqui. Você ouviu. Ela vai dormir para pensar no que fazer com a gente.

— Por mim, ela que durma por mil anos. Agora, queridinha, por mais que eu tenha adorado essa nossa conversinha, o seu trabalho é fazer uma escolha. Quem vai ser? Você ou a sua filha loirinha?

A garganta de Heather estava seca. Sua cabeça parecia à deriva.

— Por favor, você não precisa fazer isso.

— Ah, sim, eu gosto quando você pede "por favor", toda americaninha, mas já deu de conversa fiada. Você ou ela? Dez segundos.

— O Matt disse que...

— Dez, nove, oito, sete, seis, cinco, quatro, três...

— Eu.

— Foi o que imaginei. Agora, seja uma boa menina e bota para fora.

Owen a encarava. Ambas as crianças estavam horrorizadas, apavoradas. E Owen ainda nem sabia o que tinha acontecido com o pai.

— Owen, Olivia. Quero que vocês dois fechem os olhos. Owen, tampa a cabeça com o capuz. Fechem os olhos com força, os dois.

Owen tapou a cabeça com o capuz. Olivia cerrou os olhos. Nenhum dos dois, ela esperava, sabia o que estava prestes a acontecer. A calça jeans de Jacko era originalmente azul, mas tinha tanta sujeira encrostada que o tom agora era um preto-avermelhado. Ele sorria. A carabina continuava pendurada nas costas.

Ela olhou para ele.

Ele leu a mente dela.

— Vê se não faz nenhuma gracinha, Heather. Porque você sabe muito bem o que vai acontecer com você e com ela.

A vontade dela era bater nas bolas dele com as mãos amarradas. E provavelmente seria uma bela de uma pancada dolorida, mas e depois? Ele quebraria a cara dela e estupraria Olivia.

Ela estendeu as mãos para o zíper e tentou abrir. Estava coberto com tanta imundície e ferrugem que não abria.

— Você consegue fazer melhor que isso, Heather.

Ela tentou com mais força, mas o zíper não se mexia.

— Acho que não foi muito usado.

— Espero para o seu bem que não esteja tentando ser engraçadinha.

Ele deu um passo para trás, abriu o cinto e o zíper e abaixou a calça. Bem na hora, a porta se abriu e Matt apareceu com o casal holandês.

— Mas que porra é essa?

— Não é da sua conta, parceiro — respondeu Jacko. — Volta daqui a dez minutos.

— Nem fodendo. Some daqui.

— Quem mandou?

Matt tirou a carabina do ombro e a apontou para Jacko.

— Eu mandei, seu babaca.

— Se você fizer isso, vai acabar aqui com eles — zombou Jacko.
— E a sua cabeça vai acabar espalhada na porra do teto.
Os dois homens ficaram se encarando.
O ar estava elétrico.
Heather prendeu a respiração.
E se ela tentasse...
Jacko deu um passo para trás e subiu a calça. Deu uma olhada em Heather, depois em Matt, e cuspiu.
— Mal ia caber dentro dessa piranha mesmo, dá para ver de longe — disse ele e saiu revoltado do galpão enquanto murmurava consigo mesmo.
O coração de Heather batia forte. Suas mãos tremiam.
— Tá bom, vocês dois, sentem no chão — disse Matt para o casal holandês. — Não dá para ficarem andando por aí, então vou colocar essas cordas em volta do pescoço de vocês e prender no teto.
— Ficou louco? — disse Hans. — Você não pode fazer isso.
— Olha para as crianças. Se eu fiz com elas, não tenha dúvida de que vou fazer com vocês — respondeu Matt. — Sentem logo.
O casal holandês se sentou no chão sujo do galpão de tosquia. Suas mãos já haviam sido amarradas, e todos os seus pertences, tirados. Heather percebeu que Hans não estava processando os últimos acontecimentos, mas Petra já entendia. Ela começou a chorar quando Matt passou o laço pelo seu pescoço.
— Isso é um absurdo! Um completo absurdo! — disse Hans.
Ele ainda não havia entendido. Na sua cabeça, estava escrevendo uma carta invocadíssima para o Conselho de Turismo australiano.
Depois de prender o casal holandês, Matt conferiu os nós das crianças e de Heather. Podiam passar a noite inteira cutucando a corda que não adiantaria de nada.
— Precisamos de água para sobreviver até de manhã aqui. Comida também. Mas principalmente água. Vocês não vão decidir *nada* se a gente morrer de sede — disse Heather aos sussurros, mas num tom insistente.

Matt fez que sim com a cabeça.

— Espera aí.

Ele fechou a porta do galpão e a trancou.

— O que está acontecendo? Não acredito nisso! — exclamou Hans.

— *Ze houden ons gevangen. Ze gaan ons morgenochtend vermoorden* — disse Petra, sem emoção nenhuma na voz.

A única palavra que Heather pensou ter entendido foi *"vermoorden"*. *Sim, eles vão matar a gente.*

A porta do galpão foi destrancada e aberta. Matt entrou com uma garrafa de um litro de água.

— Isso é o máximo que consigo — disse ele, deixando a bebida em frente a Heather.

— Obrigada. Como é que vamos passar de um para o outro?

— Hum...

— Pode levar para as crianças tomarem um golinho? Por favor.

Matt ficou visivelmente constrangido.

— Quê?

— É que eu não consigo. Você pode fazer isso por mim, por favor? Só coloca na boca delas e faz elas beberem.

"A melhor forma de fazer um adulto se conectar a uma criança é alimentando-a. É primitivo", dizia um dos livros sobre criação de filhos que Tom fez com que ela lesse.

Matt suspirou.

— Tá bom, tá bom.

— Crianças, quero que vocês tomem um belo de um gole — disse Heather.

Os dois estavam com tanta sede que beberam avidamente.

— Mas e a gente? — perguntou Petra.

— Vocês dividem com ela — respondeu Matt, jogando a garrafa em frente a Heather.

— Como vamos ao banheiro? — perguntou Hans.

— Aí vocês vão ter que se virar.

— Cadê o meu pai? — perguntou Owen.

Matt olhou para Heather.

— Essa eu deixo para a sua mãe responder.

— Ela não é a minha mãe — disse Owen.

— Bom, ela vai contar mesmo assim. Estou saindo, mas a gente vai ficar de olho em vocês, então nada de bancarem os espertinhos. Se ficarem quietinhos, ninguém vai acabar estrangulado. Se fizerem alguma gracinha, aí não venham jogar a culpa em mim depois. E, se vocês têm um pingo de noção, não façam barulho nenhum. A mãe gosta de dormir. Boa noite.

— Você vai mesmo deixar a gente assim? — perguntou Heather.

— E o que é que eu posso fazer?

Ele saiu e trancou a porta.

— Cadê o seu marido? — questionou Hans depois de Matt ter saído.

Heather sabia que agora não havia saída. Mas alguém precisava segurar firme aquele menino quando ela contasse.

Coitado do Owen. Coitada da Olivia. Ai, meu Deus, coitadas dessas crianças.

Heather tomou um longo gole de água.

— Me conta — pediu Owen.

Ele era esperto demais para Heather dourar a pílula ou tentar ludibriá-lo com um "Não sei".

— Owen, quero que você olhe para mim. Olha para mim, Owen. Por favor.

— Mataram ele, não mataram? — disse o garoto das profundezas do capuz.

— Owen, eu...

— Mataram porque ele matou aquela mulher — concluiu Owen no automático.

— Não — disse Hans. — Mataram ele?

— Owen, eu sinto muito de verdade. Tentei impedir. A gente tinha meio que dado um jeito em tudo, mas aí o marido da mulher chegou. Sinto muito, meu amor. De verdade. Queria poder ir aí dar um abraço em você, meu querido.

Hans e Petra começaram a falar acaloradamente em holandês.

— Ele morreu mesmo? — perguntou Owen baixinho.

— Sinto muito — respondeu Heather.

Furioso, Owen a encarou, então voltou a esconder a cabeça no capuz. Seu corpo inteiro começou a tremer.

— Eu sinto muito, Owen.

— Cala a boca, Heather. Só cala essa boca, entendeu? Cala a porra da boca.

Heather fez que sim com a cabeça. Não tinha problema deixá-lo extravasar. Olivia também. Os dois passariam anos lidando com o ocorrido. Isso se não fossem todos assassinados de manhã. O coração dela batia forte. Pelo amor de Deus, onde é que estava aquele canivete? Será que o havia perdido? Como foi perdê-lo? Ela o havia enterrado bem ali quando saíram. Precisava encontrar o...

Será que estava perto do gancho de ferro ou...

Lá do lado do...

Ali estava. *Obrigada, meu Deus.*

Ela agarrou a faca e, apesar de mal ter espaço, começou a cortar o nó nos punhos. A corda era grossa, mas a lâmina era bem afiada e, assim que ela conseguiu um bom ângulo, começou a cortá-la.

Olivia estava olhando para ela. Tinha parado de chorar agora. Owen fazia barulhos baixinhos dentro do capaz. O casal holandês continuava a discussão acalorada.

Ela serrou. Sentiu o atrito. Serrou mais. Ignorava as moscas, os mosquitos, o calor que parecia um forno, o fato de Tom, seu alicerce, seu salvador, ter morrido.

Olhou para fora através de uma fresta na parede de tábuas. A multidão parecia estar se dispersando e voltando à grande casa principal da fazenda ou às moradias menores no entorno.

Heather serrava a corda enquanto escorria suor da testa. O atrito fazia os seus dedos queimarem, e fiozinhos de fumaça saíam das fibras. Ela parou por um instante, soltou a faca e abriu a tampa da garrafa — o que não era nada fácil com as mãos amarradas. A água estava morna, mas boa mesmo assim. A garrafa estava pela metade agora. Precisava guardar o restante.

Outra olhada lá para fora. Nenhum movimento evidente. Algumas vozes no pátio principal. As luzes da casa continuavam acesas. O mais esperto a fazer seria esperar a madrugada. Quando tudo estivesse quieto, conseguiriam fugir com calma e sem dar início a uma perseguição. Ou talvez fosse melhor simplesmente dar no pé assim que possível, pois ainda havia o risco de decidirem separá-los, de colocarem um guarda no galpão ou de Jacko ou Danny virem atrás de Olivia...

Mas isso eles resolveriam quando...

Ela pegou a faca. Segurou-a entre o indicador e o polegar. Serrou, suou, serrou.

De repente, a lâmina atravessou um dos fios principais.

Ela serrou com ainda mais força, e, quando outra parte se rompeu, quase deu para ouvir.

Cortou o último fio e pronto!

Ela sacudiu os pulsos, e a corda caiu. Afrouxou o laço no pescoço. Trinta segundos depois, estava completamente livre. Caso se levantasse, talvez ficasse visível lá de fora. O melhor era ficar abaixada. Ela engatinhou até Olivia e soltou a corda do pescoço dela. Depois, fez o mesmo com Owen.

— Papai não queria vir. A gente que insistiu! A culpa é nossa! — disse Owen.

— Não, a culpa é deles. Foram eles que o mataram.

Ela tentou abraçar Owen, mas ele não deixou.

— Não encosta em mim, Heather — choramingou ele enquanto a afastava.

Ela tentou desamarrar a corda do pescoço de Hans.

— Pare com isso! Não queremos encrenca.

— Todo mundo aqui já está encrencado — respondeu Heather.

— São *vocês* que estão encrencados. Se nos juntarmos a vocês, vamos acabar encrencados também.

Heather se virou para Petra.

— E você?

— Eu... Eu não sei.

— Me deixa só afrouxar a corda do seu pescoço. Dá para ver que está enforcando você.

Petra olhou para Hans, que disse algo num holandês rápido.

— É melhor você não nos ajudar — disse ela.

— Tudo bem — falou Heather. Ela se ajoelhou na frente de Owen e abriu a garrafa de água. — Você vai tomar mais um gole disso aqui nem que eu tenha que te enfiar goela abaixo, entendeu?

Ele não respondeu.

— Entendeu?

— Ele está atrás do muro dele — explicou Olivia.

— Atrás do quê? Ah, sei — disse Heather.

— Você não entende o "muro" dele de verdade, não é? Você não sabe nada da gente — disse Olivia. — Owen! Owen! Sou eu, Olivia. Sai daí e toma um gole.

Owen se mexeu e agarrou a garrafa. Primeiro deu um golinho e depois um golão.

— Muito bem — disse Heather, então engatinhou de volta até Olivia. Começou a serrar as cordas ao redor dos punhos da garota, mas ela a impediu.

— O que você está fazendo?

— Estou soltando você e depois a gente vai dar o fora daqui.

— Não. A-Acho melhor não. Você só vai acabar piorando tudo.

Owen fez que sim.

— Ela não sabe o que está fazendo. O papai talvez soubesse, mas ela não.

— Vamos lá, gente!

— Não! Não encosta em mim! — disse Olivia e começou a hiperventilar.

Owen e Olivia estavam olhando para ela como sempre olhavam: com desprezo. Desta vez, é claro, através de um véu de luto, pavor e lágrimas.

Heather fechou os olhos. Nunca quis ser madrasta deles. O que ela queria era ter um teto sobre a cabeça, conforto, coisas boas e quem sabe ver um pouco do mundo. O que ela queria era Tom. Era nova demais para a maternidade. Na verdade, nunca tinha pensado direito no assunto. Não tinha a idade certa para ser mãe de Olivia e Owen. Quando tentava brincar com eles, não era como aquelas mães divertidas que deixam todo mundo à vontade. Nada disso. Era como uma daquelas crianças mais velhas que ficam no canto do parquinho, chatas demais para ter amigos da mesma idade.

Não dava para dizer que não tinha tentado.

Porque tinha.

Se as crianças não quisessem ir, bom... Ela podia fugir sozinha.

Sem pensar duas vezes.

Isso.

Depois de admitir isso a si mesma, Heather acenou positivamente com a cabeça, abriu os olhos e se agachou diante de Olivia, que continuava em pânico.

— Respira fundo, meu amor. Isso. Inspira pelo nariz, solta pela boca. Respira fundo. Isso. Está melhor?

— Ã-hã.

— Olivia, agora me escuta. Se a gente ficar aqui, vão matar a gente — disse, articulando bem cada palavra.

Olivia levou trinta segundos para refletir sobre isso. Choramingou como se uma onda tivesse passado por ela. Fez que sim e levantou as mãos. Heather serrou a corda até libertá-la.

— Está doendo — disse Olivia.

— Fica esfregando até a circulação voltar ao normal. Daqui a pouco vai começar a melhorar — garantiu Heather.

Ela olhou para a casa lá atrás. As luzes estavam apagadas agora. A única lâmpada acesa na fazenda inteira era a que ficava diretamente em frente ao galpão. Nada bom.

Ela se forçou a exibir uma expressão de determinação, engatinhou até Owen e começou a serrar as cordas que o prendiam.

— Como é que a gente vai escapar? — perguntou o garoto.

— Não sei... ainda. Mas vamos pensar em alguma coisa.

— O que você está pensando em fazer? — perguntou Petra.

— Fugir daqui e sair correndo — respondeu Heather, ainda serrando.

— Acho que talvez tenha uma saída — disse Olivia baixinho.

— Qual?

— Teve uma menininha que veio aqui mais cedo. Ela disse que podia vir ver a gente. Falou que tinha uma tábua frouxa nesse lado do galpão. Vou dar uma olhada — contou Olivia.

— Mas o que vocês vão fazer se saírem daqui? — perguntou Petra. — O que vão fazer depois?

— Celular não pega aqui, então a gente vai ter que sair da ilha para chamar a polícia.

— Então o seu plano é nadar até o continente? — zombou Hans.

— Não. Ninguém aqui vai nadar. Vamos pensar em alguma coisa.

— Acho que você está fazendo tempestade em copo d'água — disse Hans e depois falou mais alguma coisa em holandês para Petra.

Heather fez que sim consigo mesma, serrou o último pedaço de corda e libertou Owen.

— Esfrega os punhos para fazer o sangue voltar a circular — disse com calma.

— Olha aqui — chamou Olivia enquanto puxava uma tábua frouxa perto do chão. — A menininha falou que era uma madeira diferente. Estou puxando e está saindo.

— Não é só a madeira. Esses pregos aí são só de dois centímetros. A gente consegue se puxar junto — disse Heather.

Ela e Olivia puxaram, e a tábua saiu com um barulhão de algo se rasgando.

Elas ficaram imóveis por um minuto para ver se havia movimento lá fora.

Um cachorro latiu ao longe, mas não apareceu ninguém.

— Conseguimos! — sussurrou Olivia.

Heather olhou pelo buraco. Lá fora, apenas quinze metros escuridão adentro, ficava o que tinham chamado de charneca.

O espaço que abriram na parede do galpão era grande o suficiente para uma criança passar rastejando, e talvez, se cavassem um pouco, um adulto conseguisse se espremer para sair também.

— Vai dar — disse Heather.

— Tem certeza absoluta de que seu marido morreu? — perguntou Hans. — Talvez tenha ocorrido uma briga e você não viu o que aconteceu. Não pode ser isso? E se ele tiver sido levado para o hospital?

Heather engatinhou até Owen.

— Você precisa se recompor. A gente vai sair daqui — sussurrou.

— É isso que a gente vai fazer, Olivia? — perguntou ele para a irmã.

— É — respondeu ela.

— Vamos levar a garrafa de água, caso não se importem — disse Heather para Petra. — Vamos precisar mais do que vocês.

— A água não é de vocês. É para todos! — protestou Hans.

— Eles vão precisar mais — disse Petra.

Heather engatinhou de volta até o buraco e começou a cavar, primeiro com o canivete e depois com as mãos. A terra era mais densa e pesada do que parecia e não cedia com facilidade. Havia passado anos demais cozinhando debaixo do sol de uma infinitude de verões. Ela cavou mais fundo até formar uma pequena vala.

— O que acha? — perguntou a Olivia.

— Eu já passo.

Heather fez que sim.

— Quer que eu vá?

— Não, ainda não. Vamos cavar mais para todo mundo conseguir passar.

— Você está dizendo isso porque eu sou gordo? — perguntou Owen.

Heather não sabia se era uma das suas piadinhas sarcásticas ou não.

— O problema sou eu. Não você. Só queria que a gente tivesse uma ferramenta melhor para cavar.

— E aqueles ganchos do teto? Tem uns que parecem frouxos — sugeriu Owen.

— Perfeito. Fica cavando com a faca e eu vejo se consigo pegar um. Cuidado para não se machucar.

— Eu já usei uma faca antes!

Heather se levantou com cuidado e encostou num dos ganchos no teto. Muitos anos atrás, aquele lugar devia ter sido usado para pendurar aves de caça ou algo do tipo. Os ganchos estavam enferrujados, mas pregados com firmeza nas vigas. O primeiro em que ela tocou estava firme demais, assim como o segundo. Mas o terceiro... Heather mexeu, e ele começou a balançar. Hans era muito alto, e ela estava na ponta dos pés. Ele conseguiria fazer aquilo sem a menor dificuldade. Ela olhou para ele.

— Não — disse Hans.

— Por que não?

— Não vamos nos envolver na sua encrenca — explicou.

— Não, vão só ficar aqui a noite inteira, amarrados até o pescoço, até amanhecer, e aí eles provavelmente vão matar vocês — disse Heather.

— E por que matariam?

— Porque vão inventar alguma história mentirosa sobre o que aconteceu comigo, Tom e as crianças, e vocês poderiam contradizer tudo. Por isso, o mais inteligente a fazer, a única opção, é matar vocês.

— Estamos na Austrália, não nos Estados Unidos — disse Hans.

Heather acenou positivamente com a cabeça. Bom, ela pelo menos tentou.

— Eles não são maus — acrescentou Hans.

— Talvez sejam piores que maus: são pessoas entediadas — disse Petra.

Hans falou algo em holandês que soou desdenhoso.

Todos os ganchos no teto estavam firmes demais para que ela os removesse. Teria mesmo que cavar com a faca e com as próprias mãos. Abaixou-se de novo e ajudou Owen a cavar um buraco grande o bastante para que os dois conseguissem passar por baixo da parede. Ela cavava com unhas e dedos. Teria usado os dentes se fosse preciso.

— Muito bem — disse Heather. — Temos tudo?

Olivia fez que sim. Owen grunhiu.

— Eu vou primeiro — disse Olivia. Então ficou de bruços e começou a se chacoalhar para passar pelo espaço entre as tábuas.

Estava na metade do caminho quando uma porta bateu com força na casa.

— Ei! — ouviram alguém gritar. — O que é que esses malditos americanos estão fazendo agora? Apaga essa merda dessa luz!

Todos congelaram.

— Alguém apaga essa luz! Dá bem aqui na minha janela!

— Volta para dentro, Olivia! Eles estão falando da luz na frente do galpão — sussurrou Heather.

Olivia rastejou de volta para dentro.

— Rápido! Voltem para onde vocês estavam e coloquem as cordas em cima das mãos — disse Heather.

As crianças voltaram correndo para onde estavam sentadas antes, e Heather passou os nós pelo pescoço delas.

Ouviu uma porta sendo aberta e alguém saindo da casa.

Ela pôs a corda ao redor do próprio pescoço e se sentou. Ainda estava ajeitando a corda em volta dos punhos quando ouviu uma chave se virando no cadeado. A porta foi aberta, e Matt apareceu segurando uma carabina numa das mãos.

— Tudo certo por aqui?

— Ã-hã — respondeu Heather, ofegante.

— Me pediram para apagar a luz de fora. Está batendo lá em casa.

— Tudo bem. Talvez a gente consiga dormir um pouco.

— A gente acorda cedo aqui. Com o sol. Vou garantir que tragam comida para vocês de manhã — disse Matt.

— Obrigada.

— Imagina.

— Você é muito gentil — elogiou Heather apenas para mantê-lo olhando para ela, e não para a corda que as crianças tinham jogado de qualquer jeito ao redor dos pulsos. Isso sem mencionar o buraco atrás de Olivia.

— Aí eu já não sei. Isso tudo... foi decisão da mãe... Bom, como eu falei, vou ter que apagar a luz, mas, como você disse, talvez dê pra tirar uma pestana, certo?

— A que horas o sol nasce?

— Nessa época do ano, umas cinco da manhã.

— Obrigada. Vamos tentar dormir até lá.

— Antes de você sair, eu gostaria de falar uma coisa — disse Hans.

— Ah, é?

Heather sentiu um embrulho no estômago. Olhou para Petra, mas ela não parecia saber o que Hans ia dizer.

— Quero perguntar do marido da moça. Pelo visto, ela acredita que aconteceu alguma coisa com ele. Ele... hum... está morto?

— Ã-hã. Está morto. O Danny matou. Não deu para fazer nada. Nem vi a faca. Aquele filho da puta é ligeiro.

— Você entende que isso não tem nada a ver comigo e com a minha mulher?

Matt fez que sim.

— Anotado. Durmam um pouco, se conseguirem — disse Matt, então saiu e trancou a porta.

Ele apagou a luz, e Heather esperou até que Matt estivesse dentro de casa antes de começar a se mexer. Tirou a corda do seu pescoço e do pescoço das crianças.

— Beleza. Olivia, você primeiro.

— Acho que... talvez... a gente deva ir junto — disse Hans.

— Vocês dois querem vir? — perguntou Heather.

Ele e Petra tiveram uma breve conversa em holandês.

— Queremos — respondeu Petra.

— Então está bem — concordou Heather. — Mas façam o que eu mandar. As crianças são a prioridade, tá bom?

— Certo.

Heather pegou o canivete do bolso, cortou as cordas nos pulsos deles e desamarrou as do pescoço.

— Olivia, você e o Owen vão na frente. Fiquem abaixados e esperem pela gente no mato alto lá no limite da fazenda.

— Mas e se alguém vir a gente? — perguntou Owen.

— Nesse caso, não esperem. Saiam correndo e não parem — respondeu Heather. — Tentem se esconder até verem uma viatura da polícia.

— Tá bom — disse Owen.

Olivia engatinhou pelo buraco e desapareceu na escuridão.

— Como é que está aí fora? — perguntou Owen.

— A barra está limpa, pode vir — respondeu Olivia.

Owen foi o próximo. Ele teve certo trabalho para atravessar o buraco, mas conseguiu. Heather se virou para Petra e Hans.

— Vocês têm que ir imediatamente.

— Nós vamos — garantiu Petra.

Heather se deitou no chão de terra batida e empurrou a garrafa de água na frente. Ela se arrastou pela terra e, em apenas alguns segundos, passou para o outro lado. A maioria das estrelas se escondia atrás das nuvens, e o ar estava parado. Conseguiu ouvir alguém tocando música numa das construções distantes da fazenda.

Ela ficou agachada.

— Aqui! — sussurrou Owen.

O garoto estava escondido atrás de um rolo compressor antiquíssimo a alguns metros de distância. Ela correu até ele.

— Eu falei para ir para o mato!

— O mato fica longe demais — explicou Olivia. — A gente ia ter se perdido lá. Íamos ter que gritar para nos encontrarmos.

Heather fez que sim.

A cabeça de Petra apareceu no buraco, e não foi tão difícil passar seu corpo longilíneo por ali. Hans saiu imediatamente depois.

— Aqui! — chamou Heather.

Eles se aproximaram e se agacharam atrás do rolo compressor.

— E agora? — perguntou Hans.

— Agora a gente corre que nem o diabo da cruz — respondeu Heather.

13

Matt acordou de supetão. Havia algo de errado. Dava para sentir. Havia algo de errado, algo ainda mais errado do que aquilo que estavam prestes a fazer com a família Baxter.

Blue estava acordado. Olhando pela janela. Com o focinho encostado na tela.

Matt abriu as cortinas. O sol começava a dar o ar da sua graça. O relógio alegava que eram quatro e cinquenta da manhã, e ele acreditava. Deus do céu. Owen, Heather e o casal alemão — ou melhor, o casal holandês — estariam mortos às nove.

Matar aquele garotinho... Puta que pariu. Seria difícil. Mas que escolha havia agora? A mãe jamais deixaria os policiais levarem Danny. Ele era o mais novo da família, e ela tinha uma relação de amor e ódio com ele. Ao contrário da maioria da família, Danny não ficava sentado por aí a tarde inteira bebendo cana. Danny foi para o continente, arranjou um emprego e uma garota. Pobre-diabo. Não, a mãe jamais deixaria que ele fosse preso. Ela começaria uma guerra civil na ilha antes que isso acontecesse.

Não havia mais nada a ser feito — a morte deles era uma necessidade. Seria horrível.

Algo estava fazendo Blue rosnar. Matt abriu a tela e o ajudou a sair. Seu quarto ficava no térreo, mas mesmo assim o cachorro emitiu um baque seco ao pousar no chão. Ele se recuperou e, com aquele corpo gordinho e as patas artríticas, foi mancando até o rolo compressor. Alguma coisa no rolo compressor o estava irritando. Foi isso que o acordou. Era isso que havia de errado. Alguma coisa ali.

— Ô, Blue, que que foi?

O cachorro olhou para ele e latiu.

— É uma raposa? — perguntou Matt, mesmo sabendo que não era raposa coisa nenhuma. — Merda — disse, já colocando calça e camiseta.

Ele catou a carabina e saiu pela janela.

Ignorou o rolo compressor e correu direto para o velho galpão de tosquia.

— Tudo certo por aqui? — perguntou.

Silêncio.

Ah, mas é claro.

Ele destrancou a porta e a abriu com um chute. Olhou para dentro, fez que sim com a cabeça. Entrava luz por um buraco nos fundos do galpão.

Como eles fizeram aquilo? Ele deu uma olhada no buraco.

De algum jeito, chutaram a tábua até soltá-la e depois cavaram. A maioria das marcas no chão de terra vinham de onde Heather estava sentada. Havia pegadas dela até as crianças, e depois em direção à porta. As mais fracas eram do casal holandês. O plano era de Heather. Os holandeses não queriam ir a princípio, mas mudaram de ideia no último instante. Eles não viram Tom sendo assassinado, mas Heather os convenceu de que, se ficassem, seriam os próximos. Então ela era esperta e persuasiva.

Mais esperta do que parecia. Danny tinha razão.

Mas não faria diferença. Ela não poderia se afastar das crianças. O casal holandês ficaria junto, e o mais provável era que fossem ficar na cola dos estadunidenses. Talvez uma pessoa conseguisse evitar ser capturada por um ou dois dias, mas cinco pessoas juntas? E duas delas crianças? Além do mais, aquele velhote tinha uns cinquenta e tantos anos, quase 60. E uns dois metros de altura, fácil. Ele chamaria atenção pra caramba, chamaria mesmo. E aquele menino gorducho não conseguiria correr dois quilômetros sem cair desmaiado.

Iriam pegá-los.

Matt saiu de novo e deu a volta no galpão. Fez carinho em Blue, que o esperava perto do rolo compressor.

— Bom garoto. É, eu vi. Eles fugiram do galpão e vieram até aqui. Bom garoto. Se você tivesse as patas de quando era filhote, tenho certeza de que já teria pegado todos a essa altura — disse ele, e Blue balançou o rabinho, concordando. Matt se agachou e analisou as pegadas.

Ela mandou as crianças saírem na frente, então esperaram aqui. Depois, foi a vez dela, e por último o casal holandês. Para onde foram? Ele seguiu as marcas até o mato alto, sempre com Blue mancando ao lado. A trilha era recente, deviam ter se passado apenas duas ou três horas. Deviam estar serrando as cordas quando ele foi levar água. Essa parte ele não contaria para a mãe.

Correram para o leste, direto para a velha plantação de eucaliptos que ficava a uns quinhentos metros da fazenda. Estavam indo para a área em que a mata era mais densa, do outro lado da ilha. Lá, talvez conseguissem se esconder. Um dos poucos lugares da ilha Holandesa que não era uma charneca. Não era um plano ruim, mas... Matt se agachou e examinou o chão.

Não, havia algo errado, não havia?

— Vamos lá, Blue.

Ele seguiu a trilha por mais trezentos metros até o mato alto, onde ela se espalhava e, então, sim...

Parava abruptamente.

— É isso que ela quer que a gente pense. Ela quer que a gente pense que eles vão tentar se esconder no mato. Mas não é nada disso, não é?

Blue latiu, concordando.

— Eles estão indo para o sul, em direção à balsa, não estão? Só que eles não sabem que eu mandei o Brian amarrar a balsa do outro lado do canal a noite passada. Que o Brian ficou reclamando e choramingando de ter que passar a noite lá. Mas até que é uma bela de uma ideia, não é, Blue?

Blue balançou o rabinho.

Era uma bela de uma ideia, sim, porque, se não fosse por isso, eles conseguiriam roubar a balsa e escapar. Ela era tão magra que parecia que qualquer ventinho a levaria, mas era ligeira aquela lá.

Matt meneou a cabeça. Devia ter feito mais algumas perguntas a Heather. Massoterapeuta, foi o que ela disse que era. Da cidade. Mas havia pistas que ele deveria ter percebido. O que foi que ela falou mesmo? *Comunidade da ilha de Goose...* homeschooling... *reserva indígena... técnicas de sobrevivência na natureza.* Ela disse algo sobre os pais terem servido ao Exército. Talvez eles tenham lhe ensinado algumas habilidades de sobrevivência. E não era só isso. Ela tentou assumir toda a responsabilidade pelo acidente. Não hesitou em partir para cima de Danny. Pois é, tudo isso somado podia formar um combo foda.

Em retrospecto, ele devia ter mandado um dos garotos mais velhos ficar vigiando o galpão de tosquia a noite inteira.

Mas não adiantava chorar sobre o leite derramado. Ele fez carinho na cabeça de Blue de novo.

— Com todo o respeito, parceiro, talvez a gente tenha que pegar uns cachorros no continente para ajudar nessa empreitada aqui.

Ele voltou para a fazenda. Kate estava na varanda, tranquilona, segurando uma caneca de café. Ninguém sabia ainda.

— Kate! Espalha a notícia! Os ianques fugiram!

— Como é que é?

— Os ianques fugiram! Acorda a mãe! Esquece, deixa que eu acordo.

Ele ergueu a carabina no ar e atirou três vezes.

Quando entrou na casa, todo mundo já estava acordado.

14

Grama morta e seca. Buracos, raízes salientes, ravinas, barrancos. Caniço-branco. Capim-treme-treme. Acácias cheias de espinhos. Terra seca, vermelha e antiga. Triodia.

Havia alguma coisa voando lá em cima, através da escuridão reticente.

Corujas? Morcegos?

O ar quente, pungente, metálico.

O terreno era mais acidentado do que parecia quando visto da janela de um carro. O que da estrada passou a impressão de serem campos agradáveis de mato amarelado era, na verdade, uma terra árida. Os morrinhos eram cobertos por sulcos e depressões repentinas, e o efeito ondulante daquele solo tornava a caminhada exaustiva. Em meio ao mato, havia cardos altos revestidos de espinhos afiados feito agulhas. Todos sabiam que o silêncio era importante, mas de poucos em poucos minutos Heather ouvia um suspiro agudo de dor quando alguém encostava numa dessas pontas afiadas. Ela, Olivia e Petra estavam de calça jeans, o que garantia certa proteção. Owen e Hans, por outro lado, estavam de bermuda.

Os morros e os cardos atrapalharam o seu plano de *correr* para o outro lado da ilha, e foi só quando o sol começou a nascer que chegaram perto do porto da balsa.

Quando estavam quase lá, Heather fez todos pararem para descansar. Ela passou a garrafa de água e garantiu que Owen e Olivia bebessem primeiro.

Depois de beber, Owen caiu de costas e respirou fundo.

Olivia se ajoelhou.

O píer da balsa ficava na pequena cadeia de morros baixos a oeste. Em linha reta, era cerca de meio quilômetro.

— Eu vou primeiro. Fiquem aqui — disse Heather.

— Nada disso, eu vou junto — insistiu Hans.

Assim que os dois chegaram ao topo do último morro, ficou óbvio que a balsa não estava lá. Heather esquadrinhou a costa, mas não, ela não estava em lugar nenhum. Devia ter sido ancorada do outro lado do canal.

— E agora? O barco sumiu — disse Hans.

— Não sumiu, só deixaram do outro lado — comentou Heather.

— Mas a gente não tem como pegar.

Heather foi com cautela até a doca. Os O'Neill ainda não haviam chegado, mas não demorariam muito para vir.

Não havia como chamar a balsa. Não havia telefone, walkie-talkies, nem mesmo um sino. Mas, também, o que aconteceria se conseguissem mandar algum sinal? A pessoa que estivesse dormindo na embarcação provavelmente seria da família.

O continente ficava a apenas dois quilômetros e meio. Tão perto. Heather conseguia até ver carros do outro lado. Luzes das casas distantes, lá longe no litoral.

— Vamos voltar — disse para Hans, e os dois retornaram solenemente para os outros, que esperavam na meseta.

— A balsa não está lá — anunciou Hans.

— E o que fazemos agora? — perguntou Petra.

— Não sei — disse Heather e se sentou na grama.

Ela olhou para as crianças. Olivia parecia estar bem, dadas as circunstâncias extraordinárias. Por outro lado, ela estava se aprimorando horrores na habilidade de esconder como se sentia.

Owen estava péssimo. Toda a água havia acabado agora, e ele claramente estava desidratado. Para começo de conversa, seu condicionamento físico não andava nada bem. Ele foi atingido em cheio pela morte da mãe, então se perdeu em videogame e comida, além de viver enfurnado no quarto. Foi dispensado da educação física e largou a bicicleta e o skate. Só usava moletom largo e bermuda, e era óbvio que a trilha noturna subindo e descendo morros o levou ao limite da sua capacidade física. Para piorar, havia dois dias já que não tomava a medicação para TDAH e ansiedade, e Tom dizia que ele precisava desses comprimidos todo dia.

— Ei, Owen — disse Heather, aproximando-se.

Ele a afastou.

— Não encosta em mim, Heather.

Ela fez que sim e lhe deu espaço.

— O que a gente faz agora? — perguntou Hans.

Heather se virou para encará-lo. O casal holandês até que parecia bem, mesmo depois de tanto esforço. Os dois aparentavam ter cinquenta e tantos ou sessenta e poucos anos, mas eram magros, atléticos e fortes, como muitos europeus.

— O que você sugere? — perguntou Hans.

— Não sei. Mas a gente devia se afastar daqui. Estamos expostos. Quando descobrirem que sumimos, vão vir para a balsa e dar uma olhada nessa região.

— A trilha que você fez vai levá-los para a floresta — apontou Hans.

— Mas não vai confundir ninguém por muito tempo. Eles sabem que a nossa melhor oportunidade de sair da ilha é vindo para a balsa, então logo vão chegar aqui.

Petra ergueu um dedo.

— Escutem — disse ela.

Heather prestou atenção e, de fato, acima do som do mar e dos embalos da manhã, dava para ouvir dois veículos vindo da fazenda.

— Eles sabem — disse Hans.

— E estão com pressa — comentou Olivia.

— A gente tem que se esconder! Aqui, mais para dentro do mato. Venham! — apressou Heather.

Ela agarrou Owen pelo braço, e todos correram atrapalhados encosta acima em meio ao mato alto. Uma Hilux e um Land Rover apareceram no alto de um morro a quase meio quilômetro dali.

— Se abaixa, gente! Ninguém se mexe! — mandou Heather.

Os dois carros foram até o porto da balsa e pararam com o guincho dos freios e uma espiral de poeira.

Quatro homens e Kate saíram dos carros. Todos armados com longas carabinas. Jacko, Matt, Danny e Ivan. Matt analisou o chão.

— Eles estiveram aqui — disse Matt, e sua voz foi carregada com facilidade pelo vento matutino. — E não faz nem uma hora, mas agora já deram no pé.

— Será que foram nadando? — perguntou Kate.

— Não sei.

— Se foram, os tubarões pegaram eles — disse Jacko.

Matt foi até a água e olhou para a pequena enseada perto do deque.

— Ninguém esteve nessa praia.

Hans e Petra rastejaram para o lado de Heather, que enxergava melhor.

— O que está acontecendo? — perguntou Hans num sussurro.

— São o Matt e alguns dos outros — murmurou Heather em resposta.

Hans deu uma olhada por cima do mato.

— São cinco. E armados.

— Pois é. A gente tem que achar cobertura em algum lugar. Aqui nesses morros a gente fica muito exposto, e, daqui a uma ou duas horas, vai ficar quente demais.

— Você quer continuar caminhando? — perguntou Hans.

— Não temos escolha, né?

— Mas o seu plano era pegar a balsa. Só que a balsa são eles que controlam. Não temos como sair da ilha de outra forma.

— A gente podia pegar uns galhos e fazer uma jangada ou tentar atravessar nadando — sugeriu Olivia.

— Você viu os tubarões-tigre? — disse Hans.

Olivia fez que sim.

— Vamos pensar em outra coisa — disse Heather. Nenhuma das crianças sabia nadar muito bem, e a correnteza parecia forte. — Mas temos que sair daqui.

Hans sacudiu a cabeça.

— Não. Ninguém aqui está brincando de Rambo. Isso é loucura.

— Qual é o *seu* plano então? — perguntou Heather.

— Devíamos nos apresentar com toda a clareza e distinção com as mãos para o alto, ir até lá embaixo e exigir que nos levem para o continente de balsa.

Heather o encarou.

— Ficou maluco? Você sabe o que vai acontecer se descer.

— O quê?

— Vão te matar.

— Não vão, não. Eu não fiz nada.

— Não importa.

— Não temos água. Nem comida. Nesse calor, vamos morrer antes do cair da noite — disse Hans.

— Água a gente encontra — argumentou Heather.

— Não tem água potável aqui. A única fonte é o aquífero deles, que fica na fazenda. Como é que vamos sobreviver um dia inteiro sem água nesse calor?

Heather não tinha resposta para isso.

Ambas as crianças estavam prestando atenção e pareciam assustadas.

— O que os homens estão fazendo agora? — perguntou Olivia.

— Matt está lá na areia tentando entender se a gente foi nadando — respondeu Heather.

— A gente devia ter deixado umas pegadas na praia — sussurrou Olivia.

— Devia mesmo. Mas não pensei nisso — admitiu Heather.

— Tentamos do seu jeito. Não deu certo — disse Hans. — Não temos alternativa a não ser nos entregarmos e fazer com que pensem com racionalidade.

Heather se virou para Petra, que fez que sim. Agora, ela parecia estar do lado do marido. Heather perdeu a discussão. Olhou para o leste. O gigantesco sol amarelo já estava bem alto no horizonte e começando a incendiar a ilha. Seria, de fato, outro dia de calor excruciante. Escondida no mato alto, Heather pegou o canivete no bolso e abriu a faca.

— Eu decidi. Vamos descer e nos render — disse Hans, levantando-se.

Heather se lançou sobre ele e colocou a lâmina no seu pescoço.

— Não!

— Vai me matar? — disse Hans, aparentemente inabalável.

— Você sabe como essa coisa é afiada. Viu o que é capaz de fazer.

— Vai cortar o meu pescoço?

— Vou. Temos que cuidar das crianças.

Mas Hans era grande, muito forte e surpreendentemente rápido. Antes que Heather tivesse tempo de reagir, ele agarrou o punho direito dela e o afastou do seu rosto. Torceu o braço dela para trás e a empurrou para longe.

— Larga — disse, segurando a mão dela nas costas. A impressão de Heather era de que o seu cotovelo ia saltar para fora. — Larga a faca.

A dor era insuportável. Ela largou.

Hans a arrastou para longe da faca e a derrubou de costas.

— Tenho sido muito paciente com você. Pensei que você fosse diferente dos outros estadunidenses que já encontrei, mas é igualzinha. Venha, Petra. Vamos colocar um ponto-final nessa tolice.

— Não, espera, *por favor* — implorou Heather. — Se vocês forem lá para baixo, vão pegar a gente também. Pelo menos nos deem uns quinze minutos para estarmos longe daqui.

Hans negou com um aceno de cabeça.

— Faça o que quiser. Petra e eu já estamos cansados dessa história.

— *Dat is een vergissing, Hans. Er is niets veranderd sinds gisteravond* — disse Petra.

— Mas tudo já mudou! Não temos água, não tem balsa, e não podemos fazer mais nada — insistiu ele.

— Vão nos matar. Você sabe que vão — disse Petra.

— Esse é um país civilizado. Estamos vivendo no século vinte e um. A loucura acabou — disse Hans.

— Por favor, só deixa a gente ir para longe. Cinco minutos... Que diferença faz para vocês?

— Já passei tempo demais ouvindo as suas doidices — disse ele e se levantou.

Ele foi até o alto do morro e acenou para os O'Neill.

— Aqui em cima! — gritou.

Heather pegou o canivete, agarrou Owen e Olivia pelas mãos e os forçou a se levantar, e, sem saber para onde estavam indo, começaram a correr.

15

A grama. O mato. As folhas de capim-canguru. A triodia. Cardos, torrões, argila.

Um falcão.

Sol.

Calor.

Um tiro de carabina.

Owen:

— Não aguento...

Olivia:

— Aguenta, sim...

Olhos apontados para a frente. Lá está o mundo inteiro. Aqueles cem metros à frente. Sem olhar para trás.

Um pequeno vale a descer. Outro morro a subir.

Um grito lá atrás. Outro tiro de carabina.

Correndo em meio ao caniço-branco.

Correndo contra o próprio fôlego.

Contra o próprio medo.

Espinhos de cardo lhes rasgavam as pernas. Buracos na terra vermelha os faziam tropeçar.

Céu azul índigo. Cirros. Corvos observando-os lá de cima, a sessenta metros de ar pesado de distância.

Alguém atrás deles. Respiração pesada. Perto. Mais perto. Alguém correndo mais rápido que eles.

Não olhe para trás.

Não olhe para trás.

Não olhe...

Heather olhou.

Petra, com o rosto todo vermelho, ofegante.

Mais ninguém no morro.

— Hans? — perguntou Heather, arquejando.

— Desceu até eles.

— Por que você não foi?

— Iam nos matar. Eu tentei falar para ele...

— Ele contou que a gente estava aqui em cima?

— Não sei. Para onde estamos indo?

— Não sei.

Houve mais um tiro e o som de um carro acelerando. Heather tentava escutar enquanto corria. Havia crescido em meio a veteranos do Exército e seus carros lá na ilha de Goose. Homens que não falavam da guerra, do sofrimento e das perdas, mas de carros. Ela dirigia com câmbio manual. Sabia como funcionavam os motores. Sabia como funcionava uma caixa de embreagem. Aquele barulho arranhado era de uma Hilux 3.0 V-6 esforçando-se para subir o morro na primeira marcha.

Hans contou a localização deles, e os O'Neill estavam vindo encontrá-los.

Ela analisou o terreno em busca de algum esconderijo possível.

Não havia nada.

Estavam mais de meio quilômetro a oeste do que parecia um manguezal e ainda mais longe que isso de um amontoado de eucaliptos ao norte. Não havia nada ao redor além da charneca sem cor. Nenhum esconderijo.

Merda.

Aquele declive era bem íngreme. Talvez a Hilux não desse conta. Ela se concentrou para ouvir melhor. Não, continuava vindo. Se conseguissem...

Owen tropeçou e caiu de cara na terra vermelha. Ele puxou Olivia para baixo, e Heather foi ao chão também.

— Ai! — gritou Owen.

— Você está bem? — perguntou Heather, tentando dar uma olhada no rosto do menino.

— Não encosta em mim — disse ele, afastando a mão dela.

— Ela só estava perguntando se você está bem — disse Olivia.

— Meu Deus do céu! Eu estou bem, foi só um tombo — respondeu ele, ofegante.

Petra se ajoelhou ao lado de Owen.

— Você está bem — disse ela.

O motor agora roncava alto. Heather deu uma olhada por cima do mato e viu o snorkel enorme do Toyota espreitando do alto do morro.

Ela se abaixou.

— Droga.

— O que foi? — perguntou Petra.

— A gente tem que se abaixar agora. Ficar o mais abaixados que conseguirmos. Trouxeram a picape para cá. Vão ficar procurando a gente.

Ela deu uma olhada por cima da relva. A caminhonete estava parada com todos reunidos em frente ao veículo.

— Quebrou, será? — perguntou Heather, esperançosa.

— Vamos continuar correndo? — perguntou Olivia.

— Não dá — respondeu Heather. — Acho que a gente não consegue chegar nas árvores sem eles nos verem.

— Tem, tipo, sei lá, um leito de rio seco ali embaixo. Será que não dá para deitar lá? — perguntou Olivia.

— Onde?

— Ali, ó, estou apontando.

Havia, de fato, uma fissura bem estreita, provavelmente um riacho que tinha secado, a quase dez metros de distância.

— Se estiverem com cachorros, vão farejar a gente e aí vamos ficar presos lá embaixo — disse Petra depois de dar uma olhada.

— Se eles tiverem cachorros, aí acabou para a gente de um jeito ou de outro. Olivia, vão você e o Oliver rastejando até lá e deitem no leito do riacho. E eu disse para rastejar, nada de ir engatinhando. Petra e eu vamos ficar aqui mais um pouquinho para dar uma olhada no que esses caras estão fazendo. Oliver, você entendeu?

— Entendi.

— Então vão, os dois.

Ambas as crianças foram se contorcendo sobre a barriga em direção ao leito do córrego. Heather deu mais uma olhada por cima do mato. Os homens continuavam reunidos em frente ao Toyota.

— O que está acontecendo? — perguntou Petra, também olhando por cima da relva.

— Não sei. Será que quebraram o eixo das manivelas no caminho até aqui em cima?

Os homens comemoraram e deram tiros para o alto. Saíram de onde estavam e entraram no carro. A Hilux começou a vir na direção delas. Agora Heather via o que estavam fazendo. Eles amarraram Hans horizontalmente no para-choque e estavam dirigindo com ele ali. Aceleraram a mais de sessenta por hora e saíram estraçalhando torrões de terra do terreno e voando baixo nos morrinhos.

Hans ainda estava vivo, mas, se continuassem fazendo isso, não por muito tempo.

— Não! — Ele começou a gritar. — Não! Não!

Petra abriu a boca para gritar. Heather cobriu os lábios dela e a puxou para baixo.

— Não há mais nada a fazer por ele.

— Mas ele cooperou! Estava tentando ajudar. Matt teria percebido.

— Não é mais o Matt que está no comando. O Jacko e a Kate é que mandam agora.

Jacko tinha aquela expressão no olhar. Meses, talvez até anos, de tédio e frustração. Agora ele iria se divertir um pouquinho.

Se com Hans, que tentou se render pacificamente, foram capazes de fazer isso, só Deus sabia o que fariam com elas.

— Tenho que ajudá-lo! — disse Petra, debatendo-se para ficar de pé.

16

Quando Petra tentou se levantar, Heather se jogou sobre ela e a derrubou no chão, ficando em cima dela.

— Me escuta! A gente tem que se esconder ou vão nos matar também. Vão me estuprar, vão estuprar você e vão estuprar a Olivia e depois matar todo mundo. Entendeu?

Petra sacudia a cabeça negativamente.

— Vão matar a gente! Entendeu?

Petra estava chorando agora.

— A gente não pode se render! Não pode — disse Heather, e Petra enfim fez que sim com a cabeça. — Se eu te soltar, você vai ficar abaixada?

Petra acenou positivamente de novo, e, com cuidado, Heather a soltou.

Agora a Hilux estava afastando-se delas. Os homens ainda não as tinham visto. Dois deles estavam pendurados para fora das janelas da cabine, gritando e atirando. Não pareciam estar fazendo uma busca muito rigorosa. Ficavam dirigindo para lá e para cá, arrancando toda a potência que o carro tinha para dar.

Deram uma lenta meia-volta e, agora, *sim*, estavam vindo na direção delas.

Heather se abaixou no mato.

Hans estava gritando. Era um barulho horrível que Heather tinha certeza de que se lembraria pelo resto da vida, não importava o quanto vivesse. A voz perfurava os gritos de guerra e o som do motor. Ele estava apavorado, e Petra mal conseguia aguentar.

— Vem, vamos lá para o buraco — disse Heather com gentileza.

Com lágrimas escorrendo pelo rosto, Petra fez que sim. Estava ofegante. Sem saber o que mais poderia fazer, Heather acariciou as costas dela.

As duas rastejaram pela terra vermelha granulosa e pelo mato afiado até chegarem ao pequeno riacho seco onde as crianças haviam se abrigado.

— O que está acontecendo? — perguntou Owen.

— Eles estão procurando a gente. É melhor ficar aqui — respondeu Heather.

Elas se deitaram ao lado das crianças enquanto a Hilux ia para lá e para cá. O som ficava mais abafado lá embaixo, mas de vez em quando Heather escutava um grito de guerra ou um tiro de carabina.

Heather ficou deitada e manteve as crianças de cabeça abaixada.

As moscas. O calor. Nuvens preguiçosas em formato de charuto se moviam pelo céu de safira como naves alienígenas.

— Está se aproximando — disse Owen.

Ele tinha razão. O carro havia começado a se aproximar. Será que eles podiam ter sido vistos? Claro que podiam.

— Ninguém se mexe — sussurrou Heather.

O motor acelerou, e a Hilux continuava quicando pelo terreno.

Mais perto.

Mais perto.

O carro saltou o leito seco do riacho a uns vinte metros de onde eles estavam, parou, fez uma grande volta e seguiu em frente novamente.

Heather estava ao lado de Olivia. Os olhos da menina estavam fechados e os seus lábios se moviam. Ela estava rezando. Heather nunca aprendeu a rezar direito. Tom levava as crianças à igreja quase todo domingo. Ela foi uma vez, disse que não queria mais, e Tom não viu problema nisso. No quesito igrejas, a congregação que eles frequentavam parecia bem inofensiva. Não passava de bancos simples de madeira e um velhinho tranquilo lá em cima mandando as pessoas serem boas; não parecia em nada o lugar terrível cheio de hipocrisia que o seu pai falava que todas as igrejas eram, mas ela deduziu que devia variar de denominação para denominação. Fascinada, observou. Aquela mensagem estava indo direto dela para Deus. Heather percebeu que estava prendendo a respiração, esperando por uma resposta, um raio caído dos céus ou algo assim, mas o único som era o do ronco do motor da Hilux.

E ele estava vindo na sua direção de novo.

Vozes masculinas:

— Cadê eles, Hans? Fala para a gente!

— Rápido, sua anta!

— A gente vai acabar descobrindo, alemão!

— Vai logo, Kate, acelera aí!

— Uhul! É que nem nos filmes, né?

— Pode crer!

— Hans! Fala onde é que eles estão!

— Prontos ou não, aí vou eu!

— Onde é que vocês vão se esconder, pequenos?

— Eles estão escondidos no mato alto, mas a gente vai soprar e bufar até a porcaria da casa deles ser derrubada, não vai?

Olivia estava tremendo. Heather acariciou o seu cabelo.

— Vai ficar tudo bem, meu amor — sussurrou.

— A gente não pode ficar aqui para sempre. Eles vão trazer mais pessoas em outros carros. Vai vir a fazenda inteira. Eles sabem onde a gente está — protestou Petra.

— Só fica abaixada. A gente não tem escolha! — disse Heather.

Através dos meridianos e dos paralelos de mais um cruzamento numa curva, a Hilux roncou na direção deles de novo. Olivia tapou as orelhas com as mãos enquanto o motor rugia feito um monstro. A picape pulou pela ravina a menos de cinco metros deles.

Certamente foram vistos, não foram?

Heather esperou pela freada brusca ou pelos tiros.

Mas o carro continuou em frente.

Seguiu em direção ao matagal, e então...

Uma batida, seguida por silêncio.

Homens começaram a gritar. A Hilux havia parado. O motor roncava. Os pneus giravam.

— Esperem aqui, crianças. Vou dar uma olhada.

— Eu vou junto — disse Petra.

Heather escalou para fora do buraco. O veículo estava num barranco quase trezentos metros ao sul com as rodas da frente no ar. Os homens tentaram pular por cima, mas não conseguiram. A caminhonete tinha batido com o eixo dianteiro na lateral do barranco e estava presa.

Não seria tão difícil assim tirar o carro de lá. Outro veículo poderia puxá-lo, aquele que estava lá na balsa ou os que tinham na fazenda. Mas eles ainda não haviam percebido isso nem que precisariam de mais gente para ajudar. Estavam tentando balançar o Toyota para ele sair da vala, o que jamais daria certo.

Matt deu a volta pela frente do carro e começou a desamarrar Hans. Caso ainda estivesse vivo, iam obrigá-lo a empurrar também.

Heather encarou Matt. Chegou a pensar que aquele sujeito seria a voz da razão, que iria ajudar, mas ele fez sua escolha.

— É a nossa chance de dar o fora daqui — sussurrou Heather para Petra. — Eles vão passar uma meia hora ocupados. Vão precisar de um guincho. É melhor a gente ir.

— Para onde?

— Vai ficar quente. Acho que a gente devia ir para o manguezal, lá perto da água.

A costa ficava a pouco menos de um quilômetro a noroeste.

— E depois?

— A gente se preocupa com o depois quando chegar lá.

— Não deveríamos deixar Hans. Eu...

— Sinto muito.

Petra estremeceu, chorou e, por fim, sussurrou:

— Eu sei.

As duas voltaram para o buraco e explicaram o que estava acontecendo.

— Vamos seguir para as árvores perto da água — disse Heather.

O leito seco do riacho seguia na direção em que precisavam ir. Engatinharam ali por quase cem metros até a passagem ficar estreita demais, e então, com cuidado, subiram para a charneca. Os homens continuavam xingando alto e acelerando o carro.

— Por aqui — disse Heather. — Mas fiquem abaixados.

O mato até que cobria as crianças, mas Heather e Petra tiveram que correr agachadas, à la Groucho Marx.

Levaram meia hora para chegar ao manguezal, que seguia o curso da praia estreita por centenas de metros.

Quando chegaram à sombra, ambas as crianças se jogaram na areia. Owen havia tirado o moletom e o amarrado na cintura. Sua camiseta estava encharcada de suor. Olivia afundou ao lado do irmão.

Heather se sentou numa pedra e tentou se recompor.

O calor era insuportável. Não havia água. Mutucas e mosquitos pousavam neles e chupavam suor e sangue sem misericórdia.

— Dá para tomar essa água, Heather? — perguntou Olivia, apontando para o mar.

— Não, é salgada. Só dá para tomar se algum rio desaguar aqui — respondeu Heather.

Ela tirou os sapatos, enrolou a barra da calça, entrou no mar e, com as mãos em concha, levou um pouco da água à boca. Bebeu e cuspiu tudo.

— Não serve para beber, mas quero que vocês venham aqui no rasinho e se refresquem um pouco. Vou ficar de olho — disse Heather enquanto voltava para a areia.

Prestaria atenção nos tubarões. Tubarões-tigre, cabeças-chatas e brancos — essas águas eram infestadas de predadores.

Ainda não era nem meio-dia, mas já fazia bem mais de 30 graus. Pelo menos era um pouco mais fresco ali que na charneca por causa de uma leve brisa que soprava pelo canal.

— E se fizéssemos uma jangada, como a Olivia falou? — sugeriu Petra.

— É uma possibilidade — concordou Heather. As crianças estavam ofegantes no calor. — Gente, por favor, quero que vocês se refresquem um pouco no rasinho. Mas só até o tornozelo.

Owen e Olivia tomaram banho, e, enquanto se secavam, Heather e Petra andaram pela praia à procura de galhos de árvores do mangue ou madeira trazida pela maré, mas as árvores eram nanicas e os galhos, curtos e retorcidos. Estavam mais para arbustos que para árvores de fato. Elas quebraram um galho e o colocaram na água, e ele afundou parcialmente.

— Não sei por que isso está acontecendo — disse Heather. — Madeira deveria boiar melhor.

— Também não sei — disse Petra. — Iríamos precisar de centenas de galhos para fazer alguma coisa que aguentasse pelo menos a Olivia. E como amarraríamos tudo?

— Daria para cortar as nossas roupas — sugeriu Heather, embora um tanto cética: essa ideia exigiria dias de trabalho, quiçá semanas. Já estavam exaustos do esforço daquela manhã, e ninguém ali tomava água desde antes do amanhecer.

Owen, todo animado, cavava a areia.

— Está fazendo o que aí, Owen? — perguntou Heather.

— Vocês nunca viram Bear Grylls? Os programas antigos dele, não esses podres de agora.

Heather e Petra fizeram que não com a cabeça.

— Achei umas garrafas de plástico na praia — disse ele.

— Com água fresca? — perguntou Heather, empolgada.

— Não, estavam vazias, mas olha — falou Owen, animado pela primeira vez em dias. — Acho que dá para fazer tipo um... Ã-hã, espera aí.

Ele pegou uma garrafa, encheu-a de água salgada e segurou uma vazia ao lado.

— Qual é a ideia? — perguntou Heather.

— É tipo uma destilaria. A água evapora da garrafa cheia para a vazia, aí o sal fica para trás.

— E aí vai ficar potável na outra garrafa? — perguntou Olivia.

— Completamente.

— A gente não tem tempo para isso agora, Owen — disse Heather.

Ignorando-a, Owen pegou a garrafa cheia de água do mar e a colocou na areia, ao sol. Enterrou a garrafa vazia na areia inclinada para baixo, assim ficaria mais fresca e não vazaria. Com cuidado, posicionou os gargalos das garrafas juntos.

— O sol vai evaporar a água da garrafa quente e condensar na mais fresca — explicou Owen.

— Uau, está funcionando mesmo... — começou a dizer Olivia, mas Heather ergueu a mão para que ficasse em silêncio.

Tinha escutado alguma coisa. Será que era um cachorro latindo?

— Esperem aqui.

Ela se meteu no meio dos arbustos do mangue e escalou uma pequena elevação para que pudesse ver a charneca.

Ficou apavorada com a visão.

Vinte pessoas da fazenda haviam formado uma linha e atravessavam metodicamente toda a extensão da planície. A uns quinze metros uns dos outros, conseguiam com facilidade cobrir quase trezentos metros de terreno. A equipe incluía mulheres e crianças, e a maioria estava armada. Alguém dirigia um quadriciclo numa ponta da fila, e, na outra, havia uma moto. Matt estava de camisa xadrez e carregava sua carabina; ela o ouviu gritar "Blue", e aquele cachorro velho se aproximou todo felizinho mancando ao lado dele.

Estavam a menos de duzentos metros, mas o grupo se movia devagar e sistematicamente na direção deles.

Heather viu um garoto armado adentrar os arbustos do manguezal, e ele provavelmente seguiria ao longo da costa.

Era uma réplica daquilo que Jacko falou da Linha Negra. Iriam caçá-los do mesmo jeito que seus antepassados caçaram os povos originários da ilha Holandesa e da Tasmânia.

Heather correu até os outros.

— Eles estão vindo atrás da gente! Temos que ir!

— Qual a distância deles? — perguntou Petra.

— Perto demais! Levanta, Owen.

— As garrafas estão funcionando! — disse Owen.

— Desculpa, mas a gente tem que ir!

— Estamos morrendo de sede! — protestou Owen.

Heather o puxou do chão e Petra fez Olivia se levantar, então todos saíram correndo pela orla com os O'Neill no encalço.

17

A alegre música-tema de *Star Trek: Voyager* ecoou quando os créditos subiram. A música era um comentário irônico sobre os quarenta e dois minutos de programa. Por algum motivo, Carolyn havia perdido esse episódio na transmissão original e só assistiu a ele agora, revendo a série numa maratona na Netflix. Estava chorando. Na verdade, estava arrasada. A única pessoa que entenderia seria Heather. Já estava escuro lá fora. Era amanhã na Austrália. Heather talvez estivesse acordada.

O telefone de Carolyn estava desligado, sem bateria. Ela precisava comprar um celular novo. Agora mal aguentava uma carga completa. Ela o ligou na tomada e, claro, recebeu uma mensagem da própria Heather. Era a foto de um passarinho. Um papagaio. Heather adorava pássaros. Não havia outras mensagens. Mas será que Heather ia querer ouvir uma hora inteira de choradeira sobre *Star Trek*?

Carolyn estava tão preocupada com a ida da amiga para o outro lado do mundo. Heather nunca nem teve passaporte e havia emagrecido demais nos últimos tempos. Provavelmente não andava comendo direito. Mas, no fim das contas, era uma mulher adulta e casada, e Tom era o Sr. Médico Ricaço Cabeçudo.

Carolyn pegou a guitarra do chão e tocou uma música. Fazia uns dois anos que não compunha nada. Ela e Heather escreveram dezenas de músicas quando eram adolescentes. Música e *Star Trek*, isso elas compartilharam.

Ela colocou a guitarra de volta no chão.

Digitou Você já viu o episódio "A luta", de Voyager? e apertou Enviar.

Heather responderia assim que acordasse ou ficasse sóbria depois da visita à vinícola.

18

Foi só então que Heather percebeu seu erro. A cada poucos metros, eles tinham que se abaixar, escalar, dar a volta ou atravessar as pequenas árvores do manguezal. Não havia saída fácil daquela praia. O progresso era tão lento que parecia um pesadelo.

Dar a volta nos arbustos significava ficar com água até os joelhos, e a maré só subia. Ela olhou à direita para ver a que altura o mar chegava e notou uma linha de musgo e alga a dois terços do barranco.

Vamos ter que voltar por dentro da ilha, pensou. Mas, se fossem por lá, seriam vistos. Já era de tarde; o sol, na parte norte do céu, estava pesado, enorme e alaranjado. Com o tempo, afundaria para o continente à esquerda, mas ainda levaria horas. Sete ou oito, provavelmente.

Dava para ouvir os perseguidores gritando uns para os outros lá em cima, na meseta. Estavam se aproximando.

Se seguissem nesse ritmo, seriam pegos em sete ou oito minutos.

— Continuem — disse Heather enquanto lutavam para passar pelo manguezal.

A casca e as folhas não eram especialmente afiadas, mas, mesmo assim, arranhavam a pele. Pele esta que já estava em carne viva por causa dos cortes dos cardos e das queimaduras de sol.

O progresso era lento.

Tão, tão lento.

Heather olhou para trás. A maré era tanto inimiga quanto amiga. Perseguia-os e os ajudava. Escondia suas pegadas, mas em uma hora aquela área do litoral estaria submersa, então teriam que voltar para o meio da ilha ou nadar.

Owen ficava cada vez mais fraco. Mesmo aquele golinho de água deixado para trás na garrafa já teria ajudado. Será que ela deveria correr de volta até lá e buscar?

Não. Ela seria pega, e aí todos seriam também.

Ela colocou a mão por baixo do braço dele e o ajudou a andar.

— Alguma ideia, gente? — perguntou Heather.

— A gente podia só parar — respondeu Owen.

— Não podemos nos entregar. Não agora — disse Petra.

A garganta de Heather queimava. Sua cabeça estava leve. O sol parecia estar a apenas dois ou três quilômetros acima deles. Um sol onipresente, orgulhoso e cruel, que estava gostando daquela situação. Era como o raio carbonizador de *A guerra dos mundos*.

Ela nunca tinha sentido um calor como aquele. Era como o seu pai descrevia Faluja.

Ele saberia o que fazer agora.

Tom saberia o que fazer agora.

Ela não tinha ideia.

Olhou para o oceano, mas não havia resposta alguma lá.

Espantou as moscas do rosto de Owen.

Na charneca, o cachorro de Matt latia.

As pessoas gritavam umas para as outras como se estivessem participando de uma caça ao tesouro ou de um piquenique.

Ela não deu muita bola quando Jacko mencionou a Linha Negra da Tasmânia. Era só uma anedota curiosa da história. Mas agora entendia o que significava: massacre, assassinato e genocídio.

Era assim que a maior parte das criaturas vivia, que sempre viveu, na Terra. Os quadros tranquilizantes da natureza nas salas de espera de médicos e dentistas eram uma mentira. Na selva, todas as histórias felizes eram escritas com tinta branca numa folha branca.

Owen escorregou e caiu. Ela o puxou pelo braço, mas ele não reagiu. Heather se agachou ao seu lado. O garoto tinha desmaiado de desidratação ou exaustão pelo calor.

Petra e Olivia se viraram para ver.

— Corram! — disse Heather.

— Não podemos deixar vocês para trás — retrucou Olivia.

— Vão! Só vão, eu carrego o Owen — disse Heather.

Petra fez que não com a cabeça.

— Vou ajudar. Carregamos ele entre nós.

Heather acenou positivamente com a cabeça.

— Olivia, vai na frente.

— Vou esperar vocês.

— Não! Você vai na frente — insistiu Heather. — Só vai.

— Não.

Ela segurou embaixo do braço esquerdo de Owen. Petra o segurou pelo direito. Ele estava grogue e gemendo. Será que ia morrer? Muita gente morria de exaustão pelo calor. Para salvar essas pessoas, era preciso soro, descanso e cuidados médicos apropriados.

— Pegou aí? — perguntou Petra.

— Peguei.

— Então vamos — disse Petra.

O garoto era um peso morto entre elas. E a maré agora estava forte. As duas o arrastavam através da areia molhada e mal avançavam.

Não demoraria muito para aquele garoto na praia com a carabina conseguir vê-los. Se aquela enseada fosse plana ou em curva, ele já os teria visto. Do jeito que era, porém, com as curtas entradas que geravam um efeito Mandelbrot e os pequenos promontórios, estavam protegidos.

Por enquanto.

Mas não por muito tempo. Passaram Owen por cima de um galho baixo. Os tornozelos dele ficaram presos, então elas tiveram que parar e levantar seus pés um de cada vez.

Demorou uma eternidade.

Heather olhou para trás. Não havia nenhum sinal do adolescente que os seguia, mas era possível ouvir o clã O'Neill atravessando a charneca.

— O que vamos fazer? — perguntou Petra.

Heather sabia que não daria para argumentar com aquela gente. Não depois do que tinham feito com Hans. Eram capazes de qualquer coisa. E podiam fazer tudo o que quisessem na ilha deles. Depois de algum tempo, a polícia viria procurar os quatro. Era nisso que tinha que depositar suas esperanças.

— Agora a gente se esconde e sobrevive o máximo possível.

Conseguiram passar Owen por entre as árvores, e lá estava Olivia, parada com as mãos na cintura, recusando-se a continuar em frente.

— Eu não falei para não parar? — disse Heather, irritada.

— Não quero ir sozinha! — choramingou Olivia.

— Só vai!

— E deixar o meu irmão? Não posso.

— Eles provavelmente vão pegar nós três — disse Heather. — Você pode correr na frente sozinha. Tem uma chance.

Olivia meneou a cabeça.

— Só vai, caramba! — insistiu Heather.

— Você não manda em mim! Você não é a minha mãe.

— É o Owen que costuma dizer isso, Olivia. Você precisa ser mais original. Agora, vai, seja uma boa menina e dá o fora daqui!

— E depois?

— Depois continua enquanto conseguir até escurecer. Eles vão acabar voltando para a fazenda. Principalmente se tiverem pegado a gente.

— E depois? Se eu me safar hoje, o que é que eu vou fazer sozinha? — perguntou Olivia, parecendo perdida e desolada como a garota de 14 anos que era.

Heather forçou o cérebro a funcionar. Tudo o que havia entre suas orelhas era cimento molhado. O que Olivia poderia fazer? O que a menina conseguiria fazer sozinha?

As duas passaram Owen por cima de outro galho baixo. Heather olhou para trás. Ainda não havia nenhum sinal do garoto com a arma, mas, nesse ritmo, não demoraria muito para que se encontrassem.

— Se esconde até ver a polícia — disse para Olivia.

— E água? Vou fazer o que sem água?

— Usa o truque do Owen com as garrafas. Por favor, meu amor, só vai — pediu Heather. — Eles estão vindo. Só vai!

Heather olhou nos olhos de Olivia, implorando. *Você ainda tem chance, por favor.*

— Se é o que você quer! — disse Olivia e saiu correndo pela praia.

As duas mulheres carregaram Owen por mais alguns minutos até Petra pedir arrego.

— Preciso parar.

— Não dá para fazer um intervalo.

— Eu preciso, me desculpa — disse Petra.

Ela se desprendeu de Owen e caiu na areia entre dois arbustos. Heather não conseguiria continuar sozinha, então deitou Owen na areia e depois o ajeitou no colo, acima da maré. Ela tocou a testa do menino. Ele devia estar com febre, e seus lábios estavam rachados. Era desidratação, sem sombra de dúvida. Ele não tinha como aguentar muito mais. Morreria logo.

— Me desculpa, Owen — disse ela e começou a chorar.

A praia estreita agora havia se reduzido a alguns poucos metros de areia, e a água se agitava nas suas pernas. Heather pegou o canivete e abriu a faca.

Petra olhou para ela e fez que sim. Pegou uma pedra afiada do chão.

Não seriam muito úteis contra uma carabina, mas elas não iam se entregar de mão beijada.

19

ILHA HOLANDESA, AUSTRÁLIA

Olivia sabia que era tudo culpa sua.
Foi ela quem plantou a semente.
Ela.

PRAIA DE ALKI, SEATTLE

Pai, a gente precisa tirar umas férias. A gente tem que sair daqui. Desse lugar. Dessa escadaria. Dessa casa. Ir para bem longe.
Acho que não precisamos disso, não.
A gente faz um trato. Eu volto para o softball na primavera.
Você devia voltar de qualquer jeito. É boa nos lançamentos.
Pai! Por favor, a gente precisa. Pelo bem do Owen. E pelo meu também.
Owen? Você acha que uma viagem para a Austrália vai dar um jeito nele?
A gente precisa sair daqui. Andei pensando nisso. Aquele seu congresso na Austrália. A gente pode ir junto? Eu, o Owen e a Heather também, se ela quiser. Sempre quis ver o *outback*. Um canguru. Um coala. Pai. Pai?

ILHA HOLANDESA

O vaivém da água do mar. Gaivotas. Calor. O sol cozinhando os miolos dela.

Sem papai, sem o cara holandês e sem a Heather, Owen e aquela mulher. Só ela. Correndo.

Ela não queria ficar sozinha.

O sol.

O mar.

Que escolha tinha?

PRAIA DE ALKI

É bom ter o oceano por perto.

Bom por quê, pai?

Porque nos faz colocar o pé no chão, meu amor. Dá equilibro à mente à mercê da mudança e atormentada pelo irreprimível agora.

Quê?

Deixa para lá. Olha aqui. Me escuta. Sua mãe. Não deixa ninguém ficar falando bobagem sobre sua mãe. Ela te amava. Ela jamais faria uma coisa dessas com ela mesma. Foi um acidente.

Ela estava bêbada?

Não. Não teve nada a ver com isso. Foi um acidente. Um acidente. Isso mesmo...

Pai, você está bem?

Desculpa. Estou, sim. O assunto agora é sua mãe. Vamos pensar nela.

ILHA HOLANDESA

O calor era tudo. Era inacreditável. O calor estava destruindo-a célula por célula, matando-a, assim como mataria todos eles.

E a culpa era toda dela.

Papai estava relutante. Por favor, disse ela. Olha tudo pelo que a gente passou. Com a mamãe. Vai ser bom para o Owen. Você sabe como ele adora animais. Por favor. Deixa a gente ir numa dessas coisas com você pelo menos uma vez. É a Austrália. É tipo a Disney, só que melhor. É tudo mágico lá. Os animais. As pessoas. A paisagem. Os sotaques. Uma fuga completa.

E funcionou. Depois, eles só precisaram convencer a Heather. Ela não queria vir. Estava preocupada com os incêndios florestais. Não gostava de cobras. Não tinha passaporte. Só que papai não ia trazer duas crianças sozinho para a Austrália.

E foi legal.

O deserto.

Uluru.

Todo mundo era tão bacana.

A ilha também foi ideia dela. Dela e do Owen. O papai não queria vir.

Mas ele veio por causa dos coalas, pelos *filhos*. Tudo levava de volta a ela.

PRAIA DE ALKI

Um barco chamado *Zodíaco*.

A lua fazia parte do zodíaco de verdade.

Em inglês, a palavra "lua", "*moon*", vinha do termo "mãe", "*mother*". A Sra. Taggart dizia que muitos idiomas compartilhavam a mesma raiz. Até no latim, em que a palavra para "lua" era "*luna*", havia a palavra "*mensis*", que estava relacionada.

Zodíaco, lua, mãe.

ILHA HOLANDESA

O oceano às suas costas, o sol lá em cima, o som *deles* ali perto na triodia, como chamavam aquele mato.

Ela não era burra.

Tinha 14 anos.

Quando o seu pai tinha 14 anos, 14 eram 14. Quando a sua mãe tinha 14 anos, 14 eram 14. Mas agora 14 eram muito mais. Havia coisas que se podiam ver a qualquer momento e em qualquer lugar pelo celular. Coisas que não podiam ser esquecidas.

Ela conhecia a palavra "estupro". Entendeu o significado dela na noite anterior.

Não era burra. Não. Sabia o que iria acontecer.

Areia.

Calor.

Mar.

Olhou para trás. Estava se movendo mais rápido agora. O garoto com a carabina ia logo alcançar os outros. Ela imaginava que Heather tentaria lutar com o canivete. Não ia dar certo. Sua mãe deixaria Heather no chinelo. Quem ela achava que era? Owen falou que ela não tinha nem terminado o ensino médio. Era melhor deixá-la para trás. O único problema era abandonar Owen. Owen, uma criança. Olivia não devia ter feito uma coisa dessas.

PRAIA DE ALKI

O ar gelado.

   Os flocos de neve.

O barquinho *Zodíaco* boiando para lá e para cá.

Não quero ir.

Olivia.

Não quero. Não faz bem para o mar.

Entra no barco.

O Owen também não quer ir.

Deixem de ser bobos, vocês dois! Entrem.

Tá bom, pai.

ILHA HOLANDESA

Vão pegar a gente.
 E eu vou morrer de sede.
 Lá em casa, papai tem aquelas garrafas de Evian na geladeira.
 Em casa.
 Ninguém aqui vai para casa.
 Ninguém.

PRAIA DE ALKI

Owen de braços cruzados.
 Papai grita com ele. Papai surta, como sempre faz.
 Papai puxa Owen pelos ombros e chega bem perto dele: Era o último desejo da sua mãe. Você não quer honrar a sua mãe, seu merdinha?
 Owen chora.
 Owen entra no barco.
 Papai liga o motor de popa.
 O *Zodíaco* sai do deque.
 Papai não fala nada.
 Owen ainda chora.
 Papai vira a urna.
 Mamãe não fala nada.
 Mamãe se desfaz em um milhão de pedacinhos na água sombria do estuário de Puget.
 Uma única gaivota.
 Owen chora.
 Papai não chora.
 Papai bravo pra caramba.

ILHA HOLANDESA

Água até os joelhos.
 Os pássaros em cima daquelas pedras dali a pouco teriam que encontrar outro lugar para descansar.

Dali a uma hora, as pedras ficariam submersas, e todos aqueles pássaros esquisitos teriam que...

Olivia parou, esfregou os olhos e encarou a linha de rochas que seguia por cerca de seis metros praia adentro. Eram irregulares e engraçadas, e, com um pouco de imaginação, dava até para imaginar que eram os espinhos nas costas de um dinossauro.

De um estegossauro.

Olhou para elas, fez que sim com a cabeça e soube exatamente o que precisava fazer em seguida.

Ela se virou e correu de volta o mais rápido que pôde.

20

Através dos arbustos. Através da água. Difícil de respirar. Difícil de pensar.

— Olha para trás — sussurrou Petra.

Heather se virou.

A menos de cem metros, dobrando uma curva, havia um homem e um garoto, ambos armados. Com eles, vinha uma garotinha, como se estivessem todos indo a uma festa de aniversário. Os perseguidores não conseguiam vê-los em meio à vegetação, mas com certeza os pegariam em pouco tempo.

Heather andava pensando numa última alternativa: se esconder. Esperar. Emboscar o garoto quando ele passasse pelos arbustos. Teria uma única chance com o canivete, mas uma chance era melhor que nada.

Só que não havia a menor possibilidade de enfrentar os dois, ainda mais armados. O homem parecia ser Ivan, o brutamontes enorme da balsa.

Merda.

Ela contra eles dois?

Puta que pariu.

Então seria ali, não seria?

Onde tudo acabaria.

Ela sempre se perguntou onde seria.

Não depois de um turno de vinte horas como garçonete. Não depois que aquela caminhonete bateu na traseira e destruiu o seu Honda. Não quando teve apendicite e precisou dirigir por cinco horas até o hospital de veteranos em Tacoma porque sabia que não teria dinheiro para pagar a conta na Clínica Bellevue.

Era ali, na prainha estreita de uma ilha ao largo da costa australiana.

Mas que merda era aquela?

Viu Olivia correndo pela curva da praia como se estivesse sendo perseguida. Puta merda, estava mesmo encurralada.

Mas Olivia exibia um sorriso satisfeito.

Tinha alguma coisa...

Olivia as alcançou, ofegante.

— Que foi?

— Depois da próxima curva, tem uma fileira de rochas no mar, bem pertinho da areia. A gente pode atravessar ou nadar até lá, se esconder e deixar eles passarem — disse Olivia, arfando.

Com a boca quase seca demais para falar, Heather fez que sim com a cabeça.

Petra repetiu o gesto. Teriam que ser rápidas. Ivan e as crianças estavam chegando à praia.

— Owen, a gente vai ficar bem — disse Heather. — Falta só mais um pouquinho.

Com vigor renovado, Petra e Heather carregaram Owen através do mangue e pela curva da praia. E, sim, um pouco para dentro da água havia, de fato, uma fileira de rochas.

— Como vamos fazer isso? — perguntou Petra.

Heather tentou responder, mas não conseguia formar palavras. Fora da sombra do mangue, devia estar quase 40 graus. Ficariam expostos à força total do sol lá nas rochas, mas que escolha tinham?

Ela engoliu em seco algumas vezes para produzir um pouco de saliva na boca.

— Você vai com a Olivia. Eu nado com o Owen. Só me ajuda a colocar ele na água.

Petra fez que sim, e as duas o arrastaram até o mar.

— Vai — disse Heather.

Petra e Olivia começaram a nadar. Heather virou Owen para que o garoto ficasse de costas.

— Só relaxa, Owen. Vai ficar tudo bem — sussurrou no seu ouvido.

Ela envolveu o pescoço dele com o braço, e, sempre mantendo a cabeça do menino erguida, seguiu para o oceano.

A água estava gelada, mas nadar com Owen era mais fácil do que esperava. Ela nadava de lado, batia os pés e se impulsionava com força mar adentro com o braço direito. Em dez braçadas rápidas, chegou às rochas: grandes pedras pretas e irregulares que despontavam da água.

Nadou para trás delas.

— Tem uma entradinha nessa rocha, vê se dá para colocar ele ali — disse Olivia de algum lugar.

A saliência era do tamanho de uma estante de livros e tinha uma inclinação de trinta graus para baixo, mas o mar a havia erodido, e as três juntas conseguiram colocá-lo ali. As pálpebras dele tremiam e havia manchinhas brancas nos seus lábios. Onde não estava queimado de sol, estava pálido e com a pele gelada.

Insolação, exaustão, desidratação...

Ele precisaria de água, comida, descanso e sombra muito em breve; caso contrário, ia morrer. E elas morreriam pouco depois.

Heather verificou os batimentos cardíacos do garoto. Estavam fracos.

— Olha lá — sussurrou Petra.

Três pessoas vinham pela curva da praia: Ivan, o adolescente e a garotinha. Conforme se aproximavam, a conversa chegava até elas pairando pela água.

— Que nada, parceiro, o St. Kilda não tem a menor chance, eles não têm profundidade nenhuma — dizia Ivan. — Agora olha os Bulldogs, por exemplo. É um time que vai longe. Que vai superar os altos e baixos da temporada. Espera para ver.

— Do que eles estão falando? — sussurrou Olivia.

— Não sei. O importante é que não estão falando da gente. A atenção deles foi desviada. Isso é bom — respondeu Heather, também sussurrando.

Algo cutucou sua perna.

Ela deu uma olhada na água, mas não viu nada.

Golfinhos?

Que nada. Não eram golfinhos coisa nenhuma. Disso tinha certeza.

Acontecia alguma coisa quando uma orca aparecia nas águas da ilha de Goose. Algo mudava no ar. Dava para sentir o perigo na pele.

Ela boiou e se mexeu o mínimo possível.

Tentou olhar, mas a água era muito funda e opaca.

Uns três metros para a direita, uma barbatana se ergueu por um instante e voltou a sumir debaixo da água. De golfinho aquilo não tinha nada. Era um tubarão-azul jovem. Não devia passar muito de um metro, e tubarões-azuis se alimentavam basicamente de lulas, mas mesmo assim podiam dar mordidas terríveis em qualquer idade. O animal estava nadando em círculos à sua direita.

Heather não sabia ao certo se o tubarão havia percebido ou não a presença deles. Um belo jeito de chamar a atenção desses predadores marinhos era começar a se debater e entrar em pânico.

Ela olhou para a praia.

Ivan e as crianças estavam quase os ultrapassando.

— Não quero ir para a escola — disse o garoto.

— É você quem decide, parceiro — disse Ivan. — A mãe não pode te forçar. Pelo menos eu acho que não. Mas é escola, não cadeia, meu parceiro. Eu fui e estou aqui, ó, vivão. Só tem veadinho, mas sei que você vai dar conta do recado. Além do mais, Geelong não fica a um milhão de quilômetros daqui.

— Você foi para a mesma escola que o meu pai, tio Ivan? — perguntou a garotinha.

— Fui, Niamh. Três anos. Liceu Geelong. Como eu falei, é todo mundo um bando de idiota, mas acabei me acostumando.

— Quando o tio Matty fizer o drone funcionar, eu posso usar? — perguntou o garoto.

— Duvido muito que vá rolar. O Matt deve ter tirado o drone da caixa só umas duas vezes desde que comprou!

A respiração de Olivia estava pesada. A respiração de Owen estava fraca. Petra prendia a respiração.

O tubarão-azul estava à direita.

Ele mudou abruptamente de direção e, sem pressa, seguiu em direção a ela.

Merda.

Estavam todos sangrando. Foi isso que chamou a atenção dele.

A barbatana afundou. Olivia era o alvo.

Heather não podia nem a advertir.

Ela se inclinou e recuou a perna.

Se calculasse o tempo direitinho...

Heather olhou no olho direito do tubarão e chutou suas brânquias no momento exato em que ele abria a mandíbula para dar uma mordida exploratória.

Olivia viu, tomou um susto e tapou a boca com a mão.

Irritado, o tubarão-azul jovem nadou para longe.

A garotinha, Niamh, virou-se e olhou direto para as rochas, mas não viu nada. Ou talvez tenha fingido que não viu.

O garoto, Ivan e Niamh continuaram conversando até chegarem a um aglomerado de árvores do mangue no fim da praia.

Desapareceram no meio delas e foram embora.

— Vamos voltar — disse Heather.

— Não seria melhor esperarmos um pouco mais? — perguntou Petra.

— Tem um tubarão-azul em volta da gente. Vamos para a areia. Agora.

Nadaram de volta para a costa e arrastaram Owen para as sombras do manguezal.

— Você acha que vão refazer o caminho quando não nos encontrarem? — perguntou Petra.

Heather deu de ombros.

— Não sei. Só posso torcer para que continuem avançando até anoitecer. Não importa se vão voltar ou não. Não vamos mais tirar o Owen daqui.

21

Heather e Petra carregaram Owen até a sombra de uma árvore do mangue e deixaram que ele se recuperasse. A água do mar havia refrescado o garoto, mas agora o problema não era a insolação. Era a desidratação. Ela abanou Owen com as folhas de uma árvore para mantê-lo o mais fresco possível.

Uma hora.

Duas.

Três.

Os O'Neill não voltaram para a praia.

Olivia escreveu "S.O.S." com pedras e algas que todas sabiam que a maré arrastaria para longe.

O sol começou a se pôr.

Owen, por mais incrível que parecesse, continuava vivo.

Água. Se ela não arranjasse água naquela noite, o garoto morreria. Petra sabia disso. Olivia sabia disso.

Heather subiu até o topo da meseta e escalou um eucalipto jovem.

A charneca estava vazia. Havia luzes acesas na fazenda, a uns três quilômetros dali. Pássaros cantavam. Estava anoitecendo.

— Encontrou alguma coisa? — perguntou Petra.

— Acho que foi todo mundo embora.

Heather começou a descer. Pisou em falso no galho embaixo dela e se agarrou em outro galho próximo. O galho seco do eucalipto não aguentou o peso; quebrou, e ela caiu de dois metros e meio de altura. Suas costas absorveram quase todo o impacto.

— Você está bem? — perguntou Petra, correndo alarmada até Heather.

— Hum... Acho que sim — respondeu ela e ficou deitada por um instante com uma das pernas presa num galho mais baixo.

Petra a desenroscou da árvore.

— Não era essa a vida que eu queria — disse Heather.

— E o que você queria?

Heather refletiu um pouco.

— Sei lá. Não estou falando só *disso aqui*. Estou falando das crianças, de tudo.

Petra deu um sorriso triste.

— Nós nunca tivemos filhos. Hans não queria, e eu também não insisti muito. Como... Como você acabou se casando? Ele era mais velho, não era?

— Algumas amigas minhas diziam que eu estava louca de me casar com um homem de quarenta e poucos anos. Mas eu era pobre. Tom é... era divertido. A gente se deu bem de cara. Era uma família de comercial de margarina. Num piscar de olhos, eu tive tudo o que queria.

— Hans e eu tínhamos muito pouco em comum no início — contou Petra. — Ele odiava as minhas músicas. Eu gostava de punk, dá para acreditar?

— Dá, sim. Eu sempre fui meio diferente do pessoal da minha idade. Só fui perceber o quanto depois que saí de casa e me mudei para Seattle.

Petra fez que sim, e as duas ficaram em silêncio.

Quando o sol havia finalmente se posto com toda a sua beleza espalhafatosa, Heather se levantou.

— Vou procurar água. Se até de manhã eu não voltar, acho que significa que eles me pegaram.

— Entendo — disse Petra.

Heather hesitou.
— Você vai cuidar o melhor possível das crianças?
— Claro.
As duas mulheres se abraçaram.
— Boa sorte — disse Petra.
Heather fez que sim com a cabeça, acenou e foi para o leste.
Leste sob a lua minguante de ponta-cabeça.
Sob o céu cheio de estrelas do sul.
Sob o Cruzeiro do Sul e a Via Láctea.
Foi andando através da triodia, dos cardos e do capim-treme-treme. Ela conhecia o céu do hemisfério norte como a palma da mão. O Grande Carro. Órion. Cão Maior. Quando saía para pescar à noite com o pai, conseguia ver o céu de um lado a outro, as estrelas rotacionando ao redor de Polaris. A memória a fez sorrir. Nada disso a ajudaria aqui no hemisfério sul, onde até a lua estava ao contrário.

Heather estava com dor de cabeça. Não entendia muito de biologia, mas deduzia que as suas células cerebrais, assim como todo o resto, tinham sido afetadas pela desidratação. Os músculos doíam, e ela estava cheia de cãibras, suspeitava que por causa da desidratação também.

Não tinha muito o que fazer.

Um morcego voou em frente à lua.

Ela ouviu noitibós.

Havia alguém dirigindo um quadriciclo cerca de um quilômetro e meio ao sul.

A ilha era quase um retângulo, cinco quilômetros por três, com a fazenda no meio. Ela se aproximou da fazenda pelo norte, onde as triodias eram mais altas, mas não demorou para se dar conta de que ir ao poço dali não era uma boa ideia. Eles haviam acendido os postes que circundavam o terreno, e, no telhado de um celeiro, dava para ver a silhueta de um homem segurando uma carabina.

Ela se agachou na grama e analisou a situação.

Matt era inteligente, mas não tanto quanto ele achava que era. Ela teria escolhido outra tática. Teria apagado as luzes e agido como se tudo estivesse normal. E simplesmente deixado alguns caras esperando no escuro até que ela se aproximasse do poço.

O sujeito no telhado não parecia tão preocupado assim. Ele devia ter deduzido que seria um milagre alguém ter sobrevivido a um dia como aquele na ilha, com a temperatura perto dos 40 graus e sem água.

Heather se afastou da luz e tomou bastante distância da fazenda. Se tivesse como evitar, não chegaria nem perto dali.

Era perigoso demais.

Mas tinha um plano B.

Virou-se para o sul e continuou em frente até chegar à estrada.

Apurou os ouvidos em busca do quadriciclo e, como não escutou nada, voltou a seguir em direção ao leste.

Sua boca estava seca demais, parecia que a língua era feita de lixa.

Leste.

Através da tundra.

Através do nada.

Sobre aquela terra sem Sonhos.

A estrada estava quente.

A noite estava quente. A brisa marítima havia decidido não dar as caras.

Animaizinhos brigavam na vegetação rasteira. Ela fantasiou pegar um deles, enfiar a faca na barriga do bicho e beber seu sangue.

Faria de tudo por um copo de água. Nem precisava ser gelada. Água enlameada de alguma poça já serviria. Qualquer coisa. Ela olhou para o céu. Será que havia alguma chance de aparecer uma nuvem que indicasse chuva?

Não. Dava para ver todas as direções até o espaço sideral. Não havia nada entre ela e o vácuo.

Heather continuou marchando em frente.

Em frente.

Estava tão leve agora que se sentia sendo puxada pelas estrelas. Pelos outros mundos. Pelas outras civilizações.

Era tão fácil ir à deriva lá para cima.

Ela só precisava se permitir.

Ir.

E lá para cima ela foi numa corrente de ar quente até que conseguia ver toda a ilha. Toda a costa. Todo o estado de Victoria. O restante daquele grande continente dormindo.

Mais alto. Mais fundo.

Agora conseguia ver toda a Austrália e toda a Nova Zelândia.

Aquela presença assombrada ao sul era a Antártida. Como estava perto de toda aquela água congelada.

Mais para cima ainda e ela conseguiu ver a Terra inteira girando no seu eixo através da escuridão. A ilha de Goose tinha sua boa parcela de gente maluca. Heather conhecia pelo menos uns dois terraplanistas de lá. Caso voltasse, diria que eles estavam errados. Ela viu, em primeira mão, a Terra redonda girando.

Caso voltasse.

Era tão solitário ali.

Luzes começaram a vir em sua direção.

Será que era a estação espacial?

Um óvni.

Não. Merda. Um carro.

E de volta à Terra como um V-2 retornando do espaço. Ela mergulhou para fora da estrada e se encolheu na grama.

Um Land Rover passou acelerando. De dentro do veículo ecoava música alta. A música retumbou nos seus ouvidos num efeito Doppler.

All we are saying is...

All we are saying is...

All...

Ela enterrou o rosto no mato quando os faróis varreram a escuridão.

Heather se sentou e viu as luzes traseiras seguindo a via.

O carro estava indo para a fazenda, mas ela não dava a mínima para onde ele estava indo nem o que estava fazendo.

Tinha sumido.

Agora fazia parte do passado, assim como Tom, George Washington, Jesus, os pintores de Lascaux, os dinossauros e as estrelas mortas que compunham o aço e o níquel no centro da Terra.

Tudo sumido.

Ela se levantou e continuou pela estrada.

Em quinze minutos, a antiga prisão surgiu em meio à noite. Heather diminuiu o passo e ficou mais atenta, mas não havia motivo algum para preocupação.

Tudo ali estava morto.

Construções retangulares escuras como breu. Silhuetas de equipamentos agrícolas abandonados. Ela explorou o maquinário por alguns minutos, mas não havia nada que pudesse ser quebrado e usado como arma.

Agachada, aproximou-se de uma das construções.

A maior parte da prisão havia sido demolida, mas uma ala continuava de pé: uma longa estrutura de ferro e concreto exposta aos elementos da natureza. Aquela casinha lá longe deve ser a velha guarita.

Não havia luz em lugar nenhum. Ela andou pelo pátio entre a prisão e a casa e apurou os ouvidos.

Nada. Ao longe, conseguia ouvir as ondas quebrando na praia da ilha.

A casa tinha dois andares e contava com uma sacada que circundava todo o segundo piso. Foi até a porta da frente e a examinou. Era uma porta pesada de madeira com fechadura. Heather tentou girar a maçaneta e depois forçou a superfície com o ombro, mas a porta não se mexeu.

Deu alguns passos para trás e analisou a construção de maneira mais clínica. Balançou a cabeça para tentar fazer o cérebro funcionar melhor.

Dois andares. Feita de tijolos. Teto de ferro corrugado. No térreo havia grandes janelas com barras de ferro. Ela deu a volta na casa procurando algum ponto pelo qual pudesse entrar, mas não encontrou nenhuma passagem óbvia.

Heather puxou as barras de metal que cobriam as janelas. Embora parecessem enferrujadas e bem velhas, nenhuma estava frouxa. Tentou puxar cada barra de cada janela do primeiro andar e depois empurrou a porta com o ombro de novo.

Suspirando, tentou pensar no que fazer.

Não havia nenhuma garantia de que encontraria água na casa. Talvez nada daquilo valesse a pena.

Ela voltou para a velha ala de celas e olhou dentro de cada cubículo. Havia teias de aranha em todas as portas e o prédio fedia a urina. Tomando cuidado com aranhas peçonhentas, ela examinou cada cela à procura de qualquer coisa que talvez pudesse vir a usar.

Tinha muito lixo no chão, mas eram restos de papel mofado que não serviam para nada. Havia algumas latas de cerveja amassadas com líquido dentro. O desespero era tanto que ela ficou tentada a despejar o conteúdo na boca. Decidiu que, se não conseguisse entrar na casa, ia correr o risco de ter uma intoxicação alimentar e tomar aqueles restos mesmo; pelo menos, assim teria algum líquido no sistema para a jornada até a praia.

De volta ao pátio.

A lua minguante escapou de trás de uma nuvem solitária no céu e, por um instante, Heather teve uma bela visão da velha guarita. Não havia grades nas janelas do segundo andar. Se ela conseguisse encontrar um jeito de chegar lá em cima...

Que horas será que eram? Fazia quanto tempo ela havia saído? Uma hora? Duas?

No lado norte da guarita havia uma varanda estreita com uma cadeira de balanço e outra de vime. A de balanço era inútil, mas talvez ela conseguisse subir na de vime e escalar uma das colunas que levavam à sacada do segundo andar. De lá, seria relativamente fácil chegar a uma das janelas, quebrá-la, abri-la e entrar.

Heather pegou a cadeira de vime. Não era tão leve quanto parecia, e foi difícil carregá-la até o lado da varanda. Ela empurrou a cadeira *com força* no solo arenoso e a inclinou contra o pilar de madeira que sustentava a sacada.

Estimou que a distância entre o alto do assento até o parapeito da sacada do segundo andar era de menos de dois metros. Se esticasse os braços, não caísse da cadeira e fosse forte o bastante, seria capaz de se içar até lá em cima.

De pé no assento, colocou timidamente um pé num dos braços, depois posicionou o outro pé no outro. Quando teve certeza de que a cadeira não ia escorregar, levou o pé até o espaldar da...

A cadeira escorregou, e ela caiu para trás na areia com um suave *tummm*.

— Ai — disse e tapou a boca com a mão.

Não foi tão ruim quanto cair da árvore naquela terra vermelha seca. Ficou ali deitada na grama arenosa e olhou para as estrelas. Encarou o espaço vazio chamado Saco de Carvão. Não dava para ver essas coisas no hemisfério norte. Em Uluru, um guia explicou que se tratava de uma nebulosa, uma vasta nuvem de poeira a muitos anos-luz de distância. Para os povos aborígenes, parecia a cabeça de um emu. Ela fechou os olhos. Estava sozinha ali, no nada, mas tudo bem. A solidão era uma velha amiga que a recebia de braços abertos depois de todos esses meses com as crianças, seus amiguinhos e as mamães deles. Seria tão fácil simplesmente manter os olhos fechados. Simplesmente ficar deitada na areia a noite toda. Depois de algum tempo sem água, cada um dos seus sistemas começaria a parar. Os rins não funcionariam mais, o coração desaceleraria e talvez, se tivesse sorte, pararia por completo.

Nada daquilo era responsabilidade dela.

Ela própria era só uma criança.

Tinha 24 anos, mas, na verdade, era mais nova que isso. Havia saído de casa poucos anos antes. Sendo bem sincera, nem queria ter vindo para esta ilha. As crianças é que queriam ver coalas, e ela, mais uma vez, tentou trazê-las para o seu lado.

Aquelas crianças não eram seus filhos.

Não gostavam muito dela. Na verdade, mal a toleravam. Aqueles dois não eram problema de Heather.

Afinal de contas, qual era a diferença entre morrer ali e morrer em algum trailer no meio do mato décadas depois? Tudo estava em sintonia. O universo sequer piscaria.

Era só se deitar ali.

Pairar.

Sonhar.

Esvaecer-se na corrente.

Pensou em Seattle. Na ilha de Goose e no estuário de Puget. No seu pai e em quando olhava para oeste através da luz amarela das sete da manhã. Pensou em "Into Dust", aquela música de Mazzy Star da qual sua mãe gostava.

Os momentos passaram lentamente.

Tão fácil...

Fácil demais.

"Seu corpo é um arco feito de nogueira", dizia o seu pai.

"Seu corpo é uma espada afiada por lágrimas", dizia a sua mãe.

Heather se sentou.

Arrumou a cadeira, firmou-a na areia e, depois de conseguir se equilibrar, colocou o pé esquerdo no braço esquerdo. Até então, tudo certo. Posicionou o pé direito no encosto da cadeira, mas ela começou a tombar, então Heather pulou e agarrou uma das barras do gradil da sacada do segundo andar. A cadeira caiu. Heather se puxou com força para cima. Seus braços pareciam inacreditavelmente fracos. Não ia dar certo. Se ela conseguisse encaixar uma perna lá em cima e diminuir o peso...

Balançou o torso de um lado para o outro. Num último balanço para a esquerda, conseguiu levantar o pé e colocá-lo na borda da sacada. Ficou ali pendurada, naquela situação precária, por um ou dois segundos.

— Vamos lá — grunhiu e deu impulso com o pé.

Ela se ergueu quase que verticalmente, como aquele vampiro de *Nosferatu*, e, de algum jeito, viu-se de pé na parte estreita que ficava antes do gradil. Pulou para o outro lado, e lá estava ela na sacada do segundo andar. Simples assim.

— Meu Deus — disse e prendeu a respiração.

Foi até a porta e girou a maçaneta, mas estava trancada. Não havia janelas que pudesse abrir.

Heather não fazia ideia se havia um caseiro. Sem sombra de dúvida, tinha espaço para alguns quartos ali em cima, mas não havia nenhum sinal de ocupação. Não havia um zumbido de ar-condicionado, nada de tábuas rangendo, roncos, nenhum barulho.

Ela ficou ali refletindo por um instante e então deu uma cotovelada no painel de vidro que ficava em cima da maçaneta. A estrutura partiu e caiu em dois pedações que se espatifaram dentro da casa.

Voltou para o corrimão, pronta para pular e sair correndo.

Esperou.

E esperou.

Nenhuma movimentação.

Com cuidado, ela passou a mão pelo vidro quebrado e girou a maçaneta.

A porta se abriu, e ela entrou no que claramente era um quarto. Havia uma cama, um guarda-roupa e uma cômoda. Tudo coberto de poeira.

Hesitou por um instante e pensou que talvez pudesse dar uma deitada na cama.

Ela balançou a cabeça. Talvez ali em cima houvesse um...

Foi até o corredor e... Isso! Lá no fim do corredor havia um banheiro. Ela correu até a torneira e a abriu. Sem nenhum estardalhaço, começou a escorrer água. Ela olhou, maravilhada.

Toda aquela água simplesmente vertendo ralo abaixo.

Ela a tocou com o dedo e então fez uma concha com as mãos, encheu-a de água, levou-a aos lábios e bebeu.

Era como beber as águas do Paraíso.

Heather colocou a boca embaixo da torneira e deixou a água jorrar na sua garganta.

— Ai, meu Deus — disse. — Ai, meu Deus.

Ela jogou água no rosto e deixou pingar. Colocou a tampa no ralo, encheu a pia e enfiou a cabeça na água fresca. Piscou algumas vezes para tirar a poeira e a sujeira dos olhos. Depois de trinta segundos, Heather tirou a cabeça da pia e se sentou no vaso sanitário.

Destapou o ralo e deixou a água escorrer. Ficou fascinada pela cena, como se aquela fosse alguma substância exótica que nunca tinha visto na vida.

Heather não queria parar de beber. Abriu a torneira de novo e deixou escorrer direto para a boca.

Enquanto o seu cérebro começava a voltar à vida, de algum lugar lá no fundo dos seus neurônios, ela lembrou que beber água demais muito rápido podia matar, então, com relutância, afastou o rosto da torneira e deu alguns golões finais.

Ai, meu Deus, como era bom.

Ela saiu do banheiro e encontrou uma escada instável de madeira que levava a uma espécie de sala de estar. Uma mesa, um sofá, uma televisão que parecia ancestral e uma cornija coberta de retratos. Pegou uma das fotos. Parecia ser de um policial — ou, mais provavelmente, dado o lugar, um policial penal.

Ela devolveu a foto ao lugar, então atravessou uma porta e chegou a uma saleta que havia sido transformada numa espécie de recepção e bilheteria. Tudo estava coberto por uma grossa camada de poeira. Sobre uma mesa, que ficava ao lado de uma caixa registradora antiquada, havia panfletos da antiga prisão. Ela colocou alguns no bolso traseiro para, quem sabe, usar mais tarde para fazer uma fogueira. Numa geladeira desligada havia dezenas de garrafas de água.

Puta merda.

Encontrou uma bolsa de pano e começou a colocar as garrafas nela. Pegou todas. Isso ajudaria. Ajudaria muito. Isso os salvaria. E, depois que bebessem tudo, poderiam voltar e encher as garrafas na torneira lá de cima. Talvez pudessem até se esconder ali até a polícia chegar, não é?

Talvez.

Será que Matt e os outros perceberiam a janela quebrada no segundo andar?

Isso era preocupação para depois.

Heather se perguntou se haveria comida por ali.

Uma placa dizia CHÁ/CAFÉ 2 DÓLARES, então devia ter uma cozinha em algum lugar, e, se havia uma cozinha, talvez tivesse um armário cheio de comida.

Ela voltou para a sala de estar e procurou por uma porta que levasse a uma sala de jantar ou cozinha.

Algo parecia errado.

Será que tinha deixado alguma coisa passar batida?

As tábuas do chão.

Uma mudança de pressão.

Ela prendeu a respiração.

Um som de respiração.

Havia alguém ali.

Mas como era possível? O lugar estava abandonado. Tudo estava coberto de poeira.

Era apenas sua imaginação.

Ou talvez um gambá.

Os pelos da sua nuca se eriçaram. Seu corpo sabia, mesmo que Heather não soubesse. Os sinos primitivos repicavam no seu sistema límbico.

E então a luz se acendeu.

22

Ela ficou paralisada.

— Larga a bolsa e levanta as mãos senão eu explodo a sua cabeça — disse uma voz.

Ela soltou a bolsa com as garrafas de água e ergueu as mãos.

— Senta ali no sofá. Bem devagarinho.

Os olhos de Heather se ajustaram à luz. O homem era magro, esguio e tinha quase dois metros de altura. Ela o reconheceu. Era o sujeito que os havia alertado para que fossem embora ontem de manhã. Ele estava de bermuda, camisa havaiana e chinelos. A camisa estava toda manchada e fazia muito tempo que não via uma máquina de lavar. Sua barba grisalha de pelos grossos pendia a quase meio metro do queixo. A espingarda era uma velharia de cano duplo. Era impossível saber se estava carregada ou não. Quando se está na mira de uma arma, o melhor é deduzir que está carregada.

Ela não tinha certeza de que conseguia se lembrar de todos que estiveram na fazenda aquela dia, mas seria muito difícil esquecer uma barba como aquela. Haveria alguma chance de ele não saber o que estava acontecendo?

— Foi mal, eu não sabia que tinha gente morando aqui. Estava atrás de um pouco de água — disse Heather.

— Aposto que estava mesmo. Essa ilha é seca que nem um deserto.

— É mesmo. Você deve estar se perguntando o que eu estou fazendo aqui. O carro quebrou, e a gente...

— Chega de conversinha. Eu sei quem você é. E você sabe quem eu sou?

— Não — respondeu ela, desanimada.

— Eu sou Encrenca com "E" maiúsculo. Eu sou a Morte com "M" maiúsculo. Se me causar qualquer problema, não vou pensar duas vezes antes de te matar. Entendeu?

— Entendi.

— Agora, fica aí sentada quietinha enquanto eu chamo o Matt no walkie-talkie.

Ela não ia entrar em pânico.

Havia se reidratado, e todos os seus sistemas estavam voltando a funcionar.

O sujeito falou por tempo suficiente para ela perceber que não era australiano. Pelo menos não cem por cento. Devia ter vindo da Grã-Bretanha ou da Irlanda. O que estava fazendo ali era um mistério, mas, no fim das contas, era um forasteiro sem parentesco com as pessoas da fazenda. Não fazia parte da família.

— Eu mandei sentar!

Ela se sentou no sofá com um buraco no meio que a sugava para baixo e a prendia. Levaria dois ou três segundos para conseguir se levantar dali. Tempo mais que suficiente para que o homem explodisse a sua cabeça com um tiro de espingarda.

— O meu nome é Heather.

— Eu sei quem você é. Agora sossega o facho aí e cala a boca.

Com apenas uma das mãos, o sujeito começou a vasculhar a gaveta que ficava perto da TV. Não conseguia encontrar o que estava procurando, então acendeu outra luz.

Havia um buraco na tela da janela, e o cômodo estava cheio de mariposas e insetos que começaram a voar em direção às lâmpadas.

O homem encontrou o walkie-talkie e se sentou numa cadeira a uns bons três metros de Heather.

— Você deve saber que não tem sinal de celular aqui. Pelo menos não desde que a prisão fechou. Mas a gente até que consegue manter contato com essas coisas aqui — disse ele enquanto balançava o aparelho preto e amarelo diante dela. Parecia estar zombando de Heather. — Comprei na Woolies. Por dez contos. Dão para o gasto. Todo mundo tem. E pegam de longe também, a não ser lá depois dos morros. Já serve para ligar para o Matt. Os rapazes vão chegar aqui num piscar de olhos.

— Por favor, não faz isso. Eu estou cuidando de duas crianças. Só vim pegar um pouco de água.

— Está mais é para roubar um pouco de água, não é? Você pediu para alguém, por acaso? Invadiu e pegou o que queria, não foi? Eu falei para vocês darem no pé. Não deviam nem ter vindo, para começo de conversa — disse ele e começou a mexer no transmissor.

— Por favor, não liga para o Matt. Só me deixa ir embora. Dá para ver que você não faz parte da família.

— Ah, é? E como é que dá para ver?

— O seu sotaque é diferente do deles.

O sujeito encontrou o botão que ligava o walkie-talkie. Ajustou o volume, e o espaço foi preenchido pelo sinistro som de estática. Se ele chamasse Matt, ela estava morta, assim como as crianças.

— Você é irlandês, não é? — chutou ela.

— Sou, e daí?

— De que parte da Irlanda? Do mesmo lugar que a mãe?

— A mãe veio depois da guerra, mas você não deve fazer a menor ideia do que eu estou falando.

— Não.

— Ela veio de barco lá de Liverpool, mas é tão irlandesa quanto eu. Foi por isso que me deixou ficar aqui. Sou o único de fora que não casou com ninguém da família. Você já ouviu falar de um lugar chamado Ballymena?

Heather fez que não com a cabeça.

— Foi de lá que eu vim.

— E como é que você veio acabar aqui?

— Vim para trabalhar na prisão. Na verdade, ajudei a fechar. Depois só meio que fiquei.

— Vi a sua foto na prateleira. Você era policial penal na Irlanda.

— Não era, não. Eu era policial mesmo.

O coração de Heather começou a bater mais forte.

— Policial?

— Isso, de uma coisa chamada RUC. Já ouviu falar?

Heather fez que não de novo.

— Qual é o seu nome?

— Rory.

— Prazer, Rory.

Ele grunhiu em resposta e continuou mexendo no walkie-talkie. Ela se recostou no sofá.

— Eu estou cuidando de duas crianças. O Owen tem 12 anos. A Olivia, 14. O Owen está muito desidratado. Ele vai morrer hoje à noite se eu não voltar com água. E o restante de nós, você sabe o que vão fazer com a gente, não sabe? Vão matar todo mundo. Vão me estuprar, vão estuprar a Olivia e depois nos matar.

— Eu não tenho nada a ver com isso.

— Lá em Ballymena você teria?

— Acho que sim — respondeu Rory e sorriu. — Você se acha muito esperta, não é mesmo?

— Não. Eu estraguei tudo.

— O Matt me falou de você. Disse que você era astuta. Que eu devia ficar de olho.

— Você tem que ajudar a gente! Contra eles.

Rory fez que não com a cabeça.

— Não posso arriscar, não é? Se descobrirem que eu ajudei você, vão vir atrás de mim depois, não vão?

— Os filhos do Tom... Os meus... As crianças precisam de água.

— Não é problema meu, docinho. Eu pedi que vocês viessem para cá, por acaso? A escolha foi de vocês. Nada disso é problema meu. Vocês atropelaram a Ellen. Não vem me meter nessa história. Não tenho nada a ver com isso e, se eles descobrirem que eu falei com você, o próximo alvo sou eu, não é?

— Você não pode pelo menos dar um pouco de água para a gente?

— E depois?

— Se a gente conseguir chegar num barco...

— Não tem barco. Só o deles. A balsa. A gente está na ilha com eles. Esse lugar é deles. Essa gente cresceu aqui. O velho Terry dizia que a ilha Holandesa nunca foi legalmente incorporada ao estado de Victoria. Eles consideram a Austrália outro país. Eles são a lei. Conhecem esse lugar como a palma da mão. Cada canto, cada buraco, e sabem tudo o que acontece.

— Então como é que ainda não pegaram a gente?

— Isso aí é um milagre. Vocês já estão fazendo hora extra. Eles vão encontrar vocês. Esse lugar é o quintal dessa família. Eles estão só brincando com vocês.

Ela meneou a cabeça.

— Eles estão com medo agora. Eu...

— Você está de brincadeira, não é? Você não sabe de nada. Acha mesmo que está despistando os caras? São eles que estão deixando vocês viverem. Estão só se divertindo um pouco. Nunca me contam nada, mas me mandaram ficar de olho em vocês e falaram que vão trazer cachorros do continente amanhã. Cães-de-santo-humberto. Se eu deixar você ir embora, é capaz de os cachorros farejarem você até aqui, e aí eles vão fazer perguntas, e, se virem a janela quebrada, eu vou ter que inventar alguma mentira. Você já me fodeu. Agora, fica aí sentada que eu vou ligar para o Matt. Se eu vir você se mexendo um centímetro que seja, vou partir você ao meio. Ô, se vou!

— Não acho que você vai atirar em mim. Você é policial. Sabe o que é certo.

— Sei mesmo. Vocês mataram a Ellen e agora vão pagar o preço.

— A gente já pagou. Eles mataram o Tom, o meu marido. Mataram ele na minha frente. E agora sobrei só eu para cuidar daquelas duas criancinhas.

Ele fez que sim.

— Pois é, fiquei sabendo o que o Danny fez.

Olhou nos olhos dele. Tentou encontrar respostas lá.

Precisava correr o risco.

O olhar daquele homem a aterrorizava. Mas ele era ex-policial.

Com movimentos lentos, ela se levantou do sofá e se prostrou de joelhos. Uniu as mãos num gesto de súplica.

— Por favor. Pelas crianças.

— Dona, você deve ser surda. Surda que nem a coitada da Ellen. Não posso fazer nada por você.

— Você vai mesmo deixar eles me matarem? E um garotinho e uma garotinha?

— E o que é que eu posso fazer? Eu contra vinte e cinco deles?

Heather tentou outra tática.

— O meu pai era do Exército. Ele... hum... falava dos soldados que perderam a bússola moral.

— Foi isso que aconteceu comigo?

— Foi. E acho que você sabe disso — respondeu ela.

Ele balançou a cabeça.

— Tudo acontece por um motivo. Eu ter vindo para cá trinta anos atrás. Você ter vindo ontem. Nós termos essa conversa.

— Talvez o motivo seja você me deixar ir embora. Eles nunca vão descobrir que a gente conversou. Nunca vão saber que você me ajudou.

— Eles vão saber. Vão descobrir. Eles sabem muito mais do que você imagina e veem muito mais do que você acha. É um jogo para eles. Estão deixando vocês correrem pelo quintal da família. Eu tive sorte. Eles me aceitaram. Não sou um problema. Eu não incomodo eles e eles não me incomodam. Bombeiam água para mim do aquífero da fazenda, me deixam viver em paz.

— Por favor.

— Chega de "por favor". Vocês não deviam ter tentado fugir. O Ivan e o Jacko estão putos da vida. Olha, não sei de todos os planos, mas o Jacko me contou o que vão fazer com aquele alemão se ele não falar. Não quero que aconteça a mesma coisa comigo.

Heather engoliu em seco.

— O que é que eles vão fazer com o Hans? — perguntou.

— O Jacko falou que ele ainda não contou onde vocês estão se escondendo.

— Ele não sabe. O que é que vão fazer com ele?

— Tem uma colônia enorme de formigas-de-fogo nos fundos do celeiro. Vocês devem ter visto o formigueiro quando entraram lá, não viram?

— Não.

— Milhões de formiguinhas saltitantes. O velho Terry aprendeu esse truque no Vietnã — disse ele, estremecendo.

Heather sentiu um calafrio.

— Eles são doidos, você sabe disso — disse ela, juntando as mãos e inclinando-se para a frente para implorar um pouco mais.

— Escuta, querida, se você se aproximar mais um centímetro que seja, vou atirar.

Ele soltou o walkie-talkie e agarrou a arma com as duas mãos.

— Não vai, não. Você não é assim. Não estou te ameaçando nem fazendo nada para te machucar. Já aprendi a minha lição. Vou pegar a água e sair daqui.

Com o dedo no gatilho, ele olhava para ela por cima do cano da espingarda. Heather agora não tinha mais dúvidas de que a arma estava carregada. Os nós dos dedos dele estavam brancos; havia suor sobre o seu lábio superior e, mesmo sob aquela luz amarelada, era possível ver que as pupilas dele estavam dilatadas. Não era um blefe. Se aquele dedo escorregasse, ela explodiria.

Heather pensou em Olivia e Owen.

Engoliu em seco e piscou para afastar as lágrimas dos olhos.

Seus ombros estavam tão tensos que a sensação era de que ela iria se quebrar.

Heather sabia que, se ele puxasse o gatilho, ela não sentiria nada. Não ouviria nada. Sua vida cairia na escuridão instantaneamente. O pretume duraria até o fim do universo, quando tudo ficaria escuro.

Ela engoliu em seco de novo.

— Vou me afastar de você, Rory. Bem devagarinho. Vou pegar a bolsa com a mão esquerda, levantar e, com toda a calma do mundo, colocar no meu ombro. Depois vou sair daqui, e você nunca mais vai me ver na vida. E ninguém da fazenda vai ficar sabendo que eu vim aqui, e nós dois vamos sair dessa vivos.

— Se você tocar nessa merda dessa bolsa, vou explodir a porra da sua cabeça. Ouviu?

— Ouvi. Você *não vai* atirar em mim, Rory.

— Vai por mim, eu vou, sim.

Heather respirou fundo. Tinha que fazê-lo entender que, se a deixasse ir, os dois sairiam ganhando.

— A polícia vai acabar aparecendo aqui. E, quando chegar, os policiais vão fazer muitas perguntas. O meu marido era um homem bem conhecido. Essa ilha vai ficar cheia de policiais atrás de evidências do que aconteceu com a gente. Você vai ser interrogado.

— Eu sei lidar com a polícia.

Ela olhou para ele.

— Por que você vive aqui? O que é que essa ilha tem, Rory?

— Paz, silêncio, pássaros. Muitos pássaros.

— O meu pai gosta de aves também.

— As pardelas são as minhas favoritas. As tocas ficam lá nas dunas do sul da ilha. Elas voam lá do Alasca até aqui, por incrível que pareça.

Ela sorriu.

— Você não é um assassino, Rory. Não é como eles. Ainda não está metido nisso. Você não fez nada de errado. Você é a polícia.

— Talvez você esteja certa — disse Rory depois de um longo tempo em silêncio. — Talvez eu não queira matar você. A questão é que não preciso. Posso atirar nas suas pernas. Você vai ficar bem quietinha depois que eu explodir o seu joelho. É isso que você quer? Porque eu atiro, porra. Agora senta lá de novo.

Ela sentiu a mira nas suas pernas.

Merda, ele estava disposto mesmo a atirar.

O blefe dele tinha ganhado do dela.

Heather não era muito boa nisso.

— Estou sentando.

Rory colocou a espingarda no colo, pegou o walkie-talkie e achou o canal certo.

— Ei, Matt, está por aí? — Estática. — Matt?

— Oi, é o Matt. Quem é?

— Rory. Você não vai acreditar em quem entrou aqui em casa.

— Quem?

— A estadunidense.

— Está me tirando! Com as crianças?

— Só ela.

— É zoeira? — perguntou Matt.

— Não. Ela está bem aqui.

— Mandou bem, parceiro! Aguenta firme aí! Eu e a Kate estamos indo. Câmbio e desligo!

Rory soltou o walkie-talkie, pegou a arma e deu um sorriso para Heather.

— Agora já não posso fazer mais nada, querida. Não posso fazer mais nada. E já deu de conversa. Se você fizer qualquer barulho, vou atirar com os dois canos. Vamos só ficar aqui sentados em paz enquanto a gente espera os outros chegarem.

23

Suor debaixo da bunda. Uma espingarda apontada para os seus joelhos. Duas lâmpadas de trinta watts emitindo uma luz rançosa e amarela feito manteiga. Poeira. Três mariposas. Quatro moscas. Os lábios rachados e o sorriso de Rory, sombrio como uma navalha.

Segundos se passaram.

Era uma viagem de cinco minutos de carro da fazenda até a prisão.

Trezentos segundos.

Assim que Matt e Kate chegassem, seria o fim dos tempos.

Owen morreria de madrugada.

As outras não durariam muito mais.

Tique-taque.

Tique-taque.

Espingarda.

Os canos da arma.

Três mariposas.

Quatro moscas.

Suor.

Vai para cima dele. Só vai. Pula.

Não. Ele vai atirar em você.

Vai nada; ele era policial.

Mas faz muito tempo.
Luz amarelada.
Mariposas.
Moscas.
Suor no lábio superior de Rory.
Tique-taque.
Tique-taque.
Aquele barulho era um motor?
Era.
Merda.
Ela estava morta. As crianças estavam mortas. Vai, Heather. Vai, agora.
— Vou me levantar agora. Vou pegar a minha bolsa com as garrafas de água, andar até a porta da frente e sair daqui, tá bom?
— Não se mexe!
Com as mãos acima da cabeça, ela lentamente se levantou. Ficou ali de pé por um instante.
— Fica parada aí!
Ela atravessou a sala de estar e pegou a bolsa. Foi até a porta da frente e se atrapalhou com a fechadura.
— Parada! Vou atirar.
Ela abriu a porta e empurrou a tela.
— Volta para cá!
Os pelos da sua nuca estavam arrepiados.
Suas pernas pareciam de borracha.
— É o meu último aviso!
Ela andou em direção à noite. Para a varanda.
Só alguns...
Fogo. Luz. Barulho.
Algo atingiu o seu braço e o seu ombro.
Dor. Calor. Uma chama escarlate e quente.
Ela caiu no chão, derrubou a bolsa e correu o mais rápido que pôde para o breu.

Houve outro tiro de espingarda, mas dessa vez bem longe.

Ela correu e correu sobre o mato seco e a terra vermelha.

Um jipe chegou. Matt, Kate, Ivan e Jacko saíram.

Rory estava recarregando a espingarda e, depois, apontou-a para a escuridão da noite. Para a direção errada.

Foi aí que ela se deu conta de que ele havia errado de propósito.

Houve uma conversa acalorada antes de Jacko sair para a varanda.

— É, corre mesmo, sua piranha sarnenta do caralho! Quero ver até onde você vai! Eu estou é gostando! — gritou.

Kate mirou sua espingarda para a escuridão e atirou.

Heather se jogou no chão e, tremendo, viu o chumbo grosso incandescente rasgar o ar.

— Quando eu te pegar, vou arrancar a sua pele igual eu faço com as minhas raposas! — gritou Kate.

Heather engatinhou no escuro enquanto tentava ignorar a ardência no ombro e na parte de cima do braço. Era como tentar ignorar um ferro de passar roupa sendo pressionado na pele.

Os O'Neill estavam falando com Rory. Agachada, Heather se aproximou para escutar.

— É, parceiro, ela é astuta, não é? Bem da escorregadia, aquela lá. E como corre... Saiu voando daqui que nem uma louca. Dei dois tiros nela — disse Rory. Sua voz era carregada pelo ar parado da noite.

— E acertou? — perguntou Matt.

— Não tenho certeza.

Matt desceu da varanda e olhou para o chão por um ou dois minutos. Enfiou os dedos no solo e analisou. Encarou o escuro e coçou o queixo.

— Acho que você acertou sim, parceiro. Com uns dois projéteis, pelo menos — disse Matt.

— Mandou bem, Rory! — disse Jacko.

— Pois é, ela é rápida que nem o Shergar, aquele... hum... cavalo que venceu o Derby. Mas dei um susto, pelo menos — contou Rory.

— Amanhã ela não vai ter a menor chance — disse Jacko.

— Com os cachorros? — perguntou Rory.

— Isso, os cachorros do Davey Schooner. Ele treina os bichos para a polícia. Uma mistura com kelpies-australianos. Vão achar eles em algumas horas. O cheiro dessa gente é diferente de tudo que tem aqui na ilha — disse Jacko.

— Piranha do caralho. Eu sabia que coisa boa ela não era — murmurou Kate.

— Deixa, Kate. Pelo menos a gente se diverte um pouquinho. No fim ela vai ficar como deveria — falou Ivan.

— Bom, é melhor a gente ir. Tranca as janelas e as portas, Rory. Cobre aquela janela lá de cima. Duvido que ela volte, mas vai saber. Vou contar para a mãe que você se saiu bem. Ela vai ficar orgulhosa, parceiro — disse Matt.

— Valeu, Matt.

— Se vir qualquer coisa, pode ser até uma sombra, atira primeiro e pergunta depois — disse Kate.

— Pode deixar. Ela não vai me passar a perna uma segunda vez.

Kate, Ivan, Matt e Jacko voltaram para o jipe.

Rory acenou e depois se sentou na cadeira de balanço da varanda. A espingarda estava no seu colo.

Ele ficou ali sentado se balançando para a frente e para trás até muito depois de as luzes traseiras do carro terem sumido.

Quando tudo ficou silencioso, ele se levantou.

— Eu sei que você está por aqui.

Heather se achatou na grama.

— Vou deixar a bolsa com as garrafas de água aqui. De manhã, vou colocar de volta para dentro de casa. Então, se você quiser, é melhor pegar hoje à noite. Entendeu?

Heather não disse nada.

— Esperta. Continua assim. Se voltar aqui mais uma vez, você é uma mulher morta. Vou explodir a merda dos seus miolos pela casa inteira. Esse é o seu único passe livre. Todo mundo tem direito a um, e esse é o seu. Mas é só um, não vai esquecer. Eu vou atirar em você. Não posso me dar ao luxo de errar outra vez. Não com aquela gente. Não com a mãe.

Rory apoiou a espingarda no ombro, abriu a porta e entrou.

Alguns instantes depois, as luzes da casa se apagaram.

Heather esperou.

E esperou.

E, então, começou a engatinhar rápido pelo mato alto. A terra vermelha estava seca e áspera, e ela precisava tomar cuidado para não levantar muita poeira.

Deu a volta na casa do jeito mais cuidadoso e rápido possível. Verificou as janelas, as luzes. Depois de dez minutos, estava em frente à varanda de novo. A grama ali era mais baixa e a cobertura, mais esparsa.

Com joelhos e mãos arranhados, o ombro esquerdo doendo e sangrando e o braço esquerdo em chamas, ela foi até a casa.

A bolsa continuava lá com toda aquela preciosa água.

A trilha de poeira a cercava.

Sete metros a separavam da varanda.

Ele podia estar esperando com a espingarda em algum canto escuro. Não havia nenhuma garantia de que não estava.

— Que se foda — disse ela.

Heather se levantou, correu até a varanda, agarrou a bolsa e disparou de volta para a madrugada.

24

Heather atravessou a noite com as garrafas. Andou sob a lua e as estrelas com a mesma cobertura imunda do medo, a diferença era que agora avançava com esperança. Para noroeste, onde ficava a praia. Ela conseguia ouvir o mar. Era tão injusto com Tom e as crianças. Depois do ano que tiveram. Mas, se ela conseguisse segurar as pontas e voltar, as crianças pelo menos teriam...

Ai, meu Deus, o que é isso agora?

Havia algo à esquerda.

Um bípede. Andando. *Trotando* pelo mato.

Alto e escuro sob o luar que se derramava, um focinho branco farejava o ar, como um urso que sente o cheiro de uma pessoa antes mesmo de vê-la.

Heather se ajoelhou. Ele devia tê-la visto. Como não teria?

Estava perto.

Uns quarenta metros à...

E então, de repente, à direita, ela percebeu que havia dois deles.

Aquele mesmo crânio branco. Órbitas vazias.

Mesmo sem fazer som algum, ela estava se entregando.

O braço latejava. O ombro doía. Sangue escorria dos seus dedos para a grama seca. Estava toda se tremendo. Era como se houvesse um holofote sobre ela.

Estavam caçando em pares. Caçando-a.

Um olhou para o outro, fizeram que sim e continuaram. Estava encurralada entre eles. O da esquerda estava numa trilha que passava a poucos centímetros de Heather.

Tudo o que podia fazer era se ajoelhar e ficar parada. Estavam ambos carregando alguma coisa. Algo que ela reconhecia. Algo mais escuro que o breu que os cercava.

Sob a luz brilhante das estrelas do sul havia a inconfundível silhueta de uma espingarda Remington 870 de cano longo de ação por bombeamento.

Conforme se aproximavam, ela viu que estavam de macacão jeans e com o crânio de um animal na cabeça. Crânios de lobos. Ou, mais provavelmente, crânios de dingos.

Houve um momento em que todos os três estavam na mesma reta longitudinal, mas então eles a ultrapassaram e continuaram em frente até chegarem a um quadriciclo estacionado no mato.

— Fi-fá-fó-fã, vai ter sangue americano escorrendo de manhã! — gritou Kate em meio às triodias. Ela se sentou no quadriciclo e acendeu um cigarro. — Vocês são uns covardes! Se escondendo no escuro! Bom, a escuridão é a única amiga de vocês. Durmam bem, porque, prontos ou não, amanhã vamos pra cima com tudo! Amanhã vocês vão ter que suar. Me ouviu, Heather? Suar. E essa vai ser uma massagem sem final feliz!

Kate e o seu parceiro riram, acenderam os faróis do quadriciclo e começaram a dirigir de volta para a fazenda.

Bom, se a intenção era assustá-la, eles conseguiram. E isso era só o começo. Civilidade não significava nada ali. Talvez nunca tivesse significado. Não havia monstros na ilha Holandesa, mas a fera era o homem, sempre foi.

Ela estava tremendo. Puta que pariu, como um cigarro cairia bem. Ela respirou fundo e tentou acalmar os nervos. Mas não era fácil. Esse dia a havia jogado de um lado para o outro como um caiaque de couro de veado no estuário de Puget.

— Vamos lá, Heather, só levanta e anda, um pé de cada vez.

Ela se levantou, e o mato e a Via Láctea a levaram até a costa leste. Petra estava esperando perto do grande eucalipto.

— Você conseguiu! — disse ela e abraçou Heather.

— E as crianças?

— Segurando as pontas.

— O Owen?

— Ã-hã.

— Trouxe água.

— Vou dar para ele. Já fiz curso de primeiros socorros, vou reidratá-lo com cuidado.

Heather seguiu Petra até a praia.

Petra deu a água para eles.

Heather os observou bebendo.

Foi uma das coisas mais bonitas que ela já viu na vida.

Petra bebeu e, depois, finalmente, foi a vez de Heather.

As crianças começaram a reviver. Em questão de minutos, estavam alertas e conversando uma com a outra. A resiliência delas era incrível.

Incrível.

Ela chamou Petra para conversarem.

— O que foi? — perguntou Petra quando estavam longe o bastante para as crianças não ouvirem.

— Fui atingida por dois projéteis de espingarda. Você vai ter que cavoucar com o canivete para tirar. Um está na parte de trás do meu braço, e o outro, no ombro. Consigo mostrar o lugar exato, e a luz das estrelas está boa.

Petra olhou com ceticismo para as estrelas e para a fatia de lua minguante e fez que sim.

— Me mostra.

Heather tirou a camiseta e o sutiã e se deitou na praia.

— Está vendo?

— Talvez seja melhor deixarmos para amanhã.

— Não. Agora, por favor. Não sei como funcionam essas coisas, mas... acho que... o perigo de infecção...

— Posso tentar, se você quiser. Tem certeza?
— Tenho.
— Eu vou... Tá. Vou pegar algo para você morder.
— Fala de alguma coisa.
— Do quê? — perguntou Petra.
— Da Holanda... Não, daquilo que você estava falando. Dos caminhos do sonho.

Heather colocou um galho entre os dentes.

— Ã-hã. Andei lendo bastante sobre isso desde que cheguei aqui. É muito interessante. O povo aborígene era bastante nômade e seguia o que via como caminhos do sonho através de uma geografia real que também era uma paisagem mitológica. Ao seguir essas rotas ancestrais, eles acreditavam ter criado a Terra por meio do canto...

Não foi difícil encontrar o projétil no braço. Estava envolto na gordura logo acima do cotovelo. Petra mexeu ali com o dedo e tirou com facilidade.

— Um já foi.

Para remover o do ombro, por outro lado, seria necessário cavoucar com o canivete.

Por algum motivo, Petra agora falava do Sex Pistols.

— E é por isso que Johnny Rotten fala do sonhar inglês. A Inglaterra precisa reimaginar o seu próprio futuro mitológico e...

Heather tirou o galho da boca e arfou feito um cachorro.

Petra continuou falando para distraí-la.

— O que você faz, Heather?
— Eu era massoterapeuta. Era muito boa.
— E como veio parar aqui?
— O meu marido veio para um congresso em Melbourne. Sobre joelhos.

Petra começou a rir.

— O meu marido veio para um congresso também! Sobre carros antigos. Ele está escrevendo um livro. Achou que talvez fôssemos encontrar alguns modelos interessantes na ilha.

— Maridos.

— Maridos.

— "Eu só vim para o passeio de três horas" — disse Heather, cantando baixinho as palavras da música de abertura da *Ilha dos birutas*. É claro que Petra nunca tinha ouvido falar desse programa.

— Tem certeza de que quer que eu continue? — perguntou Petra.

— Tenho.

Heather mordeu o galho de novo. E mordeu com força. Tudo era dor. A dor era o caminho.

A bala no ombro estava alojada no músculo. Petra usou os dedos e depois o canivete por quinze minutos.

Heather estava encharcada de suor. Havia quebrado dois galhos.

— Peguei! — disse Petra.

Heather ofegou na areia.

Estava fraca. Tão fraca.

Foi até o mar para lavar o ferimento.

Ela era a personificação do ditado favorito da sua mãe. "A cura para tudo é água salgada: lágrimas, suor ou o mar."

A água estava quente. Com ela se limpou. Nela boiou. Ela a ajudou. Queria poder ficar no oceano, mas a maioria dos tubarões se alimentava à noite.

Ela saiu da água e se sentou na praia com os joelhos enfiados debaixo do queixo. Petra colocou um emplastro de areia molhada e folhas de eucalipto sobre os ferimentos.

— Você está bem? — perguntou Petra.

— Como estão as crianças?

— Bem. Dormindo.

— Dormindo? Sério?

— Sério.

Heather fez que sim e percebeu que queria chorar um pouco mais, mas o pranto era um luxo e já não havia mais lágrimas.

25

Um nada escuro, de ferro. Uma elipse do tempo. Talvez um minuto; talvez dez bilhões de anos.

Uma auréola de luz amarelada de um duende.

E, da imensidão de nada, um atiçador que mexia nas cinzas gélidas da senciência.

Dor, difusa e estranha. Uma entrega a uma lógica mais urgente, mais primitiva. A crueza do agora.

— Ele acordou.

— Notei. Mas vai sobreviver?

— Duvido muito. Vai saber. Coloquei uns miligramas de morfina no soro.

— Você tem certeza de que sabe o que está fazendo?

— Quer fazer *você*?

— Não.

A dor diminui.

Mais escuridão.

Outra elipse.

26

O sol, sem nunca se cansar da comédia humana, erguia-se no leste da ilha.

Céu azul terroso. Céu vermelho terroso. Céu amarelo terroso.

Heather estava no topo da meseta, sentada no mato alto, de campana.

Nenhum veículo ainda.

Nenhum movimento na balsa.

Nuvens sob as últimas estrelas evanescentes.

O mar foi de agitado a calmo, de preto a verde-escuro a magenta brilhante.

Era Dia dos Namorados. Tom teria se lembrado de lhe dar algo de presente. Ele nunca esquecia nada. Lembrava-se de trechos enormes de cada livro que leu na vida. Conseguia recitar cinquenta versos de poesia de cada vez. Havia ajudado tantas pessoas com seu conhecimento sobre joelhos, tornozelos e tudo mais. E aqueles imundos o mataram como se ele não fosse nada.

Ela olhou para a água. Era maravilhoso pensar que a quinze quilômetros dali ficavam os bairros de classe média nos arredores de Melbourne. Polícia, advogados, médicos, igrejas, hospitais e tudo o que é preciso para que a civilização funcione. Do outro lado daquela faixinha de água e atravessando aqueles campos. Ajuda.

Mas pensar nisso não ajudava em nada. A balsa estava do outro lado do canal, esperando. Esperando pelos homens com cachorros. Tentar fazer uma jangada ou atravessar nadando com as crianças era suicídio.

Heather viu um avião voar em direção à cidade. Quanto tempo demoraria até alguém perceber que eles não voltariam para casa? Quanto tempo até alguém perceber que haviam sumido? Os O'Neill não negariam a presença deles na ilha Holandesa; havia testemunhas que corroborariam a vinda deles para cá. Mas isso não seria um problema.

Heather conseguia até visualizar Matt, sorrindo e oferecendo toda a ajuda do mundo dali a alguns dias, quando já estivessem mortos e enterrados. "Pois é, foi isso mesmo, a sua testemunha está certa, policial. Eles vieram de balsa. Tiraram umas fotos e voltaram para o continente. É só perguntar para o Ivan, foi ele que trouxe todo mundo. Acho que o senhor vai encontrar o carro deles preso em alguma vala por aí."

E seria isso mesmo; a polícia encontraria o carro preso em alguma vala, e o que aconteceu com a família seria um daqueles mistérios não resolvidos que os programas de TV adoravam abordar.

Moscas e vespas sobrevoavam a sua cabeça. Seu estômago roncava. A barriga doía. Já fazia um dia e meio que ninguém comia.

Pelo menos tinham água.

Ela voltou à praia para ver como todo mundo estava. Olivia e Owen estavam dormindo juntos debaixo do moletom enorme do garoto, agora usado como cobertor. Petra estava deitada de lado com um braço protetor por cima de Owen.

Heather sorriu. *Obrigada, Petra.*

Deu um tapinha no ombro dela.

— Está tudo bem, sou eu — sussurrou.

Petra se mexeu e estremeceu.

— Está tudo bem?

— Por enquanto, sim. Vou voltar lá para a meseta e ver o que está acontecendo.

— Tá bom — disse Petra, relutando em se mexer e acordar as crianças. — Eu cuido deles.

Heather fez que sim e foi até um eucalipto velho e retorcido que tinha sido queimado até virar carvão. Um pássaro com penas azuis e um longo bico estava empoleirado num dos galhos mais altos, encarando-a.

O pássaro guinchou.

— Para você também.

Ela se sentou ao pé da árvore.

Os cachorros viriam hoje. A ilha Holandesa não era grande. Não havia florestas, montanhas nem lugares onde se esconder. Os cães os encontrariam.

Caso se entregasse, ela sabia exatamente o que aconteceria. Era provável que só Olivia sobrevivesse. E não seria uma sobrevivência que valia a pena.

Era melhor se arriscar com os tubarões.

— O que você faria? — perguntou ela para o pássaro.

Ele estava olhando para o sul.

Ela seguiu o olhar do pássaro e viu movimento na região da balsa. Observou por um instante e percebeu veículos na praia distante.

Ouviu o som de motos e do inconfundível motor da Hilux.

Recostou-se na árvore e esperou.

Depois de um tempo, ouviu o motor diesel da balsa ligar e observou a embarcação produzir uma onda. Havia uma picape com uma espécie de gaiola na carroceria.

Os cachorros estavam vindo.

Ela correu de volta para a praia. As crianças já haviam acordado. Petra apontava para a água.

— A balsa está vindo — disse.

Heather fez que sim.

— Hoje eles vão caçar a gente com cães. Temos que nos mover. Ficar sempre um passo à frente deles.

— Para onde a gente vai?

— O mais longe possível daqui. O nosso cheiro está por toda essa praia aqui.

Ficaram observando a balsa atravessar a água. Já era possível ouvir alguns cachorros animados latindo. Estava com raiva de si mesma. A trilha vinda da prisão os traria direto para lá. Ela devia ter pensado nisso noite passada, tentado fazer um desvio para enganar ou...

— É melhor a gente ir — disse Petra.

E foram. Olivia, Owen e Petra se levantaram e se arrumaram. Olivia bateu a areia dos tênis. Owen apertou o cinto da bermuda.

A sul, ficava a balsa; a leste, a charneca; a oeste, água. Precisavam ir para o norte.

Para o norte acompanhando a praia.

Através das rochas marítimas.

Através do manguezal, dos mosquitos, das moscas e dos caranguejos. A alga fedia. O dia tinha acabado de começar, mas já estava superquente.

A maré havia baixado, e o mar agora exibia aquelas rochas amigáveis de ontem. Seriam vistos com facilidade se tentassem esse truque de novo. Hoje, as rochas não os salvariam.

Heather conseguia ouvir uma moto e um quadriciclo. Dois carros, no mínimo. Muita gente. Três ou quatro cachorros.

Não sabia se iriam fazer aquela linha de novo, mas hoje eles não estavam para brincadeira.

— Como estamos de água? — perguntou ela para Petra enquanto davam a volta num amontoado de árvores que bloqueava a praia.

Petra olhou dentro da bolsa.

— Uma garrafa e meia.

— Só isso?

— Só.

Heather fez que sim.

— Vamos guardar para as crianças — disse Petra.

— Vamos — concordou Heather.

Praia acima.

Através das moscas.

Ao sol.

Ao sol vermelho do hemisfério sul.

Queimadura sobre queimadura.

Praia acima.

Correndo.

Se movendo.

Vadeando.

Nadando.

Descansando.

Se movendo de novo.

Rumo ao norte pela orla curva.

Nenhum geógrafo ou usuário do Google Earth conhecia aquele pedaço da praia tão bem quanto eles. As rochas, os pequenos arbustos, as poças deixadas pela maré, os estuários secos dos rios. O litoral que formava baías, os campos de charneca destacando-se, os mangues afundados, cada valeta, cada rocha, cada...

— Olha! Olha lá... O que é aquilo na areia? — disse Owen.

— O que você está vendo? — perguntou Heather.

— Alguma coisa. O que é aquilo? — disse ele e correu até uma parte da praia que ela não conseguia ver. O garoto pegou o objeto e o mostrou. — O que acha? Pode ser útil, né?

Ele entregou para ela. Era uma faca. Um faca grande. Não... Era um facão, com cabo de madeira rachado e uma lâmina enferrujada com mais de vinte centímetros.

— Vai. Muito bem, Owen. Vai ser de grande ajuda.

Ela sopesou o facão na mão esquerda e depois na direita. Era uma velharia toda enferrujada que parecia ter passado um século caída na praia.

Pelo menos não vou morrer sem lutar, pensou Heather.

— Vamos fazer uma pausa para beber água — disse ela. Entregou a penúltima garrafa para Owen e Olivia. — É para economizar, só um gole cada.

Depois, ofereceu para Petra, que fez que não com a cabeça.

A balsa havia chegado. Dava para ouvir os cachorros e as motos, mas era difícil saber exatamente onde estavam. Olivia escalou uma árvore para dar uma olhada.

— Eles têm motos, um cavalo e carros. É todo mundo. Em dois grupos. Parecem saber que a gente estava na praia. Estão vindo de lá — apontou a garota.

— Do norte? — perguntou Heather, alarmada.

— Isso. E do cais da balsa.

— Do sul também?

— Se lá é sul, então sim.

— A que distância eles estão? — perguntou Heather.

— Não sei. Não muito longe.

Os cachorros deviam ter seguido o cheiro dela desde a prisão. E fazia sentido, porque eles não passaram a noite muito longe do cais e do lugar onde Hans foi capturado. Os O'Neill chegariam à conclusão de que, sendo realistas, eles não tinham como ter ido muito longe naquela temperatura.

— Agora já devem ter percebido que ontem não nos pegaram por pouco — disse Petra.

— Vão nos pegar hoje. Eles não vão desistir. Vão revirar cada canto dessa praia até nos encontrar — falou Heather.

Petra meneou a cabeça e sorriu.

— Não necessariamente.

— Não tem rochas para a gente se esconder hoje, e não dá para...

— Está vendo aquela valeta no chão ali na frente? É um rio seco. Deve ter secado há muito tempo.

Heather olhou para onde Petra estava apontando. Na ilha de Goose, chamavam aquilo de trilha oca: um pedacinho de terra, uma velha trilha ou um rio que era mais baixo que o restante do terreno.

— O que é que tem?

— Vai bem para dentro da charneca. Talvez até um quilômetro, se tivermos sorte — disse Petra.

— Isso não vai enganar os cachorros — apontou Heather. — Vão nos farejar num piscar de olhos.

Petra fez que sim.

— É com isso que estou contando — começou a explicar. — Me escuta. É isso que precisamos fazer. Vou correr pela valeta e continuar até chegar ao fim. E vou fazer bastante barulho para chamar a atenção deles. Os cachorros vão ouvir, e os dois grupos vão convergir atrás de mim. Vou seguir o máximo possível para o leste até me pegarem. E você vai para o norte seguindo a praia. No mínimo, vou conseguir um pouco mais de tempo para vocês. Talvez até algumas horas.

— Você está maluca? Eles vão te matar. Esquece isso. Vem, vamos! — disse Heather.

Petra fez que não com a cabeça.

— Não. Eu não vou com vocês. Vocês vão para o norte, seguindo a praia. Eu vou por aqui. Você vai cuidar das crianças, e eu vou dar o meu melhor para levá-los para bem longe.

— Por quê?

— Porque, Heather, é o único jeito. É matemática simples. Nós quatro ou um de nós.

Heather abriu e fechou a boca.

Dava para ver nos olhos castanho-escuros de Petra. A firmeza. A determinação.

— Tem certeza?

— Tenho.

Heather fez que sim com um aceno de cabeça, e as duas se abraçaram.

— Devíamos trocar de camiseta — sugeriu Petra. — Se os cachorros estão rastreando você, talvez ajude.

Heather colocou a camiseta cinza da Universidade de Leiden de Petra, e Petra colocou a preta básica de loja de departamentos de Heather.

— Obrigada — disse Heather.

— Boa sorte — desejou Petra.

E as duas sabiam que nunca mais se veriam com vida.

27

Petra correu *rápido* pela valeta. Certamente mais rápido do que quando estava ao lado dos estadunidenses. Sempre foi rápida. Até na Holanda, onde todos andavam de bicicleta, todos eram magros e todos corriam. Ela era velocista e das boas — embora não boa o suficiente para fazer disso uma carreira.

Ela terminou o ensino médio sem nenhuma ambição real quanto ao atletismo e à vida acadêmica. Era 1977, e ela estava na idade perfeita. Mudou-se para Londres. Cadastrou-se para receber um auxílio do governo. Encontrou a ocupação de um prédio em Hackney. Ouviu Damned. Ouviu Clash. Ouviu Pistols. John Lydon falava diretamente com ela. Petra queria saber mais sobre o Sonhar inglês.

Ela seguiu o Pistols por toda a Inglaterra e Europa. Conheceu um garoto holandês num show do Pistols no Club Zebra em Kristinehamn, na Suécia.

— É a pior música que já ouvi — disse ele com sotaque do interior.
— Essa é a coisa mais idiota que já ouvi — respondeu ela.

E, então, começaram um relacionamento para a vida inteira.

Hans a incentivou a fazer faculdade. Na época, ela não tinha muito interesse em estudar, mas agora lia de tudo. Hans era ciclista competitivo e, a princípio, ela comparecia aos eventos apenas para vê-lo. Com o tempo, porém, começou a pedalar também.

Ela era melhor que ele. Ganhou troféus.

Era rápida.

E, mais importante que ser rápida, era determinada.

Leu *The Rider*, de Tim Krabbé. Leu, e, por um tempo, esse livro se tornou sua bíblia. Ela era uma das "verdadeiras alpinistas" de Krabbé. Os verdadeiros alpinistas não escalam montanhas simplesmente porque elas "existem"; a questão é que os verdadeiros alpinistas tinham tanta força de vontade que não se dobravam diante de uma mera montanha.

Tudo girava em torno da força de vontade.

A ravina tinha apenas um metro de largura e um de profundidade.

Ela correu.

Sob seus pés havia pedras, terra e argila vermelha. Com certeza absoluta, ali corria um rio. Um fenômeno que acontecia no inverno, e nem todo ano.

Ela conseguia ouvir a voz de Hans na sua cabeça, ver o rosto dele. *Eles vão pegar você. Vão encurralar você. Acelere, mantenha a cabeça abaixada e, aí, quando chegarem atrás de você, vai dar para sair da valeta e voltar para a praia.*

— Não vou chegar nem perto daquela praia. Vou seguir esse caminho até onde conseguir. Vou fazer barulho e continuar em frente.

Sozinha em terreno aberto? Vão pegar você.

— Vão mesmo. Em algum momento — disse Petra com um sorriso.

Por que você está fazendo isso?

— Por causa das crianças, Hans.

Você e as crianças. Você não vai me perdoar por isso, não é?

— Claro que vou, Hans, meu amor. Foi uma decisão *nossa*.

Petra, tem algum outro jeito? Os cachorros...

— Vou dar um jeito de levar um tiro antes de os cachorros me pegarem.

Hans não disse nada e, então, sorriu também.

O sol estava quase a pino, e a camiseta já havia se encharcado de suor. Hans tinha razão quanto ao preto. A camiseta preta de Heather absorvia o calor. A cinza de Petra era alguns graus mais fresca. Uma camisa de manga comprida de algodão teria sido a melhor pedida.

Ela continuou correndo quando a valeta ficou mais estreita.

Um mosquito havia pousado no seu braço esquerdo. Apenas as fêmeas picam, porque precisam do sangue para fazer ovos. Não havia, percebeu Petra, nenhuma sororidade entre elas. Petra não ligou.

— Viva, mosquitinha, faça os seus ovos — disse, e o inseto voou para longe, satisfeito.

Tinha percorrido cerca de quatrocentos metros.

Era hora de fazer barulho.

Petra parou, respirou fundo e olhou para trás.

As duas equipes estavam convergindo na praia onde eles haviam se abrigado.

— Aonde vocês estão indo, seus filhos da puta?! — gritou ela com a sua melhor voz de Johnny Rotten e mergulhou de volta na valeta.

Vai dar certo, disse o coitado do Hans, morto, na cabeça dela.

— Acho que vai — respondeu Petra.

Dava para ouvir os cachorros. Eram quatro. Quatro vozes de cachorro. Vinte vozes humanas. E havia crianças junto. Que tipo de gente doente levava crianças para uma coisa dessas?

Ela correu, e a valeta foi se estreitando cada vez mais.

Surpreendentemente, percebeu que estava mais triste que com medo.

Que desperdício. Tudo o que ela sabia. Todo aquele conhecimento sobre humanos e seus costumes. Todas as viagens que fez. Todos os idiomas. Ela falava inglês, francês, holandês e alemão.

Todas as experiências. O trabalho na universidade. Aquele ano que passou em Mali. Aquele ano terrível em que estudou os efeitos da tragédia em enfermeiras da ala oncológica infantil de Amsterdã. Elas, sim, eram as heroínas de verdade, as enfermeiras que trabalhavam lá. Ela escreveu um livro sobre o assunto. Foi traduzido para o alemão e para o dinamarquês.

Os cachorros.

Chegando rápido.

Mais rápido que ela.

Ela não era tão velha assim. Nem Hans.

Eles quase nunca brigavam. Nem mesmo quando o assunto era filhos. "A gente compra uma casa, anda de bicicleta e viaja", dizia Hans. "Vamos ver o mundo. Não precisamos de crianças nos prendendo. Já tem criança demais nesse mundo."

A valeta estava chegando ao fim agora. Ela pensou que talvez fosse acabar num laguinho ou numa poça de água da qual poderia beber, mas não havia nada.

Ela parou e olhou para trás. Cachorros e homens vinham em sua direção.

Que bom.

Pegou uma pedra plana e saiu da valeta.

— Eles estão ali! — gritou alguém.

Estou aqui. Agora veja o que uma holandesa aposentada de mais de 60 anos é capaz de fazer.

Ela correu para o leste. Sem olhar para trás. Continuou correndo. Ficou surpresa por nenhuma moto emparelhar com ela, mas talvez todas aquelas fissuras no chão estivessem impedindo o progresso.

Para ela, não era um problema. Pulou as pequenas trincheiras e valas e correu para cima dos suaves morros.

Tinham soltado os cachorros.

Ela não olhou para trás.

Os cachorros não estavam latindo. Agora a coisa havia ficado séria. O motor das motos tinha parado de roncar.

Ela era rápida demais para as moscas.

Tudo o que conseguia ouvir eram os seus próprios batimentos cardíacos.

O retumbar de dezesseis patas caninas atrás dela.

Estavam chegando mais perto.

Mais perto.

Patas na terra.

Respirações pesadas.

Rosnados.

Um dos cachorros saltou e mordeu sua perna esquerda. Ela caiu, rolou com força, levantou-se e deu uma pedrada no focinho do cachorro. Ele caiu de barriga no chão. Então ela bateu de novo no olho do cão. Na terceira vez, matou-o. Os outros cachorros a haviam alcançado agora. Eram santo-humbertos, animais de aparência simples. Ela avançou sobre eles com a pedra, e os cães recuaram. Farejaram ao redor do camarada tombado e então olharam para Petra, estarrecidos. Aquilo não fazia parte do jogo, fazia?

Ela se levantou e voltou a correr.

Os cachorros não a perseguiram mais.

Começou a pensar na ínfima chance de fugir.

E então o mundo explodiu entre os seus ombros e ouviu-se o som de um único tiro de carabina.

28

Heather, Olivia e Owen continuaram acompanhando a praia até terem certeza de que os cachorros estavam indo para o leste.

Então, ainda incertos, subiram até a charneca e correram com mais facilidade e rapidez paralelos à costa. Mantiveram-se perto do mar. Mantiveram-se abaixados.

Ouviram um tiro de carabina, Heather sentiu um calafrio, e continuaram correndo.

Avançaram bem até chegarem a um cemitério de carros e vans velhos e enferrujados. Heather e as crianças já haviam coberto metade do terreno antes de verem uma placa pintada à mão que dizia PERIGO: EXPLOSIVOS E MUNIÇÃO NÃO DETONADA E OUTRAS PARADAS ASSUSTADORAS. NÃO ENTRE.

— Parem! — disse Heather.

— Como assim "explosivos"? — perguntou Owen.

Heather correu os olhos ao redor. Percebeu que os carros estavam cheios de buracos de bala e, entre eles, havia crateras onde explosivos foram ativados. Os O'Neill deviam usar o lugar como campo de tiro ao alvo. Algumas crateras eram enormes, e certos carros haviam sido destruídos. Talvez ainda houvesse granadas, armadilhas caseiras ou coisas do tipo.

Já haviam cruzado mais da metade do campo de tiro. Era melhor continuar em frente ou recuar?

— Crianças, quero que vocês fiquem atrás de mim e sigam os meus passos. Mas fiquem bem para trás. A gente entrou em algum tipo de campo onde testam armas. Não toquem em nada nem peguem nada do chão. Entenderam?

Ela se virou para olhar para Olivia.

— Coloca o Owen atrás de você e fica atrás de mim. Se eu pisar em alguma coisa ou algo acontecer comigo, você sabe o que fazer.

— O quê?

— Continuar e cuidar do seu irmão.

— E se você estiver ferida?

— Me deixa para trás. Cuida do Owen, tá bom?

Olivia fez que sim.

— Não se mexam até eu mandar.

Heather andou lentamente entre os carros destruídos. Foi colocando com todo o cuidado um pé atrás do outro. Na terra, ela viu balas, fragmentos de coquetéis molotov e o que parecia o anel de uma granada M67.

Depois de uns seis metros, virou-se para Olivia e fez que sim. Olivia começou a seguir os passos de Heather e Owen foi atrás da irmã.

No chão havia alvos de papel crivados de chumbo grosso. Cacos de vidro por todo lado.

O progresso era lento.

Cachorros ao longe.

— Pisei em alguma coisa — disse Owen.

— Como assim "alguma coisa"?

— Algo de metal.

Ai, meu Deus.

— Owen, quero que você...

— Estou levantando o pé.

— Não, espera!

— Está tudo bem. Era uma lata de refrigerante amassada.

Heather voltou a respirar.

— Toma cuidado. Eu sei que eles estão chegando, mas a gente tem que ir devagar.

Devagar.

Porque talvez...

Talvez...

E ali estava. Não era uma munição não detonada, mas uma armadilha de aço para animais. As presas irregulares estavam enferrujadas, mas mesmo assim eram assustadoras. Deduziu que estivesse ali para pegar dingos, raposas e outros bichos.

Se não tivesse visto a placa, ela ou alguma das crianças poderia ter corrido direto para aquilo. Heather pegou um graveto e o enfiou no chão ao lado da armadilha para marcar o local.

— Owen? Olivia? Estão vendo aquilo ali à esquerda? É uma armadilha para urso ou alguma coisa do tipo. Fiquem longe! Continuem seguindo os meus passos.

As crianças seguiram Heather. Ela se certificou de que passassem bem longe da armadilha.

E por fim atravessaram o campo de tiro improvisado.

Isso atrasou bastante o avanço deles. Cinquenta metros em vinte minutos. Agora precisariam de sebo nas canelas.

— Por aqui! — disse ela, e eles foram, seguindo paralelamente à praia.

O esquema era o mesmo de antes:

Sede.

Sol.

Cachorros.

Tinham percorrido quase quinhentos metros quando Heather percebeu que tinha cometido um erro de cálculo mais uma vez. O litoral, à esquerda, havia ficado para baixo e, à direita, uma ravina se abria e se aprofundava. Nos últimos dez minutos, correram por uma península que acabava abruptamente num penhasco.

Heather, à frente, quase caiu direto no precipício antes de perceber o erro.

Ela avaliou a situação e xingou. Podiam tentar descer o penhasco, que era íngreme e perigoso, ou poderiam voltar para o campo de tiro, com todos aqueles explosivos e armadilhas.

O penhasco era o ponto mais alto de um triângulo. Havia uma queda vertical para a areia de um lado e rochas do outro.

— Será que a gente consegue descer? — perguntou Heather para Olivia e Owen.

Owen fez que não com a cabeça.

— Olha ali. É calcário, não é?

— E o que isso quer dizer? — perguntou Heather.

— Vai se desfazer na nossa mão, e a gente vai cair.

— Vocês acham que a queda é muito alta? — perguntou Heather.

— Três andares — respondeu Olivia.

— Não. Dois, dois e meio — disse Owen.

— Uns seis metros, acho. Uma queda de seis metros na areia — disse Heather. — Será que a gente consegue? Ou pulamos, ou voltamos por onde viemos.

— A gente vai quebrar as pernas — disse Owen.

— É areia. Do alto daquele trepa-trepa na praia de Alki até a areia são uns três metros, não são? — comentou Olivia.

— Não é tão alto assim. E, mesmo que fosse, isso aqui tem o dobro dessa altura! E talvez tenha rochas lá embaixo que a gente não esteja vendo — disse Owen.

Heather se deitou de bruços no chão e olhou pela borda para a parede do penhasco. Owen tinha razão: era praticamente vertical, e a rocha parecia arenosa, traiçoeira. Ela examinou a areia na praia lá embaixo. Não parecia haver rochas.

— Xiu — disse Heather.

Das profundezas do céu silencioso havia algo vindo. Algo que fez soar aquele alarme do mecanismo de luta ou fuga do seu cérebro primitivo.

Uma vibração, como o tremer da corda de um arco ou o zumbido de uma flecha.

Ela ficou de pé e prestou atenção.

— O que... — começou a dizer Olivia, mas parou quando Heather ergueu um dedo.

Isso.

Acima do latido dos cachorros.

Acima do oceano.

O caçador estava sempre encontrando novas formas de caçar.

A presa precisava se adaptar rápido para sobreviver.

O que era aquilo? O que...

— Abaixa, gente! Se escondam. É um drone.

Eles rolaram na triodia bem quando o drone chegou voando paralelamente à praia, com suas hélices de helicóptero zumbindo e as lentes olho de peixe escaneando os arredores em 360 graus.

Estava procurando-os. Como um falcão, um falcão que não conhece nada além de tédio, hostilidade e implacabilidade.

O drone voou sem pressa por toda a costa e fez uma volta para retornar à charneca.

Ele pairava, zumbia e escarnecia.

Heather prendeu a respiração.

O drone descreveu um oito no céu em cima de onde eles estavam.

Será que tinham sido vistos?

Talvez sim.

Talvez não.

A máquina ficou parada no céu e então se inclinou em direção ao sol e seguiu para o leste.

— Viram a gente? — perguntou Olivia.

— Não sei.

Santo-humbertos, um drone e uma família inteira atrás deles numa pequena ilha. Com pesar, Heather se deu conta de que o sacrifício de Petra lhes garantiria apenas algumas horas.

— Não dá para voltar. A gente tem que descer — disse Heather. — Tem dois jeitos. Um: eu abaixo vocês o máximo possível e depois solto pelo resto da queda até a areia. Dois: eu pulo primeiro e tento pegar vocês quando pularem.

— Se você abaixar a gente, só vai soltar quando a gente falar que pode, certo? — perguntou Olivia.

— Vou segurar até vocês mandarem soltar.

— Então eu voto no primeiro jeito — disse Olivia.

— Owen? — perguntou Heather.

— Pode ser, eu acho.

— Tá bom. Lembrem-se de cair que nem um paraquedista. Dobrem os joelhos e rolem para o lado. Olivia, você primeiro?

Olivia foi até a beirada do penhasco, virou-se, deitou-se no chão e, com cuidado, deixou as pernas penderem do outro lado. Heather a segurou pelos braços e, aos poucos, foi abaixando a menina. Os braços de Heather e o comprimento do corpo de Olivia cobriram cerca de dois metros da altura, mas ainda parecia uma queda grande, enorme na verdade, para uma criança.

Sua mente titubeou por um ou dois segundos. Como tinham acabado nessa situação? Num cenário em que forçar uma garotinha penhasco abaixo era a escolha menos pior.

Olivia era magrinha, mas os braços de Heather já estavam queimando.

— Está pronta para cair?

— Estou.

Heather abriu as mãos e Olivia escorregou e caiu na areia com um *pof* desconcertante.

Ela dobrou as pernas, mas meio que se esparramou em vez de rolar. A menina ficou lá deitada e não falou nada.

— Olivia? Olivia!

Ai, meu Deus.

— Você está bem? — perguntou Owen.

Olivia se levantou e acenou.

— É de boa. Vem... Não! Espera! Voltem! Tem alguém vindo. Se escondam! Voltem!

29

Heather não sabia o que fazer. Ficou paralisada na borda do penhasco até Owen agarrá-la pela mão.

— Ela mandou se esconder!

Eles se jogaram no mato alto.

O drone apareceu de novo no céu ao sul.

O som dos cachorros se aproximava.

Ela ouviu o que parecia um grito abafado.

Ai, meu Deus.

O drone seguiu em direção ao mar e foi para o sul.

O que estava acontecendo?

Ela engatinhou até a borda do penhasco de novo. Nenhum sinal de Olivia nem de ninguém.

— A gente tem que descer, Owen. Vou abaixar você e pular logo depois.

Owen meneou a cabeça.

— Não, Heather! Você não sabe o que está fazendo! Você não tem nenhum plano. Nunca teve! Só fica correndo por aí. Vou voltar. Talvez naquele lugar das munições eu encontre uma granada ou alguma coisa assim para lutar contra essa gente!

— Você não pode fazer isso, Owen.

— Então fica aí assistindo. Já cansei dessas suas ideias idiotas. Estou fora! Vou arranjar uma arma, pegar a Olivia e a gente vai dar o fora daqui sozinhos.

— Não, por favor. Não — disse ela e tentou agarrá-lo pelo braço.

Ele puxou a mão para longe dela e começou a seguir para o sul pelo caminho que tinham percorrido.

— Você é fraca e não tem plano nenhum. Você não... Você.. Eu estou melhor sozinho. Você é um lixo! Vou achar uma granada ou uma dinamite e vou pegar essa gente em vez de eles nos pegarem.

Ela ficou observando-o se afastar e murmurar consigo mesmo.

Seria mais fácil se fossem só ela e Olivia, é claro.

Mais fácil para se esconder, mais fácil para correr.

Owen sempre foi o mais difícil dos dois. Havia algo velado entre ele e o pai, alguma raiva mal resolvida. Ela costumava ser o alvo da ira de Owen, e com frequência era atingida no fogo cruzado entre ele e Tom. Heather até tentou melhorar a situação, mas claramente apenas a piorou. E parte da culpa era sua, sim. Havia subestimado o quanto as crianças não gostariam dela. Achava que conseguiria conquistá-las. Mas não era tão simples assim. Não com a idade que elas tinham. Carolyn tinha avisado. Carolyn tinha uma irmã mais velha e primos. *Eles vão odiar você*, disse Carolyn. A mãe deles tinha morrido não havia tanto tempo assim...

Ela devia ter dito não a Tom. Mas a casa nova e grande, o carro, a segurança que Tom passava...

E, na verdade, ela fez o melhor que pôde por todos eles. Tentou o seu máximo.

Sem aquelas crianças, tinha uma chance muito maior de sobreviver. Talvez pudesse nadar até o continente sozinha ou negociar uma forma de dar o fora dali.

A distância aumentava entre ela e o menino.

Fechou os olhos.

Quando anoitecesse, ele já estaria morto.

Ah, sim, se estivesse sozinha, suas chances aumentariam exponencialmente.

Ficou imaginando por um, dois, três, quatro, cinco, seis, sete segundos...

Suspirou, abriu os olhos e saiu correndo atrás dele.

Ela derrapou até parar na frente dele e disse:

— Eu errei, Owen. Errei naquela coisa de destilar a água do mar. Eu devia ter dado ouvidos a você. A gente precisa de você. Eu e a Olivia. Fica com a gente, *por favor*.

Ele chorava. Estava apavorado com a possibilidade de ela deixá-lo ir. Owen secou as bochechas. Fungou.

— Você fica com a gente, Owen? Ajuda a gente?

— Tá bom. Acho que não posso abandonar a minha irmã.

— Obrigada — disse Heather e o envolveu num abraço, então os dois voltaram para a borda do penhasco. Com o ombro esquerdo doendo, Heather o abaixou lentamente. Owen era mais pesado que a irmã. Começou a escorrer sangue do ombro ferido pela espingarda.

Ela tentou soltá-lo, mas Owen não queria ser largado.

— Vou quebrar as pernas — sussurrou ele.

— Dobra os joelhos, encolhe o corpo e sai rolando quando chegar no chão. Vai dar tudo certo — grunhiu Heather quando seus braços começaram a doer.

— Como é que você sabe que vai dar tudo certo?

— O meu pai recebeu um distintivo de salto na paratropa.

— E eu lá sei o que é isso?! — disse Owen, antes de soltar as mãos de Heather e cair na areia.

Ele não dobrou as pernas nem rolou. Sofreu o impacto nos pés e caiu com tudo para trás.

— Você está bem? — perguntou Heather.

— Estou!

Heather jogou o facão e o canivete lá para baixo, virou-se e começou a se abaixar pelo penhasco. Estava prestes a dobrar os joelhos e se soltar quando seu ombro cedeu, suas mãos escorregaram e ela simplesmente caiu.

Uma queda de um segundo.

Um longo segundo.

Ela ficou chocada com a força da areia e torceu o tornozelo ao rolar.

Quando se levantou, viu a silhueta de um homem um pouco mais à frente na praia, atrás das árvores do mangue.

— Abaixa — sussurrou para Owen enquanto pegava o canivete e o facão.

— O que ele está fazendo? — perguntou Owen.

Heather meneou a cabeça.

— Não sei.

— Cadê a Olivia?

Heather olhou para Owen.

— Ele deve ter visto ela! Deve ter pegado a Olivia! — disse Owen.

— Vamos dar uma olhada. Vamos ter que chegar perto. Ele vai estar ligado. Não faz barulho.

— O que você vai fazer?

Ela colocou um dedo sobre os lábios.

Os dois se esconderam no mato e se aproximaram do homem engatinhando até onde ousavam ir.

Ele estava falando no walkie-talkie, com a respiração pesada e rindo. Era Jacko. O homem que tentou estuprá-la.

— Bem no meu colinho, parceiro. Se eu não ganhar essa merda desse prêmio, ninguém mais devia ganhar nada. A menina disse que eles se separaram, mas não sei não. Acho que devem estar por perto. Manda a Kate no quadriciclo e depois traz os cachorros... Isso, parceiro, até já, câmbio e desligo.

Jacko estava sentado num velho barril de óleo. Tinha uma carabina pendurada nas costas e lá, estatelada na frente dele, um respingo de cabelos dourados: Olivia.

— Ele encontrou a Olivia — sussurrou Heather, perguntando-se se ela estava viva ou morta.

— A gente tem que salvar ela! — disse Owen.

Heather fez que sim.

— Fica aqui.

A brisa vinha da água. Heather ficaria contra o vento em relação a ele, e Jacko parecia bem tranquilo. Bastante orgulhoso de si mesmo. Isso ajudaria. Acontece que ele era grande, forte e perigoso.

Atrás do manguezal onde estavam escondidos havia uma faixa de mato com quase quinze metros de largura. Na fronteira dessa faixa de mato havia um eucalipto que ela podia usar para se esconder.

Eram cerca de vinte metros de praia da árvore até o barril onde Jacko estava sentado.

— Você devia tirar esses tênis. Eles estão rangendo um pouco — disse Owen.

Ela os tirou e foi rastejando pelo mato com o facão, sempre de olho em Jacko e no drone, com os ouvidos apurados para os cães.

Uma cacatua-preta-de-rabo-vermelho pousou na frente dela e começou a arranhar o solo arenoso com as garras.

Quando a viu, o pássaro guinchou alto e voou para o mar.

Jacko olhou para a cacatua, totalmente desinteressado.

Heather continuou em frente.

Jacko estava fumando um cigarro. Usava um jeans todo esfarrapado e uma regata da cerveja Bintang. Havia amarrado um pedaço de corda na carabina e a pendurado nas costas. Parecia uma arma antiga, algo da Segunda Guerra Mundial ou até mais velha.

O vento soprava contra Heather, levando a fumaça do cigarro e o cê-cê dele, mas sem levar cheiro nenhum dela para Jacko.

Jacko estava olhando para a água. De bruços, ela rastejou na direção dele. O chão estava cheio de tatuíras. Moscas pousavam no seu cabelo, nos seus braços e na sua nuca.

Tinha que avançar muito devagar, senão faria barulho na água. Olhou para Owen lá atrás para garantir que ele estava bem escondido.

Não conseguiu vê-lo. Que bom.

Com o facão na mão esquerda e se impulsionando com a direita, ela foi se aproximando.

Chegou a três metros do eucalipto.

Tarde demais, descobriu que havia um corvo pousado ali. Um corvo que poderia soar um alarme.

Mas o animal mal olhou para ela com aquele olho de um amarelo peculiar.

Ela respirou fundo, rastejou até o tronco e parou por um instante para se recompor. Depois, ultrapassou a árvore até a fronteira da charneca.

Estava na praia agora. Perto.

Ela se levantou, trocou o facão da mão esquerda para a direita e lentamente foi em direção a ele.

Jacko se levantou e atirou num tubarão na água, mas claramente errou. Ele recarregou a carabina e, depois de um tempo, pendurou a arma nas costas, sentou-se no barril de óleo e acendeu um cigarro.

Ela estava tomando cuidado, mas, sem querer, tropeçou na ponta de uma garrafa quebrada. Engoliu o grito, sentou-se, tirou o caco do calcanhar e voltou a avançar.

Lembrou-se mais uma vez de que era Dia dos Namorados. Há exatos doze meses, Tom apareceu para a primeira sessão de massoterapia na clínica de West Seattle. Estava nevando. Quando ele se deitou na maca, ainda tinha flocos de neve no cabelo.

Quanta diferença um ano fazia.

Naquela época, ela não tinha filhos, podia ficar desempregada a qualquer momento e morava num apartamento úmido perto da praia de Alki. Agora, era casada, responsável por duas crianças e estava prestes a matar um homem que mal conhecia numa praia diferente do outro lado do mundo.

Ela deu mais três passos com cuidado.

30

Sua sombra se agigantou na frente de Jacko.

Ele viu, encolheu-se e se virou.

— Eu estava certo, porra! — disse.

O facão estava bem no alto. Ela o brandiu com força na direção do pescoço dele, mas algum instinto animalesco fez com que ele se esquivasse para a direita quando a lâmina pesada acertaria o seu ombro.

O facão cortou o nada. Perdendo o equilíbrio, ela escorregou e quase caiu.

Recobrou a postura.

Ela e Jacko estavam a menos de um metro um do outro agora. Ele tinha bebido, mas não parecia bêbado. Dava para sentir o cheiro da sua raiva. Ele, sem sombra de dúvida, conseguia sentir o cheiro do pavor dela.

Ele tentou pegar a arma nas costas, mas Heather estava perto demais, então Jacko mudou de ideia e lhe deu um soco. Um soco rápido e seco que acertou a bochecha dela e doeu pra caramba.

Ela cambaleou para trás e ralou o tornozelo num pedaço de pedra.

Jacko avançou de novo com um gancho de direita, mas errou, e agora quem perdeu o equilíbrio foi ele. Contudo, ele lutava com os irmãos e os primos desde que aprendeu a andar e se recuperou num instante. Deu um chute no joelho esquerdo de Heather.

Ela estava de olho nas mãos dele, então não esperava o chute.

Foi pega desprevenida, e logo uma onda de dor tomou todo o lado esquerdo do seu corpo. Os pés dele pareciam feitos de aço. O pé esquerdo dela cedeu. Heather caiu e sabia que não conseguiria se levantar a tempo de impedir o próximo chute.

Ele não chutou.

Em vez disso, deu três passos para trás e, com cuidado, pegou a carabina das costas e apontou para ela.

— Agora, fica aí paradinha, meu amor. Solta o facão.

Ela meneou a cabeça e tentou se levantar.

A dor no joelho era tenebrosa.

Tinha que salvar Olivia, precisava continuar, era o único...

— Mandei ficar parada! Não mexe um músculo, porra. Isso aqui é uma Lee-Enfield número 4. O meu avô matou três homens com ela em Tobruk. Dessa distância, vai explodir a sua cabeça. Entendeu?

Ela fez que sim.

— Solta a faca!

Ela soltou o facão.

— Dá três passos para trás.

— Acho que não consigo levantar.

— Vai de bunda então. Para trás, longe da faca.

Ela seguiu a ordem.

— Agora, fica aí sentadinha no chão e não faz nada.

Olivia grunhiu atrás dele e tentou se mexer. Ela havia levado uma pancada forte e saía sangue da sua boca. Jacko pisou nas costas da garota e a empurrou na areia. Ele tirou do bolso um pequeno walkie-talkie amarelo.

— Ivan, está aí?

Estática.

— Esses aparelhos são uma merda — disse Jacko para Heather. — Não tem alcance nenhum. São brinquedos, sério. — Ele apertou de novo. — Ei! Ivan! Está aí?

Estática.

Ele chacoalhou o walkie-talkie.

— Ei, Ivan, está aí, caramba?

— Estamos aqui... A gente estava conferindo o corpo da alemã — disse Ivan em meio a um turbilhão de chiado.

— Você não vai acreditar no que eu fiz agora — contou Jacko.

— O quê?

— Acabei de pegar a estadunidense também, acredita?

— Mentira! — disse Ivan.

— Peguei. Ela veio correndo na minha direção com uma facona e eu derrubei ela de bunda no chão — disse Jacko, umedecendo os lábios e olhando para ela todo triunfante.

— É sério?

— É sério, parceiro. Ela tentou me pegar, mas fui eu que peguei ela.

— Mandou bem, parceiro! E pegou as duas crianças também? — perguntou Ivan.

— Ela e a menina.

— Pergunta cadê o garoto — disse Ivan.

— Cadê o rapaz? — perguntou Jacko.

— A gente se separou. Eu mandei ele se esconder em algum lugar. Não sei onde ele está — respondeu Heather.

— Papo furado! Cadê ele?

— A gente se separou. Achei que assim a gente ia ter uma chance maior.

— Até parece. Você não ia deixar essas crianças malditas para trás.

— Eles não são meus filhos. São do Tom. A gente casou faz menos de um ano. Mandei os dois se esconderem porque eu ia encontrar ajuda. Não estava nem aí se a gente ia se separar. Essas crianças me odeiam.

Ela falou com tanta intensidade que Jacko, por um instante, acreditou, mas então deu um sorriso terrível e meneou a cabeça.

— Que nada. Você não é assim. Ele está naqueles arbustos ali?

— Eu não sei onde ele está.

Jacko levou o walkie-talkie à boca.

— Escuta, parceiro, ela disse que o garoto não está com ela. Se você mandar uns caras para cá no Toyota e trouxer um cachorro, a gente acha bem rápido. Vamos matar todos os coelhos com uma cajadada só, hein.

— Você pegou mesmo as duas ou está de sacanagem comigo? — perguntou Ivan.

— Peguei! Vi a menina, corri e dei nela. Aí essa aqui veio com uma faca. Peguei as duas!

— Mandou bem, parceiro. A gente está indo. Câmbio e desligo.

Jacko colocou o walkie-talkie no bolso, ergueu o olhar e, através da mira, olhou para Heather.

— Manda o garoto sair ou eu explodo essas suas tetas aí.

A Lee-Enfield estava apoiada no ombro dele, e ele a encarava com um olho fechado e o dedo no gatilho.

Ela meneou a cabeça.

— Errou feio. Sabe o que a gente vai fazer com você? Te fazer de putinha. Cada homem e menino dessa ilha. Eu primeiro. E depois é para o formigueiro do Terry.

Heather prendeu a respiração quando viu Owen se levantar da vegetação rasteira. Ele segurava um galho comprido, um ramo seco e frágil de eucalipto que parecia que ia quebrar se fosse segurado com força demais. Ele ia tentar usá-lo como porrete ou lança.

Ela tentou chamar a atenção de Owen. Não queria balançar a cabeça, porque, se fizesse isso, Jacko provavelmente perceberia o movimento, iria se virar e, assustado, talvez puxasse o gatilho.

— A sua vida não vale nada aqui, Heather. Não depois do que você fez com a Ellen. Eu podia muito bem matar você agora mesmo que não ia dar em nada. Nada de policiais. Nadica de nada. Entendeu?

Ela fez que sim.

— Eu entendo plenamente.

Owen estava mais perto. Era loucura. Aquele galho fino mal serviria para irritar Jacko se Owen conseguisse se aproximar o bastante para golpeá-lo.

Ela tentou telepatia. *Volta, volta, volta! Volta para os arbustos e corre!*

O queixo de Owen estava projetado para a frente, e ele mordia o lábio inferior, como sempre ficava quando estava determinado a fazer alguma coisa. Olivia agora estava se sentando. Ela ia tentar fazer alguma coisa também.

Ai, meu Deus.

— Tá bom, tá bom. Olha, me desculpa — disse Heather. — Por favor, não atira. Vou levantar bem devagarinho para chamar o Owen, tudo bem? Você tinha razão. Ele está nos arbustos me esperando. Vou me levantar agora, tá? E gritar para ele vir.

Jacko fez que sim e deu um passo para trás enquanto mantinha a arma apontada para a cabeça dela.

— É, foi bem o que eu pensei. Você é uma bela duma malandra, não é? Mas eu entendi qual é a sua — disse ele num grunhido triunfal.

Ela se levantou toda atrapalhada, piscou por causa do sol e tropeçou dois passos para a frente em direção ao facão jogado na areia. Jacko não pareceu perceber, ou, se percebeu, não se importou. O que ela poderia fazer com a morte a apenas um gatilho de distância?

Ela colocou as mãos em concha ao lado da boca.

— Foge, Owen! Corre! Eu tenho um plano! Corre! — gritou.

Owen hesitou.

— Sai daqui! Corre! — berrou ela.

Jacko se virou e viu Owen desaparecer na vegetação rasteira.

— Você é uma piranha bem burra, viu? — disse ele.

Com habilidade, ele virou a carabina, avançou meio passo e deu uma coronhada no rosto dela. A cobertura de latão sobre a estrutura de madeira acertou a bochecha e o olho esquerdo dela.

Ela cambaleou para trás, tropeçou e despencou no chão.

Sua testa sangrava. Havia sangue escorrendo do seu nariz. O corte no seu pé reabriu.

— Volta, seu gorducho de merda! — gritou Jacko e saiu correndo atrás de Owen.

Heather tentou se levantar. A perna esquerda respondeu, mas a direita parecia ter vontade própria. A paisagem flutuava. Seu coração batia acelerado. Ela cuspiu sangue.

Balançou.

Dois horizontes. Dois sóis.

O dia pareceu bater asas. O vento ficou mais forte.

Tapetes de lã grossos de calor.

Raios de sol desagradáveis.

Olivia havia se levantado e se arrastado atrás de Jacko.

— Não! Espera! — disse Heather.

Ela esfregou os olhos.

Houve um som de tiro.

Seu coração congelou. Ela não conseguia respirar.

Ela se apoiou no cabo do facão para se levantar. Pegou-o e foi mancando atrás de Jacko.

O corvo continuava observando-a do eucalipto que tinha sido atingido por um raio. Continuava esperando pelo corpo.

Ela chegou aos arbustos do mangue.

— Filho da puta. Uma coisa eu te digo, ele não vai muito longe — dizia Jacko para o walkie-talkie.

Ele estava voltando para a praia.

Atravessando as árvores.

O vento ficou ainda mais fresco.

Será que ele não ouvia aquele rugido?

Que barulheira era aquela?

Por que ele não a via?

Ela o via.

Ele segurava a carabina verticalmente na mão direita e o walkie-talkie na esquerda. Não havia o menor sinal de Owen nem de Olivia.

De repente, Jacko parou.

— O que é isso? — disse ele.

Deu meia-volta. Seus olhos estavam selvagens. Ele estava assustado.

Atirou nos arbustos.

De costas para ela. A apenas três metros de distância.

O ar estava cheio de areia e folhas sopradas pelo vento. A boca e os olhos dela cheios de areia.

Havia dois Jackos, entrando e saindo de foco.

Ela esperou os dois se fundirem, então correu até ele e golpeou seu ombro direito com o facão. A lâmina entrou cinco centímetros e atingiu o osso. Jacko gritou e soltou a carabina. Ela puxou o facão para dar outro golpe.

— Piranha! — gritou Jacko.

Ele se virou rápido e deu um chute na barriga dela.

Ela perdeu o fôlego.

As pernas ficaram moles.

Mas o chute não foi tão bom quanto ele achava.

Ela se recuperou.

Jacko se agachou para pegar a Lee-Enfield e não viu o próximo ataque se aproximando. O facão rasgou da bochecha até os lábios.

Ele gritou de novo, caiu sobre um dos joelhos e remexeu na terra até encontrar a carabina.

Mirou nela e puxou o gatilho.

À queima-roupa.

Ele não tinha como errar.

Mas não havia ejetado o cartucho usado nem recarregado. Olhou chocado para a Lee-Enfield.

Heather brandiu o facão uma terceira vez. Ele era um alvo parado.

Ela não tinha como errar.

Com um tinido e um baque repugnante, o facão o atingiu entre o ombro e o pescoço. Ele caiu de costas.

O sangue agora escorria da sua boca. Ela pegou a carabina das mãos dele. Puxou o cão para trás e recarregou com outro cartucho .303. Jacko tentou, desesperado, avançar pela última vez sobre Heather.

Ela deu um tiro na barriga dele.

Seus olhos se encontraram.

Ele estava confuso.

— Está sentindo esse cheiro? — murmurou ele.

Era cheiro de cordite, pântano de água salgada e glóbulos vermelhos.

— Estou — respondeu ela.

— É o *bunyip* — disse Jacko, então tombou e morreu.

31

Owen e Olivia viram tudo. Eles não fugiram. Deviam, mas não fugiram. Correram até ela.

Heather os abraçou, beijou e abraçou de novo.

Eles a abraçaram também.

— Ele morreu? — perguntou Owen, apontando para Jacko.

— Morreu — respondeu Heather, ofegante.

Ela havia matado um ser vivo. Um homem vivo. Ele estava tentando matá-la, mas não importava. Ele era uma pessoa com cérebro, ideias e experiências, mas agora tudo se foi, e a culpa era dela. Era uma coisa terrível de se fazer.

Ela caiu de joelhos. *Desculpa pelas coisas terem sido assim. Desculpa pela gente ter vindo para cá. Desculpa por tudo isso.*

— Posso encostar nele? — perguntou Owen.

Heather se levantou.

— Não. A gente tem que correr. Esperem ali enquanto eu vejo o que dá para pegar dele — disse Heather.

— Os seus tênis estão aqui, ó. — Owen os entregou a ela.

— Obrigada.

Ela revistou Jacko e encontrou um cantil com um terço de água, um pouco de dinheiro, cigarros — os cigarros *dela* —, um isqueiro, um binóculo 8x50, uma sacola plástica com munições .303 soltas e o walkie-talkie. Pegou tudo, inclusive o cinto, os cadarços, as meias e o boné de Jacko, que colocou virado para trás na cabeça de Owen.

Ela calçou os tênis e examinou o rosto de Olivia. O lábio ainda sangrava um pouco.

— Onde foi que ele bateu em você? — perguntou.

— Foi só um tapa. Ele me viu e eu tentei correr, mas ele era rápido demais.

— Sinto muito, meu amor — disse Heather.

— Deixa para lá. Nem está doendo. O que a gente faz agora? — perguntou Olivia.

— Temos que sair daqui. Para o norte, eu acho. Bebe um pouco — disse e entregou o cantil de Jacko.

Os dois tomaram grandes goles de água.

— Bebe um pouquinho também — disse Owen e passou o cantil para Heather.

— Eu estou bem.

— Você não bebeu nada — disse Olivia.

Ela estava de pé com as mãos na cintura, pés separados e bloqueando o caminho de Heather.

— Sai da minha frente. A gente tem que se mexer.

— Não vamos a lugar nenhum até você beber um pouco — disse Owen.

Owen com aqueles olhos castanhos sérios e decididos de novo. Olivia com aqueles olhos azuis igualmente determinados.

Heather pensou no quanto eles haviam mudado desde...

Ontem.

— Todo mundo bebe de novo então — disse Heather.

Eles beberam e estavam com tanta sede que consumiram cada gota daquela preciosa água.

— Foi mal por ter dito que você era fraca e um lixo — disse Owen. — Você não é.

— Tudo bem, querido, está tudo bem — respondeu Heather.

Ela rosqueou a tampa do cantil de volta e pendurou a carabina nas costas.

Esconderam o corpo de Jacko na vegetação rasteira e o cobriram com terra e galhos. Os outros talvez só o encontrassem dali a um ou dois dias, o que lhes dava vantagem no quesito informações.

Heather molhou os ferimentos e os conduziu para o norte.

Viram o drone de novo, dessa vez sobrevoando o lugar onde Jacko estava antes.

E então ouviram o quadriciclo, os cachorros e a Hilux.

Cortaram o terreno cheio de morros da ilha e pararam num bosque com quatro eucaliptos, árvores enormes e velhas que, de algum jeito, sobreviveram a dezenas de incêndios, secas, pragas e tentativas de transformá-las em algo inútil. Era um lugar assustador. Muito tempo atrás, alguém bateu com um ônibus ali e, depois de décadas, ele estava enferrujado, destruído e fazendo parte da paisagem. Na superfície de uma rocha perto das árvores havia marcas de mão que pareciam ter milhares de anos.

Menos moscas voavam por ali, e havia uma leve brisa e o cheiro inebriante dos eucaliptos.

Eles pararam para descansar na sombra das árvores. Heather aplicou um emplastro de folhas no machucado do pé, e Olivia limpou o ferimento no rosto.

Estavam num morro com vista para a charneca ao sul. Parecia ser o ponto mais alto da ilha.

Heather pegou o walkie-talkie de Jacko.

— Será que dá para arriscar fazer um pedido de socorro? — perguntou para as crianças.

Os dois fizeram que sim.

Ela apertou o botão TALK.

— Alô? Alô? Tem alguém ouvindo? O meu nome é Heather Baxter. Estou na ilha Holandesa. Precisamos da polícia!

Tentou cada canal, mas tudo o que ouvia era estática e, num deles, a voz de Matt indo e vindo.

— Não tem alcance suficiente — disse Owen.

Heather olhou para o oceano a oeste e para a massa de terra lá — um continente cor de areia e pinheiros que não atendia ao seu chamado.

Eles se sentaram à sombra da maior árvore, respirando fundo, recuperando-se. À espera do drone, dos cachorros e dos homens armados.

— O que você acha que é um *bunyip*? — perguntou Owen.

— Você ouviu ele dizendo isso? — perguntou Heather.

— O livro que eu estava lendo dizia que era um monstro mitológico da Austrália — disse Olivia.

Heather fez que sim com a cabeça. Se era de um monstro que aquela gente tinha medo, ela iria se transformar nesse monstro agora que carregava uma carabina.

— Irado demais. Que tipo de arma é essa aí? — perguntou Owen.

— É uma Lee-Enfield número 4. Atirei uma vez com uma dessas quando era criança. Era de um amigo canadense do meu pai. Essa aqui é velha. Estão vendo o tanto de arranhões no cabo e como a mira está gasta? É da Segunda Guerra Mundial, eu acho.

— Da hora. Me mostra como se usa?

Heather refletiu a respeito. Tom teria dito não. Mas, caso alguém a ferisse ou matasse e as crianças ficassem com a carabina, precisariam saber o que fazer.

— Vocês dois, venham aqui. Como eu disse, só passei uma tarde na vida com uma Lee-Enfield, mas a maioria das carabinas com ferrolho funciona do mesmo jeito. É bem fácil, na verdade. Vou mostrar como se faz.

Ela tirou o ferrolho e removeu o tambor. Parecia não passar por uma manutenção havia anos. Precisava de óleo, e a madeira de nogueira estava trincada, mas Heather limpou da melhor forma possível.

Mostrou como carregar a arma, como ejetar os cartuchos usados, como mirar, como apoiá-la no ombro e como atirar.

— Vai dar um coice, então se preparem para isso quando puxarem o gatilho, mas não tenham medo, e não precisa puxar o gatilho com tudo, tem que ser *suave*.

— Quem ensinou tudo isso para você? — quis saber Owen, curioso.

— A minha mãe e o meu pai eram do Exército — respondeu Heather, sem comentar nada sobre o colapso mental do seu pai e a consequente dispensa médica.

— Eles foram para guerra e tudo? — perguntou Owen.

— Foram.

— Algum deles matou gente?

— Ã-hã.

— Já que a gente tem uma arma, será que daria para ir até a balsa e meio que sequestrar ela? — perguntou Owen.

— Talvez. Acho que ela foi amarrada do outro lado do canal, mas vou verificar hoje à noite.

— Estou com fome — disse Olivia.

— Estou com sede — disse Owen.

— Eu sei — respondeu Heather.

Não havia mais nada a ser dito.

Ela pegou o maço de cigarros; seu próprio maço que agora estava de volta às suas mãos. Acendeu um com o isqueiro.

— Posso dar um trago? — perguntou Owen.

— Não.

— Por que não? Você está fumando.

— É aquilo que os pais sempre falam para os filhos: faça o que eu digo, não faça o que eu faço.

Silêncio.

Uma lagoa de céu azul. Um oceano verde. E aquele sol derramando incontáveis fótons no vale triste, amarelado e murcho no extremo norte da ilha Holandesa.

Owen estava olhando para as árvores.

— Lembra o que falaram para a gente em Uluru? Que um único eucalipto de pé pode ser evidência de uma fonte de água subterrânea. E aqui tem quatro.

Eles olharam para as árvores.

— Elas têm que beber de algum lugar — disse Olivia depois de um tempo.

— Esperem aqui na sombra que eu vou ver o que encontro — propôs Heather.

— Eu vou junto. Dois olhos são, tipo, literalmente melhores do que um. Quer dizer, quatro olhos são melhores do que dois — disse Owen.

— Vou ajudar também! — anunciou Olivia.

Foram até a base da maior árvore. Era velha, escurecida e castigada pelo tempo; toda a casca havia caído do tronco, e os galhos mais baixos se desfaziam ao toque. No entanto, não estava morta — havia folhas nos galhos mais altos.

O solo ao redor era seco, vermelho e coberto por rochas grandes e pedras brancas menores. Pequenos tufos de grama afiada cresciam nas partes onde a terra era mais marrom.

Heather se agachou, enfiou dois dedos no solo, pegou um pouco de terra e analisou. O montinho se desfez na sua mão.

Olivia a observava. Agarrou uma mãozada de terra e a segurou contra a luz.

— Como se parece uma nascente? — perguntou.

— É um pouquinho de água borbulhando — respondeu Heather. — Mas não estou vendo nada assim. Deve ser mais fundo. Talvez muito fundo.

No livro que Olivia estava lendo, *Dark Emu*, havia uma passagem sobre como os aborígenes cavavam poços profundos até encontrarem aquíferos no deserto. Embora a Austrália fosse um continente seco, havia chovido ali por centenas de milhares de anos, e a água tinha se acumulado no subterrâneo em camadas de rocha. Talvez houvesse um desses aquíferos onde eles estavam agora.

— Vamos continuar procurando — disse Heather. — Essas marcas de mão na rocha significam que as pessoas vinham aqui antigamente.

Owen estava dando voltas na árvore em círculos cada vez maiores em busca de qualquer sinal de água.

— O que foi isso? — disse Olivia.

— O que foi que você ouviu? — perguntou Heather.

— Os cachorros estão vindo para cá.

— Talvez a gente tenha que continuar logo — disse Heather.

Olivia cavou fundo no solo e tirou um monte de terra. Quinze centímetros abaixo era ainda mais seco que na superfície.

Heather pegou a carabina das costas e ajudou a tirar terra enquanto Olivia cavava com as duas mãos feito um labrador.

Owen se juntou a elas, pegou bastante terra na mão e a esfarelou com os dedos.

Para duas crianças cujo pai tinha sido assassinado e que estavam com medo, famintas e com sede, estavam se saindo muito bem.

— Parece úmido? — perguntou Heather.

— Parece a base de bolacha de uma torta.

Heather deu um sorriso.

— Parece, não é?

Enquanto Heather vigiava, eles continuaram cavando, mas o solo parecia ficar cada vez mais seco.

— Qual a profundidade dessas raízes? — perguntou Olivia.

— Sei lá. Dezenas e dezenas de metros? Não tenho certeza — respondeu ela enquanto olhava para a meseta.

Agora Heather conseguia ouvir os cachorros.

Pegou o binóculo e viu uma moto vermelha.

A pouco mais de um quilômetro e meio.

— Tá bom, deixem a água para lá, pessoal. A gente tem que sair daqui.

— Acho que não consigo ir muito longe. Estou com cãibras nas pernas — disse Owen.

— Eu sei, meu amor, mas a gente tem que ir.

Nenhum dos dois tinha muita força para discutir. Havia dois dias que não comiam. Tinham bebido pouquíssima água. O sol continuaria lá no alto por mais quatro ou cinco horas antes de se pôr no continente.

Ou talvez ali fosse travada a batalha final, num morro com vista de 360 graus da ilha e com uma carabina.

— Será que a gente consegue resistir contra eles daqui? — perguntou Owen, estranhamente ecoando os pensamentos de Heather.

— Não por muito tempo.

— Como é matar uma pessoa? — perguntou Owen.

— Não sei. Nada bom, eu acho — respondeu Heather.

— Papai é um assassino também — disse Owen. — Mentiroso e assassino.

— Foi um acidente. É diferente — retrucou Heather.

Ela olhou para o terreno e meneou a cabeça. Não, nada de batalha final. Aquela gente poderia muito bem cercá-los com os veículos, e não havia onde se esconder direito, apenas quatro árvores altas. Eles tinham que sair dali.

Ela viu a pequena moto de trilha se mover pela grama esbranquiçada, vindo por um caminho que inevitavelmente traria Kate, sua espingarda e todos os O'Neill a tiracolo.

— Lembra o que o guia falou para a gente em Uluru? Esse aqui não é o sinal para "cacimba"? — perguntou Owen.

Ele estava apontando para o desenho de um círculo dentro de outro no paredão de rocha que se erguia entre as árvores.

— Tem razão! — disse Olivia.

— E isso aqui é o quê? — perguntou Owen.

Perto das marcas de mão havia uma camada grossa de musgo crescendo na pedra.

— É musgo — disse Heather.

— Está se mexendo — disse Owen.

— Como assim "se mexendo"? É impossível estar se mexendo.

— Está se mexendo com o vento.

— Tem alguma coisa atrás?

Owen cavou ali com os dedos.

— Acho que tem tipo um buraco ou algo assim aqui atrás.

Heather foi para onde ele apontava e, de fato, debaixo do musgo, havia um buraco com pouco mais de meio metro de largura cheio de pedras e terra.

Ela arrancou tudo e encontrou o que parecia ser uma entrada estreita.

— O que é isso? — perguntou Olivia.

— Acho que é uma mina, uma caverna, sei lá. Esperem aí.

Ela removeu mais terra e engatinhou para dentro de um túnel estreito. Mal dava para considerar aquilo uma entrada; quase não tinha largura suficiente para se espremer por ali. Já havia sido maior, mas desmoronamentos e rochas caídas fecharam a passagem.

Ela se esforçou para passar pela entrada, e o túnel começou a ficar mais largo. Heather acendeu o isqueiro de Jacko e percebeu que era uma caverna natural, não uma mina.

Foi um pouco mais para a frente. Conseguia respirar, então havia algum tipo de ventilação.

O túnel tinha dez metros de comprimento, e agora Heather conseguia ficar de pé na terra arenosa. Era muito mais fresco ali do que lá fora, e as propriedades acústicas eram inusitadas. Quando deu a volta numa curva acentuada da passagem, ela viu que o chão descia drasticamente até o que parecia uma piscina de água. Isso explicava o frescor e a acústica.

Ela correu de volta e saiu engatinhando pela boca da caverna.

— É uma nascente! Tem água! Uma poça enorme de água!

— É potável? — perguntou Olivia.

— Só tem um jeito de descobrir! Venham comigo.

Ela acendeu de novo o isqueiro de Jacko, e as crianças a seguiram ao longo da passagem. Desta vez, Heather percebeu muitas outras marcas de mãos na parede, além de desenhos de animais. Fizeram a curva e desceram o declive. Havia espaço o suficiente para que ficassem tranquilamente de pé ao redor da poça.

— Parece suja — disse Owen.

— Acho que é só a luz — respondeu Heather.

Havia musgo e alguns insetos mortos boiando na água. Ela fez uma concha com as mãos e tomou um gole.

Era salina e mineral, mas com certeza potável. E fresquinha também, já que vinha de um aquífero rochoso profundo. Ela bebeu e sentiu a energia tomá-la de assalto. Bebeu de novo, e os seus músculos começaram a relaxar. Ela sentiu os tendões destravarem na parte posterior das coxas. Sentiu os dedos dos pés, as coxas e a ponta dos dedos das mãos.

Seu cérebro começou a desanuviar.

— Acho que é boa, crianças. Não vai ter o mesmo gosto da água engarrafada que vocês conhecem, mas dá para beber. Bebam. Devagarinho.

Hesitante, Olivia se inclinou para a frente e pegou um pouco de água com as mãos. Derramou na boca, olhou para Heather e sorriu.

— É boa! — disse ela. — Gostei.

Começou a levar mãozadas de água à boca.

— Cuidado, não bebe demais. Você não quer sobrecarregar o seu sistema — aconselhou Heather. — Isso, devagar, agora espera um pouquinho.

Olivia fez que sim e se recostou no chão da caverna com um sorrisão no rosto.

Até então Heather pensava que Olivia nunca mais sorriria.

— Estava incrível — murmurou a garota.

Heather se virou para Owen.

— Vamos lá, cara. Agora você.

— E se tiver cocô?

— É boa, bebe — disse Olivia.

Ele molhou o dedo e o lambeu.

— Dá para o gasto — falou Owen.

Heather sorriu.

— É gelado aqui embaixo. Estou até com frio, na real — disse Owen.

— Você nunca fica feliz, não é? — disse Olivia.

— Vou pegar as nossas coisas — falou Heather. — Vamos nos esconder aqui. Vou fazer uma fogueirinha e depois tentar deixar uma trilha de cheiro para os cachorros. Volto em uma hora.

Heather fez uma fogueira rápida com musgo e folhas de eucalipto para as crianças e voltou para fora. Pegou a carabina, o cantil e os colocou na entrada da caverna. Ajeitou o musgo em cima do buraco e correu pela charneca para longe da montanha. Tentando deixar o máximo de cheiro possível no chão, ela rolou na grama e correu até a praia. Deixou várias pegadas na areia e estava prestes a entrar na água quando o drone veio ziguezagueando do mar e a encontrou.

Ficou pairando três metros acima da sua cabeça.

Ela jogou uma pedrinha, mas só conseguiu que o aparelho se mexesse um pouco.

Não ia levá-lo direto para a caverna e não tinha como despistá-lo naquela maldita praia.

Ele zumbia e acelerava lá em cima.

Heather conseguia até imaginar Matt vendo-a através do notebook, do celular ou de qualquer que fosse o dispositivo que ele usasse para controlar aquilo ali.

Ela se sentou na areia e olhou para o drone.

Não ia entrar em pânico.

Ia pensar.

Aquelas quatro hélices deviam requerer muita energia para manter o aparelho no ar. E a bateria não podia ser tão grande. Por quanto tempo uma daquelas coisinhas aguentava ficar lá em cima sem precisar recarregar?

Ela não fazia ideia. Uma hora? Vinte minutos?

Devia ser algo próximo da última alternativa.

O drone olhou para ela.

Ela olhou para o drone.

Devia ser um voo de pelo menos dez minutos até onde Matt estava com os cachorros. O aparelho já estava ali fazia cinco. Se não quisesse perdê-lo, Matt teria que levá-lo de volta logo.

Matt cometeu um erro ao se mostrar assim. Ele deveria ter mantido o drone muito mais alto e a seguido do céu pelo tempo que conseguisse.

Ela sorriu para a câmera.

— Como se chama um bumerangue que não volta?

O drone balançou ao vento.

— Uma vareta — disse Heather.

O aparelho voou em sua direção. Ela desviou, ele subiu no ar e foi para o sul.

— Ele já deve ter ouvido essa antes — murmurou ela enquanto entrava no mar.

Nervosa, ela nadou cerca de duzentos metros para o norte e, com todo o cuidado, voltou para a praia por cima das pedras. Tinha sido poupada pelos tubarões.

Ela pegou o caminho mais longo de volta e fez um desvio ainda maior até a entrada da caverna.

Os cachorros definitivamente estavam chegando. Perderiam um tempão na praia.

Aquele pequeno desvio talvez garantisse algumas horas para ela e as crianças. Talvez até a noite. Era o que Heather esperava.

Ela entrou na caverna.

— Crianças?

Nenhuma resposta.

— Crianças!

— A gente está aqui. É você, Heather? — disse Olivia, virando a curva com a carabina nas mãos.

— Sou eu.

Eles se sentaram juntos na beira da poça, esperaram e ficaram vendo as brasas do fogo enquanto o tempo, como uma flecha prateada, continuava em direção ao fim do universo.

Não conseguiam ouvir cachorros, pessoas nem nada.

Os O'Neill podiam estar ali em cima ou a quilômetros de distância.

Eles esperaram. E esperaram mais. Esperaram na areia da poça em silêncio.

Era como um daqueles filmes com submarinos. Homens dentro de uma lata à espera de que algum navio lançasse um míssil subaquático...

Finalmente, quando achava que já haviam se passado três horas, Heather saiu rastejando da caverna com a carabina.

O sol estava se pondo.

Não havia sinal de ninguém.

Ela ficou ouvindo.

Nenhum grito.

Nenhum cachorro.

Ela analisou o horizonte com o binóculo. Ninguém. Voltou para a fonte subterrânea e contou para as crianças que estavam seguros pela noite. Aquela gente voltaria amanhã. Os cachorros não seriam enganados com tanta facilidade pelo nado de Heather e com certeza os encontrariam amanhã.

Mas isso significava que tinham aquela noite.

32

O sol estava se pondo no terceiro dia, mergulhando numa labareda efervescente de vermelho e dourado. Afundando-se sobre as pessoas em seus carros, casas, restaurantes e bares; os ricos e os pobres, os fugitivos, os procurados, os indigentes e os perdidos.

Acima deles, as primeiras estrelas começavam a aparecer.

— A gente precisa de comida, Heather — disse Owen baixinho.

— Eu sei.

Ela tirou os tênis e os entregou a Olivia.

— O que você está fazendo? — perguntou a garota.

— Vou escalar essa árvore o mais alto que conseguir e dar o meu máximo para pedir ajuda pelo rádio.

— Essa árvore? — perguntou Owen.

— É.

— Não sei se é assim que rádios funcionam. Vi isso tem pouco tempo no dever de casa de ciências. Não precisa escalar árvore nenhuma. Acho que ondas de rádio ricocheteiam na atmosfera. Você teve aula de física, Heather?

Na ilha de Goose, Heather estudou, *sim*, física por alguns dias com a mãe na sala de aula do estacionamento de trailers. Os janelões de lá tinham vista para além do estuário de Puget, até as montanhas cobertas de neve do Parque Nacional Olympic. Ela não absorveu absolutamente nada. Sua mente passou o tempo todo passeando através da neve, em meio à chuva, reconhecendo pegadas de pumas, ursos-pardos, alces e veados-orelhudos.

Ela nunca aprendeu nada sobre ondas de rádio ou como transmissões funcionavam. Na verdade, foi reprovada em física no vestibular. Um colega na Faculdade Comunitária do Sul de Seattle a chamou de "simplória" uma vez. Mas Heather sabia que não era "simplória". Ia bem nas coisas de que gostava. Acertou todas as questões de biologia e botânica. Até mesmo aqui, do outro lado do mundo, conseguia identificar os pássaros-lira e os pássaros-jardineiros. Uma pardela-de-cauda-curta sobrevoava a montanha à sua esquerda, o mesmo tipo de ave que tinha visto tantas vezes no estuário.

A pequena pardela a consolou.

— Vou escalar mesmo assim. Tentar mais uma vez não faz mal nenhum.

— Acho que é uma boa ideia — concordou Olivia.

Heather olhou para ela. Olivia a olhou também. A boca da garota se abriu num sorriso encorajador. A relação das duas havia mudado entre o crepúsculo de ontem e o de hoje.

Heather escalou até metade do grande eucalipto e ligou o walkie-talkie.

— S.O.S. S.O.S. O meu nome é Heather Baxter, estou na ilha Holandesa, em Victoria, Austrália, e preciso de ajuda o mais rápido possível! — disse para o aparelho.

Esperou por uma resposta, mas só ouviu estática.

— O que eles falaram, Heather? — gritou Owen.

— Nada ainda.

O vento soprava entre as folhas. A casca preta se desfazia sob as suas unhas. Era bom estar numa árvore naquele pequeno bosque. Árvores eram irmãs mais velhas; transformavam luz do sol em comida; eram portais para outros lugares.

Ela apertou o botão de novo.

— Se tiver alguém ouvindo, por favor, chame a polícia. O meu nome é Heather Baxter, estou na ilha Holandesa em Victoria, Austrália. O meu marido, Tom, foi assassinado aqui pelos membros da família O'Neill. Eu escapei e estou me escondendo pela ilha com duas crianças, Owen Baxter e Olivia Baxter. A gente está correndo muito perigo. Por favor, mande ajuda.

Ela repetiu a mensagem várias vezes e esperou uma resposta, mas não havia nada além de ruído branco.

Tentou todos os nove canais.

O monitor de bateria do walkie-talkie mostrava apenas duas barrinhas de quatro. Era melhor economizar.

— Crianças, alguém aí sabe qual é o canal de emergência do rádio?

— Nos Estados Unidos, os caminhoneiros usam o nove para emergência — respondeu Owen.

Ela sintonizou no canal nove.

— O meu nome é Heather Baxter. Estou na ilha Holandesa. Preciso de ajuda. Preciso que alguém chame a polícia e me ajude. Por favor. A minha vida está em perigo. O meu nome é Heather Baxter, sou dos Estados Unidos e estou na ilha Holandesa, perto da cidade de Melbourne.

Uma voz rompeu a estática.

— Heather, é você?

Ela agarrou o tronco para não cair.

— Matt?

— É o Matt... você, Heather?

Ela não sabia se deveria responder ou não.

— Heather... ainda está aí?

Ela deixou que a estática respondesse.

— Heather... deve ter achado um dos nossos walkie... Não sei se você está me ouvindo... tem só meio watt... é um aparelho recarregável de uma loja qualquer em Bunnings... ver o alcance atrás — disse Matt.

Sua voz atravessava a tempestade de estática em fragmentos.

— E daí? — disse ela.

— ... para o seu azar, transmissores de meio watt só... alcance de um quilômetro no máximo no... ninguém vem ajudar você.

— Vou tentar mesmo assim — disse ela.

— ... precisa conversar... papo sério sobre o Tom — disse Matt antes de a sua voz desaparecer na estática.

Ela apertou o botão.

— O que é que tem o Tom? — perguntou Heather. Estática. — Matt? — Estática. — Matt?

Nenhuma resposta.

Heather esperou e esperou, mas agora havia apenas chiados em todos os canais.

A luz que indicava a bateria começou a vacilar, então ela desligou o aparelho e desceu da árvore. Agora eles iam saber que ela matou Jacko. De que outra forma teria conseguido aquele walkie-talkie? E por que ele não havia aparecido na fazenda?

— Transmiti a nossa mensagem, espero que alguém tenha ouvido — falou para as crianças.

— Estou me sentindo meio mal — disse Owen.

Os dois estavam famintos. As crianças tinham bebido água, mas fazia quase três dias que não comiam nada. *Comida.* Ela precisava arranjar comida para os pequenos. Nuvens escuras se aproximavam.

Entregou para Owen o panfleto que tinha encontrado na prisão e amassado no bolso traseiro.

— Isso aqui junto com os gravetos vai ajudar a fazer o fogo pegar. Vamos arrumar folhas e madeiras para reconstruir a fogueira. Acho que vem uma tempestade aí.

33

A chuva martelava tão forte o telhado de ferro corrugado que a acordou. Carolyn sentiu um calafrio. Tinha caído no sono. A televisão grande estava com a imagem congelada à sua frente. Ela não lembrava qual era aquele episódio. Janeway estava recebendo um relatório dos oficiais da *Voyager* sobre algum problema que encontraram. Aquela imagem pausada provavelmente seria o suficiente para Heather saber qual era. O conhecimento que ela tinha de *Star Trek* era enciclopédico.

Será que o marido de Heather conhecia esse lado dela? O lado nerd, divertido e fã de ficção científica? Heather não tinha respondido à mensagem anterior de Carolyn sobre *Voyager*. Talvez estivesse tentando diminuir essa faceta sua para se transformar numa perfeita esposa de médico. Talvez cada pedacinho remanescente da ilha de Goose começasse a desaparecer até que chegaria uma hora em que a velha Heather sumiria para sempre.

Carolyn remexeu no carpete até encontrar o café e o *vape*. Apertou o botão, a luz piscou, e ela tragou o óleo orgânico feito a partir da maconha cultivada pelas suas próprias mãozinhas ali mesmo, na ilha de Goose. Ela vendia o produto para lojas de maconha medicinal por duzentos dólares cada trinta gramas. Tinha uma quantidade altíssima de THC. Ela tossiu por alguns segundos e então bebericou o café frio.

Percebeu que havia uma nova mensagem de voz no iPhone.

Ouviu.

— Olá, esta é uma mensagem para Carolyn Moore — disse uma moça australiana. — Carolyn, aqui quem fala é Jenny Brook, sou uma das representantes do Congresso Internacional de Medicina aqui em Melbourne. Um dos nossos palestrantes é o Dr. Thomas Baxter. Ele deixou a esposa como contato de emergência e ela deixou você. Os Baxter não estão atendendo o telefone, e pensamos na possibilidade de eles terem ido para o interior de Victoria ou quem sabe algum lugar sem Wi-Fi. Precisamos que o Dr. Baxter faça algumas coisas e gostaríamos que ele nos ligasse. Obrigada.

Com certeza ainda estavam naquela vinícola chique.

Ela ligou para Heather e caiu direto na caixa postal.

Será que Heather tinha se metido em algum tipo de problema?

Mas, mesmo assim...

Estava escuro lá fora. Melbourne ficava dezessete horas à frente de Seattle, dá para acreditar?

Carolyn decidiu que iria dormir para pensar melhor e, quem sabe, tentar falar com ela de manhã.

Se não conseguisse, ligaria para a tal representante na segunda ou na terça. Heather e Tom deviam ter o direito de passar o fim de semana comendo comidas gourmets e bebendo vinhos caros sem que a polícia fosse envolvida.

34

Sua barriga roncava.

Heather pendurou a carabina nas costas. Passou um cadarço pelo buraco no cabo do facão e o prendeu ao cinto da calça.

Seguindo para o sul, ela atravessava a charneca.

O corte no pé não incomodava muito. O nariz, sim. A mandíbula também. O ombro doía pra caramba. Todo o resto dava para o gasto.

A temperatura havia despencado. Ela viu um raio atingir a torre de uma igreja lá no continente.

A silhueta de uma igreja, de uma cidade, da civilização, de pessoas.

Um, dois, três, quatro, cinco, seis, sete, oito, nove, dez, onze, doze, treze, catorze, quinze...

Ouviu-se o rugido baixo de um trovão, o que significava que a tempestade estava a uns cinco quilômetros para oeste.

As nuvens pretas se estendiam ao infinito para o sul. Até onde ela sabia, a cauda dessa frente baixa podia muito bem ir até a Antártida. Talvez trouxesse granizo e neve. Quer dizer, isso se nevasse na Austrália. Ela não fazia ideia. Tom saberia. Ele tinha lido tantos livros; deve ter passado por algum que abordasse uma situação exatamente como aquela.

Mas aqueles filhos da puta o mataram.

Ela se afastou da fazenda e andou pelo mato até as dunas onde as pardelas faziam ninho. Não havia lua no céu. Vênus estava lá em cima. A Terra tinha dado uma volta em seu eixo, e o grande mar de estrelas no sul começava a dar as caras. O Emu. A cauda do Canguru.

Luzes à direita. A cerca de quinhentos metros. Provavelmente Kate dirigindo o quadriciclo em seu encalço.

Com o crânio na cabeça.

Com faróis acesos.

Pode me encontrar agora, pensou Heather. *Estou pronta.*

Abro um buraco na noite só para você.

Subia um ar gelado do chão. Insetos cantavam na grama. Grandes mariposas volteavam as colunas estreitas de luz das estrelas.

Estrelas de outro tempo.

Ah, se pudesse usar a luz desses corpos celestes para voltar dois dias.

Vou levar todo mundo para o passado e quem vai dirigir sou eu.

Ou ainda mais para trás, e aí o Tom viajaria sozinho para a Austrália.

Ou talvez mais ainda, para que pudesse avisar o mundo do 11 de Setembro com um desenho feito de giz de cera, e então não haveria guerra e o seu pai não teria ido para o Iraque.

Kate passou dirigindo. Heather a deixou ir.

Seguiu pela paisagem noturna, fazendo arte evanescente na grama, assim como aqueles artistas que sua mãe adorava, Andy Goldsworthy e Liza Lou. Seus pés seguiam os pés da mãe através do bosque e entalhavam linhas de ley nas folhas de pinheiro da ilha de Goose e no caniço-branco da ilha Holandesa, sob a lua, sob aquela lua escura sempre presente, celebrando as oferendas e vigiando os humanos bem lá embaixo.

Heather levou uma hora para chegar à costa sul. Ela reconheceu o chamado das pardelas, encontrou as tocas e pegou uma dúzia de ovos dos buracos. Enrolou-os na sacola de compras em que Jacko guardava as munições da .303.

Enquanto atravessava uma das estradas da ilha, viu uma coisa, algo morto, lá adiante no asfalto, quase na vala ao lado da via. Era um coala. Ainda não estava com cheiro ruim, e as moscas não formavam uma horda escura. Ela o arrastou para fora da via, cortou a cabeça com o facão, estripou-o e o esfolou. Guardou o fígado, o coração e os pulmões. Fez uma bolsa com a camiseta, guardou os ovos e a munição ali e colocou as partes do animal na sacola de compras.

Voltou de sutiã e jeans. A terra tinha mais a oferecer. Sabia que a chuva se aproximava. A terra sonhava em se tornar solo fértil.

Uma única gota caiu no seu braço.

Ela analisou o céu.

Estava roxo-escuro e logo batizaria e limparia o chão.

Claro que a chuva viria depois de terem encontrado uma fonte de água.

Ela se aproximou da caverna à procura de sinais de vida, mas não viu nada. Tinha recolocado o musgo sobre a entrada da passagem, mas, caso alguém chegasse perto de verdade, conseguiria ver a fumaça azul da fogueira saindo pela boca do esconderijo. Mas seria preciso estar a menos de dez metros.

A caverna os esconderia dos humanos, mas Heather sabia que não enganaria os cachorros. Eles estavam apenas começando. Iniciariam pela praia ao amanhecer e, com o passar do tempo, seguiriam o rastro até ali.

Ela moveu o musgo e entrou na caverna.

— Consegui comida.

— Trouxe o quê? — perguntou Olivia.

Heather sabia que a garota jamais comeria coala.

— Não sei... Foi atropelado por um carro. Um vombate, talvez? E ovos.

O fogo estava bom. Os galhos de eucalipto e as folhas eram tão cheios de óleo que davam vida a uma labareda amarelada que iluminava a caverna inteira. Ela adicionou mais alguns galhos, e, depois de alguns minutos, tinham uma chama de respeito. Eles se aqueceram e aproveitaram a luz. Carvão era melhor para cozinhar do que o fogo em si, mas não dava para esperar a noite inteira.

Ela cortou a carne a os órgãos internos do coala e os espetou em galhos de eucalipto. Fez um tripé com outras varetas e colocou a carne perto do fogo. Os ovos foram fritos um por vez na lâmina do facão, para que nenhum fosse desperdiçado. Eles deram sorte. Em algumas semanas, os ovos das pardelas conteriam mais que embriões, mas, por enquanto, pareciam ovos de galinha e tinham o mesmo gosto. Olivia empilhou os ovos fritos numa pedra fina e plana enquanto Owen virava a carne.

Comeram com as mãos.

A carne era gordurosa e dura e tinha um gosto forte e azedo. Cada mordida era desagradável. Mas estavam famintos, então devoraram tudo. Os ovos estavam bons. E beberam água até se fartarem.

— É a melhor água que eu já tomei — disse Owen.

Heather teve um lampejo de memória súbito e acalentador do breve tempo que passou na reserva com a avó. "Ča'ak" era a palavra em makah para "água". Sua avó pronunciava como "wa'ak", que era como os indígenas da ilha de Vancouver falavam também. Era o único termo em makah de que se lembrava.

— Wa'ak — sussurrou consigo mesma para ver se traria magia.

Fechou os olhos e sussurrou de novo:

— Wa'ak.

Nada de magia, mas o fato de terem comida e continuarem vivos era feitiçaria suficiente.

Owen balançou o panfleto que ela havia trazido da prisão.

— Pode pegar isso aqui de volta. A gente não precisa jogar no fogo. São praticamente só fotos de uma prisão bem merda, mas tem algumas informações sobre a ilha.

— Sério? Lê para a gente? — disse Heather.

— Tá. "A antiga Prisão Federal McLeod, inaugurada em 1911, foi fechada em 1989 por causa dos custos crescentes" — leu Owen em voz alta. — "A instalação agora será transformada em museu. Foi a última prisão em uma ilha da Austrália, embora haja certa controvérsia a respeito de a ilha Holandesa ser, de fato, considerada uma ilha. Durante a maré viva, a costa leste revela um perigoso istmo, que já foi local de diversos naufrágios fascinantes."

— Olha, tesouros no fundo do mar — disse Olivia.

— "A ilha Holandesa era considerada uma das prisões mais severas da Austrália para criminosos perigosos" — continuou Owen. — "Ao contrário da ilha do Diabo, na Guiana Francesa, e de Alcatraz, na Califórnia, nenhum prisioneiro jamais escapou da ilha Holandesa."

— Você disse que *ninguém* jamais conseguiu escapar da ilha Holandesa? — perguntou Olivia.

— Quem sabe vamos ser os primeiros — disse Heather.

— A gente esteve em Alcatraz quando visitou São Francisco. Lembra, Olivia? Sabe quantas pessoas fugiram de Alcatraz, Heather? — indagou Owen.

— Não.

— Três. Ou talvez nenhuma, dependendo se elas se afogaram ou não.

— Papai dizia que se afogaram — relembrou Olivia.

— Elas escaparam, pode ter certeza. E a gente também vai. E, por falar em maré viva, quer me ajudar com o dever de astronomia? — disse Owen com um sorriso enquanto pescava um pedaço todo amassado de papel do bolso da calça cargo.

Olivia deu risada.

— Nossa, você ainda está com isso aí? O professor Cutler vai ficar impressionado.

— Será que ele aumenta o meu prazo? — disse Owen, rindo junto com a irmã.

— Me deixa ajudar — ofereceu Olivia.

E as crianças se sentaram juntas e começaram a recitar os planetas e as fases da lua.

Heather bocejou e se deitou no chão da caverna.

Ouviu os estalos do fogo, a conversa das crianças, e o sono veio de um jeito que nunca vinha em Seattle, mas como tinha vindo nas montanhas do Parque Nacional Olympic quando ela era criança.

35

A neve caía como folhas de chá derramadas de um velho baú de lata. Caía na montanha, no bosque e nas samambaias recém-nascidas. Caía nos rastros deixados por corças perto do rio que só ela tinha visto.

As mochilas continuavam com cheiro de querosene. Ela gostava. Estava até meio inebriada. Pelo cheiro, pelo bacon, pela banha e pelo açúcar no café do desjejum.

Estavam a pouco menos de um quilômetro do cume que haviam observado na noite anterior.

Nas profundezas da floresta agora. Avançando através das enormes árvores jurássicas com nomes saídos de contos de fadas: espruce-de-sitka, abeto-de-douglas, tsuga, bordo-de-folhas-grandes, choupo-preto.

Um cardeal chilreou um aviso. Um corvo os observava com indiferença.

Alcançaram o cume e se acomodaram para esperar. Estavam escondidos atrás das samambaias e de um gigantesco tronco de carvalho caído no sub-bosque como um deus morto. Líquen envolvia o carvalho como o vestido de uma madrinha cor de esmeralda, e a neve soprada de lado na montanha o transformava pouco a pouco no vestido da noiva em si.

Seu pai tirou a mochila das suas costas e a ajudou a entrar num saco de dormir de bivaque.

Ele largou a Mossberg e a Winchester.

Não falavam. Eles se comunicavam por sinais. Os dois eram, para ela, como prisioneiros de guerra fugitivos que não queriam se entregar num país inimigo.

Ela estava bem aquecida no saco e com seu velho casaco, o gorro que o pai usava no Exército e as quatro luvas de pele que a mãe tinha feito no verão passado.

Deitou-se de bruços e observou o rebanho de alces subir aos poucos pelo vale na direção deles. Seu pai lhe ofereceu os binóculos, mas ela fez que não com a cabeça.

Um falcão voava em círculos lá no alto, com as asas da cor do carrinho vermelho que ela teve quando era criança.

Seu pai verificou as armas.

A espingarda Mossberg era para ataques de urso. Estava carregada com chumbo fino, grosso e balotes numa sequência crescente de letalidade.

A Winchester modelo 70 de tiro único estava na família desde antes da guerra da Coreia.

Os alces estavam mais perto agora. Ela tirou as luvas e pegou a espingarda.

Olhou pela mira, e os animais ficaram surpreendentemente perto. Carregou as balas .257.

Nivelou a arma e esperou. E esperou.

Estavam contra o vento e tão bem escondidos que os alces não faziam ideia do perigo. Os animais tinham um cheiro terroso e amendoado, e era possível ouvi-los bufando enquanto destruíam as samambaias e os musgos. Estavam falando um com o outro em grunhidos de baixa frequência, como faziam os elefantes.

Ela e o pai não estavam falando.

Não havia nada a ser dito.

Eles entendiam perfeitamente um ao outro.

Ambos sabiam que tudo era um teatro. Que ela não iria adiante. Era a segunda vez que ele a levava para caçar animais grandes. Ela era tão teimosa quanto ele.

Quando o enorme alce estava a pouco mais de vinte metros, ela mirou no coração e nos pulmões, que ficavam logo à direita daquela juba marrom. Moveu o dedo para o gatilho.

Manteve-o ali por um instante.

— Pá — sussurrou.

Acionou a trava de segurança da Winchester e a deixou na neve.

O pai pegou a arma e olhou pela mira.

— O grandão? — sussurrou ele.

— Isso.

Ela puxou o ferrolho para trás, removeu a .257 e a devolveu ao saco de munição.

Os alces ainda não faziam a menor ideia de que havia humanos a quinze metros.

Seu pai colocou uma capa na Winchester.

Parecia que ele enfim diria alguma coisa, mas, no fim das contas, não sabia muito bem como.

Ele havia sido sargento. Ela deduzia que isso significava dar ordens e esbravejar comandos, às vezes de forma extrema. Mas nunca o tinha visto gritar nem com o cachorro. Sua mãe também havia sido sargento, e ela, sim, era fácil imaginar dando ordens. Mas ele, não. Ele tinha deixado na guerra a desenvoltura para se comunicar.

Era ela que precisava falar.

— Foi mal se eu decepcionei você.

— Não! — respondeu ele. — Pelo amor de Deus, não. Está tudo bem. Você é uma pessoa muito boa. Fez a coisa certa.

Na volta, ela viu que os rastros de corça perto do rio haviam sido apagados com eficiência, como se nunca tivessem existido. A vida, ela imaginava, era assim: uma impressão fugaz perto de um pequeno córrego num grande bosque que logo desaparecia.

Enquanto dirigiam, ouviram Neil Young, Dolly e Willie.

Quando saíram da balsa, o sol já estava se pondo.

Das cabanas saía uma fumaça azulada de lenha. O alto de todas aquelas chaminés se comunicava em segredo com o céu.

Estava escuro quando entraram em casa.

O estuário era preto. Seattle cintilava ao longe.

Seu pai andava pensativo. Sua mãe sabia muito bem que ela faria isso de novo. "Deixa a menina", tinha dito ela.

— Vou falar com a sua mãe — disse ele. — É bem capaz de a gente conseguir carne tão barata quanto no mercado.

— Vai ser de graça também?

— Nada é de graça.

Entraram. Sua mãe tinha feito chili de acém. Ela já sabia. Nem disse nada. Só sorriu e deu um abraço em Heather. Mães.

Heather ajudou o pai a lavar a louça.

Ele pigarreou.

— Às vezes é preciso levar a luta até o inimigo. Mas ele não era nosso inimigo. Não era a hora dele.

— Não — concordou a garota.

Ele bagunçou o cabelo da filha. Ela sentiu a mão.

E estremeceu.

Acordou.

O fogo estava morrendo. Fazia frio.

Ela se sentou.

Respirou fundo.

— Heather, você acha que o papai está no céu? — perguntou Olivia.

— Acho — respondeu.

O pai de Heather dizia que não tinha ninguém olhando lá de cima para as pessoas. Nada de Deus, nenhum ancestral morto, zero anjo. Apenas médicos e paramédicos. Sua mãe dizia que nunca havia pensado nisso, mas a mãe da sua mãe, avó de Heather, havia contado histórias sobre o Grande Espírito, sobre os deuses da montanha, sobre a velha religião.

Ela tentaria fazer uma oração para todos eles.

Agarrou a carabina e se levantou.

— Aonde você vai? — perguntou Olivia.

— Os cachorros vão encontrar a gente amanhã se eu não der um jeito neles.

Olivia levou um segundo para processar o que isso significava, então fez que sim.

— Toma cuidado.

Heather lhe entregou o isqueiro.

— Não deixa o fogo apagar. Lenha de eucalipto queima bem.

— Tenta pegar mais comida? — perguntou Owen. — Mas não vombate. Acho que isso não foi feito para gente comer.

— Vou procurar outra coisa. Mantenham a entrada da caverna tapada.

— E se você não voltar? — perguntou Owen.

— Eu vou voltar.

— Mas e se não voltar?

— Nesse caso, você e a sua irmã se escondem até a polícia chegar. A polícia vai vir. Eu prometo.

Owen não falou mais nada. Caso a polícia não viesse, estariam mortos. Caso se entregassem para os O'Neill, estariam mortos.

Heather bagunçou o cabelo sujo do garoto e deu um abraço em Olivia.

— Cuida do seu irmãozinho, tá?

— Tá bom.

O carvão dos espetos de eucalipto havia deixado pretas as mãos dela. Ela as levou ao rosto e traçou uma linha escura na bochecha esquerda.

— Para que isso? — perguntou Owen.

— Assim vai ser mais difícil de me ver — respondeu Heather. Ela foi até a saída da caverna. — Não se preocupem. Daqui a pouco eu volto.

Ela saiu.

A prioridade era matar os cachorros.

Depois, veria o que podia fazer para atingir os O'Neill. Talvez, se conseguisse deixá-los abalados o suficiente, eles lhe entregassem a balsa.

Parecia improvável.

Mesmo assim, era hora de levar a luta ao inimigo.

36

Heather estava serena. Calma. Tão calma quanto o mar, quanto a grama e quanto aquelas árvores velhas. Pairava no agora do todo.
Ela esquadrinhou a montanha e a charneca com o binóculo de Jacko. Estava escuro. Praticamente nada se mexia. Nenhum coelho, nenhum vombate, nenhum coala sonolento. Apenas a silhueta branca e amarelada da triodia sendo embalada pela brisa. Ela olhou para os contornos da cidade no continente. O sol tinha se posto havia muito tempo. As luzes já não a interessavam como antes. Ela observou, sem emoção alguma, um enorme avião comercial dar uma grande volta sobre a península de Mornington e seguir para o norte, onde ficava o aeroporto.
Havia outros rastros de vapor lá em cima, indo de Melbourne para Sydney ou Perth.
Era outro universo, aquele mundo de aviões, carros, shoppings e policiais.
Um trovão retumbou no oeste.
Heather ajeitou a carabina nas costas, e o cantil cheio e o facão no cinto.
Andou a passos largos pelo terreno vazio.
Sob a Via Láctea. Sob o Cruzeiro do Sul.
Tinha comida e água na barriga.
Havia, *sim*, uma tempestade chegando.

A tempestade era ela.

Os O'Neill viviam numa terra sem Sonhos.

Nem conheciam a própria ilha.

Sim, Tom matou aquela pobre mulher.

Sim, ela mentiu e tentou esconder o que fez.

Mas isso era apenas uma transgressão em cima de outra transgressão.

A transgressão original era contra o povo que tinha vivido ali por mil gerações.

Ela andou.

E, enquanto andava, tocava música na sua cabeça. Todos os CDs antigos da mãe: Beatles, Stones, The Who, The Kinks.

O vento ficou mais intenso.

A temperatura caiu.

Estava perto agora.

A fazenda estava iluminada por postes e pelas luzes da casa. Ela ouviu música. Será que estavam celebrando? Eles certamente estavam ganhando a guerra de atrito. Será que já sabiam de Jacko?

Ela se deitou na grama e pegou o binóculo. Perscrutou a fazenda em busca dos cachorros e os encontrou acorrentados perto da varanda. Três cães juntos, roendo o jantar.

Soltou o binóculo e verificou o vento.

A brisa soprava do oeste, vinda do mar.

Ótimo.

Ela seguiu para o leste, dando a volta na fazenda para tomar bastante distância dos cachorros. Não iriam farejá-la, mas eram espertos e talvez a ouvissem. Não havia muitos outros mamíferos grandes ali na ilha Holandesa naquela noite.

Heather se aproximou do velho rolo compressor, tirou a carabina dos ombros e esperou no mato alto. Com o binóculo, observou o telhado com cuidado. Não havia ninguém lá naquela noite de vento forte. Ela analisou o pátio da fazenda, que também estava vazio. Ligou o walkie-talkie e prestou atenção. Nada em nenhum dos canais. As luzes estavam acesas na casa principal, mas não havia muita atividade nos outros lugares.

Ela se lembrou do que Rory tinha dito a respeito dos formigueiros atrás do rolo compressor. Do que iam fazer com Hans.

Talvez ela devesse...

Sim, devia.

Engatinhou até o formigueiro.

Algumas formigas desbravadoras começaram a lhe morder os tornozelos. Ela enfiou a barra do jeans dentro das meias.

Precisava saber.

Continuou engatinhando e não demorou para encontrá-los.

Os dois estavam mortos.

Petra tinha levado um tiro nas costas e sido jogada pelada no topo do formigueiro. Ela era um mar de corpos vermelhos em movimento. Hans estava logo atrás da esposa num montinho menor.

Soprava uma brisa constante do sudeste que embalava a lâmpada pendurada por um fio no meio do pátio. Os corpos de Hans e Petra eram iluminados e logo voltavam para a escuridão como se fosse um vídeo insano de uma instalação de arte.

As formigas haviam comido o rosto de Petra e estavam entrando na cavidade ocular branca como osso para consumir o cérebro dela.

O completo horror da cena a deixou sem fôlego.

Ela começou a chorar. Chorou convulsivamente, abraçou-se e chorou mais um pouco.

Secou as bochechas.

— Levei as crianças para uma caverna! Encontrei uma caverna — contou a Petra. — O que você fez valeu a pena. Deu certo. Obrigada.

Formigas começaram a morder os cotovelos de Heather.

Ela se arrastou para longe do formigueiro e esfregou os braços.

Estava prestes a voltar para a escuridão quando algo apavorante aconteceu.

Hans se mexeu.

37

Ela lutou contra o ímpeto de sair correndo e gritando.

Passou engatinhando por Petra até o montinho menor, onde estava Hans, preso no chão.

As formigas se agitavam no meio do cabelo dele. Seus olhos estavam fechados com força, ele havia colocado os lábios para dentro e balançava a cabeça para lá e para cá enquanto soltava ar pelas narinas numa tentativa de impedir que os insetos entrassem na sua boca. O cheiro era terrível. Ele havia defecado, e os O'Neill o espancaram. Ela olhou, horrorizada, e então rapidamente engatinhou até ele. Pegou o cantil, jogou água sobre sua cabeça e afastou as formigas do seu rosto. Tirou as formigas das suas orelhas, matou-as e as jogou para longe. Ela pigarreou e derramou água na garganta dele.

As formigas começaram a mordê-la na mesma hora. Suas pinças eram afiadas e incrivelmente doloridas. Hans devia estar agonizando.

— Hans, sou eu, a Heather.

— Heather?

— Não tenta falar. Vou tirar você daí — disse ela.

Deu-lhe mais água e limpou seu rosto e pescoço.

— As crianças?

— Estão vivas também. A gente achou uma caverna e água. Não fala. Só aguenta firme.

— Não. Heather. Saia daqui.

Os pulsos dele estavam amarrados com fios presos a estacas de barraca fincadas no chão. E os tornozelos também.

— Heather... você tem que ir embora.

— Guarda as suas forças. Não fala nada. A gente tem comida e água. Você vem junto.

— Você precisa sair daqui.

— É só eu conseguir tirar essas estacas...

— Sou um homem morto, Heather. É uma questão de horas... Abriram um buraco na minha barriga. Consigo sentir as formigas dentro de mim.

— Eu consigo salvar você. Não tenta falar mais nada! Eu consigo — disse Heather, engasgando enquanto, desesperada, puxava as estacas.

— Eu não conseguiria andar... nem dez metros.

— Eu consigo soltar você!

— E depois? — Ele olhou para ela. — A coitada da Petra está morta... Eu estou morto, mas... mas tem duas coisas que você pode fazer por mim.

— Fala.

— Você trouxe o canivete?

— Trouxe.

— Primeiro... preciso que você... corte o meu pescoço.

— Quê?

— Você precisa me ajudar... Estou fraco demais para fazer isso sozinho.

Ela meneou a cabeça.

— Não, por favor, qualquer outra coisa.

— Eu não tenho condições, Heather. Você... a artéria carótida... fica na lateral do pescoço. Com essa faca, você consegue perfurar e aí vai ser meu fim.

— Eu... Eu... Eu... não posso fazer isso.

— Preciso da sua ajuda. Por favor?

— Não.

— Eu seguro a sua mão... Guio você. Por favor?

Ela fez que não com a cabeça. Mas sabia que ele estava certo. Sua boca se abriu e um fraquíssimo "Sim" saiu.

Hans contou a segunda coisa que queria que ela fizesse. Parecia pior que a primeira. Ela concordou também.

Pegou o canivete e abriu a lâmina. Soltou o pulso direito dele do fio. Ele segurou a mão de Heather e a guiou até a artéria carótida que pulsava, fraca, no lado esquerdo do seu pescoço.

— Aqui — disse.

— Estou com medo — disse ela.

— Você está... com medo do quê?

— De matar alguém a sangue-frio.

— Heather, por favor, lembre-se de que... não é você... que está me matando. Eles me mataram. Eles são os assassinos.

Ela tentava não olhar diretamente para ele. Mas não conseguia evitar. O rosto de Hans era uma maçaroca de marcas de mordida, cascas de ferida e machucados.

— Por favor — disse Hans e empurrou a lâmina.

Juntos, cortaram o pescoço dele.

Ela desviou rápido do esguicho arterial e quase esbarrou na pobre Petra.

As formigas haviam comido o rosto dela, e partes do seu crânio brilhavam sob as lâmpadas incandescentes.

Levou menos de um minuto para Hans sangrar até morrer. Os dois voltaram a ficar juntos na morte.

Ela tremia e se permitiu chorar.

Respirou fundo e fez que sim para ele.

Um pensamento lhe ocorreu. Se Petra e Hans tinham sido jogados ali, por que Tom não estava em lugar nenhum? O que será que fizeram com o corpo dele?

Frenética, ela o procurou por um ou dois minutos, mas ficou óbvio que haviam feito alguma outra coisa com Tom.

Por quê?

Porque precisavam de Tom.

Porque iriam colocá-lo no carro junto com ela e as crianças mortas, lá no continente. Iam tentar fazer parecer um terrível acidente de carro. Lá longe, a uma grande distância daqui.

Iam desaparecer com o casal holandês, mas Tom precisava estar guardado em algum lugar. Sem sombra de dúvida, num freezer dentro da casa.

Ela meneou a cabeça.

— Essa história não vai colar, não é, Petra?

O legista australiano não seria enganado, certo? Cedo ou tarde, olharia por um microscópio e perceberia que as células de Tom haviam sido distorcidas pelo gelo. Gelo no coração em pleno verão da Austrália? Não fazia sentido. O legista ligaria para a polícia, que rastrearia os últimos passos da família condenada...

Ela fez que sim, taciturna, para si mesma.

Esse seria o plano B. Acabar com eles mesmo estando debaixo da terra. O plano A era acabar com eles agora. Era hora de pôr em prática a segunda parte do pedido de Hans. Já bastava de hesitação.

Ela puxou a estaca mais próxima que prendia Hans ao chão, a do pé esquerdo. Puxar e balançar, era assim que as removeria. Heather puxou a seguinte, que ficava ao lado, e, depois de algum esforço, conseguiu tirá-la também. Levantou a última estaca, a do pulso esquerdo. Hans estava pronto para ter sua cota de vingança.

38

De trás do muro, Owen olhava para a cobra. Tinha construído o muro dentro da cabeça, um muro com tijolos igual ao de *Minecraft*. Ele se escondia atrás do muro quando não queria lidar com as coisas. E no último ano houve muitas coisas com as quais ele não queria lidar. Owen não tinha lidado com a morte da mãe. Não tinha lidado com o fato de o pai ter conhecido Heather. Não tinha lidado com o casamento do pai com Heather. Não tinha lidado com a mudança de Heather para a casa deles. Não tinha lidado com a viagem para a Austrália e com o assassinato do pai. Não tinha lidado com eles três fugindo por aí de assassinos psicopatas dignos de *Mad Max*. E, acima de tudo, não tinha lidado com o fato de que tudo isso era culpa dele por se esconder atrás do muro e não dizer nada...

Os tijolos do muro eram feitos de blocos de cimento. Grandes blocos cinzentos de cimento que, em *Minecraft*, dava para mover com facilidade, mas que, na vida real, eram muito mais pesados. Ele deu uma olhada por cima do muro para o mundo real, para a vida real.

Sem dúvida, era uma cobra. O fogo deve tê-la acordado.

Cobras não incomodavam a menos que fossem incomodadas — se alguém pisasse nelas por acidente ou algo assim. Cobras deixavam as pessoas em paz; era o que todo mundo dizia, pelo menos. Cobras australianas não eram diferentes. Ele sabia muito a respeito de cobras australianas. Antes do voo, passou dias pesquisando sobre elas no celular e no computador. E não apenas leu a Wikipédia. Leu e-books e até comprou um livro na Amazon. Owen sabia que não era bom em esportes. Todos diziam que ele tinha "dificuldades de aprendizagem". Algumas crianças o chamavam de burro quando os professores não estavam ouvindo. Sua mãe e seu pai lutaram muito para que as escolas aceitassem o diagnóstico de TDAH, e agora ele tomava remédio e tinha mais tempo para fazer as provas. Já fazia três dias que estava sem medicação. Normalmente, quando dava um tempo da Ritalina e dos ansiolíticos, ele ficava nervoso e estressado, mas não estava se sentindo estressado agora.

Estava se sentindo OK enquanto via a cobra se desenrolar e rastejar até Olivia, que dormia. Tinha quase dois metros de comprimento e era de um amarelo-amarronzado. Nessa região de Victoria, só podia ser uma serpente-mocassim-cabeça-de-cobre.

Essa espécie tinha presas cheias de peçonha na frente da mandíbula. Ele se lembrava tim-tim por tim-tim do que o livro *Cobras da Austrália*, de Wallace, dizia sobre elas: "A peçonha é, pelos padrões australianos, apenas moderadamente tóxica. Mesmo assim, uma mordida não tratada pode matar um adulto com facilidade. Não existe antídoto para a peçonha da serpente-mocassim-cabeça-de-cobre."

Esse tipo de cobra já tinha matado crianças no passado. Elas comiam pequenas criaturas, como gambás e coelhos. De vez em quando, iam atrás de alvos maiores, como vombates e cangurus.

Será que uma menina dormindo parecia um vombate dormindo?

Talvez.

Ela era uma boa irmã. Na maior parte do tempo.

A cobra se enrolou em formato de oito. Levantou a cabeça.

"São tímidas e retraídas por natureza. Preferem fugir a lutar quando fugir é uma possibilidade", dissera o livro.

E fugir com certeza era uma possibilidade para essa cobra. Havia espaço mais que suficiente entre a fogueira e a parede da caverna. Não havia ninguém incomodando-a.

Ela devia ter ficado com muita fome ali embaixo.

Ele deduziu que, se Olivia fosse picada, seria culpa sua também.

Owen voltou para trás do muro e o aumentou um pouco mais.

39

Se tem uma coisa da qual os holandeses entendem é água.

Hans entendeu que a fazenda dos O'Neill tinha sido construída sobre um aquífero subterrâneo. Não havia rios nem lagos na ilha Holandesa, nenhum lugar para onde a água da chuva pudesse ir exceto de volta para o oceano ou para dentro daquelas camadas entre rochas. Os O'Neill andavam extraindo água dessa reserva havia décadas, e o poço já tivera que ser escavado ainda mais, porque a água original não era reabastecida. O poço em si já não era mais necessário, uma vez que a água era bombeada para uma cisterna. Mesmo assim, eles o mantinham.

Hans tinha visto tudo isso e sabia que era um erro.

Heather conferiu se a barra estava limpa. Enquanto as formigas continuavam a morder, ela puxou Hans pelos pés até o poço que ficava a quase dez metros de distância, no norte do complexo. Arrastou-o devagar e com cuidado, pois tinha medo de que os cachorros ouvissem ou ficassem interessados. Só escutou alguns latidos curiosos. Os cachorros talvez soubessem que havia alguma coisa acontecendo, mas ainda não estavam preocupados demais.

O poço era coberto com uma grade de ferro para impedir a entrada de pássaros e gambás. Largou Hans e levantou a grade. Não era pesada, e ela a colocou com cautela no chão. Sentiu outra gota de chuva pesada no pescoço.

Havia uma corda e um balde pendurados acima do poço para o caso de alguém querer beber água à moda antiga.

Era um nó duplo — nada naval ou requintado —, e ela o desamarrou em um minuto. Seu pai lhe havia ensinado uma dúzia de nós que tinha aprendido no Exército. Um lais de guia já bastaria. Era um modelo fácil de reproduzir no escuro. É só fazer um seis, o coelho sai do buraco, corre atrás da árvore e volta para o buraco.

Ela enlaçou os pés de Hans e o ergueu até a borda do poço. Usando a lateral do poço como uma alavanca parcial, abaixou-o. Seus ombros doíam e ela suava, mas a polia improvisada estava dividindo o peso pela metade através da força mecânica, o que, ela pensou, era um ramo da física. *Chupa, Owen.*

Abaixou e abaixou até que a pressão diminuiu e ela soube que ele estava boiando na água. Hans tinha ferimentos por todo o corpo, e, quanto mais seu cadáver boiasse lá dentro, maiores eram as chances de contaminar o suprimento de água dos O'Neill.

Outro pensamento lhe ocorreu.

O gerador da fazenda também estava contra o vento em relação aos cachorros.

Hummm...

Engatinhou até o gerador, que ficava quase no limite do complexo. Era um monstrengo enorme, mais que suficiente para a fazenda e as outras casas. Um motor diesel industrial com oitocentos quilowatts de potência. O estoque de combustível não podia estar muito distante.

Exatamente. O diesel era guardado em dois barris de plástico. Eram pesados demais para Heather virá-los, e o plástico era grosso e feito para resistir a animais. Uma mulher determinada com uma faca poderia levar uma noite inteira para fazer um furo.

Ela deu a volta nos barris, procurando por uma válvula de segurança ou algo do tipo, e, como havia imaginado, alguém tinha conectado uma bica a um dos recipientes para encher garrafões de combustível.

Heather deu duas pancadas firmes na torneira, e o diesel começou a escorrer para a terra. A noite continuava quente, e um pouco do líquido começou a evaporar. Era difícil incendiar diesel em forma líquida, mas o vapor era altamente inflamável. Heather devia ter trazido o isqueiro. Será que uma bala daria conta do recado? Teria que testar. A gasolina ficava ao lado do diesel num barril parecido. Ela abriu a válvula e deixou o combustível escorrer também.

Não ter diesel para fazer eletricidade significava que não seriam capazes de carregar o drone.

Não ter gasolina significava nada de quadriciclos, motos ou caminhonetes quando os tanques secassem.

Ela sabia que, até então, havia tido muita sorte. Ali não era lugar de arriscar ainda mais.

Desapareceu de volta no meio do mato e seguiu para o norte do complexo.

Começaram a cair gotas pesadas.

Os cachorros estavam amarrados no pórtico da varanda da frente. Três deles. Não eram exatamente cães de caça, mas com certeza havia algo de caçador naqueles animais. Ali, deitados, pareciam exaustos. Levantavam a cabeça de vez em quando na hora em que os mosquitos voavam para os mata-moscas e começaram a ganir quando a chuva ficou mais forte e mais gelada. Eram bons cachorros. Tiveram um ótimo último dia no planeta Terra.

Ela se deitou no chão e se acomodou.

Pegou a carabina nas costas.

Seu pai havia crescido caçando gambás e esquilos nos bordos-vermelhos e cornisos do condado de McCreary, no Tennessee, bem no limite do estado. Heather era filha única, por isso ele quis compartilhar com ela o conhecimento sobre armas, assim como o pai dele tinha feito. Embora ela jamais tenha se interessado muito, foi inevitável acabar absorvendo bastante informação. E, de fato, agora tudo aquilo tinha lhe voltado à mente. Estava voltando havia dias.

Sempre contra o vento. Sempre abaixada. Sempre em silêncio.

Uma vez introduzida à irmandade das armas, não tinha como esquecer. Ela fez um montinho de terra debaixo do cano, do jeitinho que havia aprendido com o pai. Firmou a terra e garantiu que o cano estivesse na horizontal.

E estava.

Encontrou uma posição confortável e analisou o alvo.

Uma brisa soprava do oeste para o leste, mas era fraca demais para fazer diferença a uma distância como aquela, de menos de cem metros. Talvez fosse um pouco mais; quem sabe uns cento e vinte. Ela olhou pelo binóculo e entendeu onde cada cachorro estava deitado. Abriu a mira de aço da Lee-Enfield e a fechou novamente. Não era necessário usar uma mira de longo alcance.

Havia algo tremeluzindo no seu campo de visão, uns quatro metros e meio à esquerda. Ela tentou ignorar, mas não conseguiu. Deitou a carabina e engatinhou até o objeto para cobri-lo de terra, e, quando chegou lá, descobriu que era uma velha lata de pêssegos meio enterrada, mas ainda fechada. Colocou na bolsa e voltou à posição.

Pegou a carabina e esperou até que parasse de se mexer e a mira ficasse imóvel.

— Desculpa — sussurrou e mirou no cachorro com uma mancha branca no focinho marrom. Era claramente o alfa. Ela mirou no grande flanco do animal. Ele estava dormindo. Ela apertou o gatilho, a carabina estalou e deu um coice, e o cachorro caiu e rolou na terra. Era muita poeira. O segundo cão se levantou e começou a latir. Ela puxou o ferrolho, e o cartucho de latão saiu com um *tchiiing*. Colocou outro cartucho .303 e, através da poeira, mirou no segundo cachorro, que tinha um ar agradável de dingo. Matou-o com um tiro que atravessou o pescoço.

Ela ejetou o cartucho e colocou outro .303.

Todas as luzes da casa haviam se acendido agora, e as janelas estavam sendo abertas.

Heather tentou mirar no terceiro cachorro, mas a poeira pairava no ar em colunas alaranjadas espessas em meio à escuridão, como uma foto de nebulosas tirada pelo Hubble.

Uma cabeça apareceu numa das janelas do térreo. Parecia ser de Ivan. Ele gritava para alguém no pátio.

Seria muito mais fácil acertar no torso dele que nos cachorros — um grande alvo parado de camiseta branca. Mas esse não era o plano, então ela o deixou para lá.

Havia uma agitação crescente nos arredores da casa agora. Gritos, berros e até alguns tiros aqui e ali.

Alguém começou a tocar um sino.

A chuva começou a cair.

Voltou a olhar para a varanda. A poeira enfim havia abrandado, e Heather mirou no cachorro. Ele latia feito doido. Acertou-o no peito e o matou instantaneamente.

Foi um trabalho sórdido, mas necessário.

Heather ejetou o cartucho e carregou mais uma vez. Pendurou a carabina no ombro e engatinhou os quase vinte metros até voltar à charneca.

A chuva estava gelada, pesada e deliciosa.

Talvez eles tivessem lunetas de visão noturna ou que detectassem imagens térmicas, por isso não era o melhor momento para ficar ali, de pé, e olhar toda orgulhosa o que tinha feito. Ela se preparou para ir embora, mas então Matt saiu da casa principal com seu cachorro, Blue. O cão começou a farejar o ar.

O vento havia mudado. Ela estava entre o litoral e a fazenda, e seu cheiro seria levado pela brisa refrescante.

Blue começou a latir.

Matt soltou o cachorro da coleira e gritou para que todos calassem a boca.

Blue foi direto para Heather.

Era um cão inteligente.

Ela gostou disso.

Quantas balas será que ainda tinha? Devia ter conferido. Um soldado sempre sabe esse tipo de coisa, era o que o seu pai teria dito.

Ela mirou na extensão do corpo do animal e colocou o dedo no gatilho.

O cachorro avançava mancando até ela o mais rápido que conseguia.

— Vai, Blue! — gritou alguém.

— Vai, rapaz, encontra essa piranha! — berrou Ivan.

Era um alvo muito menor, uma silhueta babona tentando correr em meio à poeira.

A cada segundo, a distância entre caçador e presa diminuía, o que facilitava o tiro, mas também indicava a localização de Heather.

Ela apertou o gatilho e errou.

O cachorro acelerou.

Ela puxou o ferrolho para trás, recarregou, mirou, atirou, e a cabeça de Blue explodiu. Ele continuou correndo por meio segundo antes de cair numa poça de sangue arterial e poeira.

Ela ouviu gritos no complexo.

— Ela atirou no Blue! Aquela piranha atirou no Blue! Peguem ela!

— Cadê ela?

— Está lá atrás do pneu!

— Lá onde?

— Seu bando de burros do caralho, é só atirar para todo lado!

O complexo inteiro estava reunido. Um tiroteio irrompeu de meia dúzia de espingardas.

Heather já estava em movimento. A carabina nas costas e o rosto na terra. Rastejava pelo solo rachado e vermelho e por pedras afiadas e conchas que as geleiras arrancaram das montanhas e largaram ali na ilha Holandesa durante um grande derretimento, milênios atrás. Ela rastejava mal encostando o corpo no chão para não levantar poeira e não parecer que havia um gênio da lâmpada passando por ali e deixando fumaça vermelha no ar.

Eles não desistiam.

Era noite, e os bárbaros *estavam* vindo.

A única questão era se os bárbaros eram eles ou ela.

Ela se arrastou até estar a uns cinquenta metros de onde tinha dado o último tiro.

Havia meia dúzia de homens furiosos gritando no pátio. Outros três atiravam grosseiramente na direção do arbusto de onde ela havia acabado de sair.

Dois deles eram alvos parados, de pé um ao lado do outro feito dois idiotas.

Heather deitou a carabina com cuidado no chão e puxou o ferrolho para trás. O cartucho vazio foi ejetado sem refletir a luz das estrelas e denunciar sua posição. Ela empurrou o ferrolho para a frente de novo e colocou um dos seus preciosos últimos cartuchos no tambor.

Ouviu uma mulher gritando no terreno da fazenda. Olhou pelo binóculo e viu que quem berrava era a mãe. Estava atrás da porta de tela, metade dentro e metade fora de casa. Heather pegou a carabina e olhou para a mãe através da mira de aço. Meio no escuro, meio na luz, mas talvez valesse a pena. Será? Cortar a cabeça da serpente... mas aquilo não era uma serpente, era uma hidra. A mãe abriu a porta de tela e saiu para a varanda.

— Mãe! Volta para dentro! Vou pegar a Hilux — gritou Matt.

— Não vem me dizer o que fazer!

— Ô, Matt, acho que estou vendo ela! Ali!

Uma bala raspou numa pedra quase três metros à direita de Heather.

— Merda!

Tinha sido localizada.

Heather rastejou para salvar sua pele, para o sul, para longe do complexo, para longe, longe, longe.

Nem tentou evitar os pequenos arbustos repletos de espinhos ou as pedras afiadas. Rastejou com mãos, cotovelos, joelhos e pés o mais rápido que conseguia. Areia, pedra, rochas, terra vermelha, espinhos... tiros logo ali. Esporádicos num primeiro momento, mas então mais focados. Uma dúzia de homens e mulheres — ou mais — atirando nos arbustos ao sul da casa. Espingardas, carabinas e, depois, irrompendo sobre todos os outros sons, o desolador e apavorante *pá-pá-pá* de um fuzil AK-47.

Ela achatou o corpo no chão.

O AK rasgou o campo sete metros à sua esquerda; os cartuchos acertavam com força um velho tanque de água feito de aço e ricocheteavam em todas as direções. Ser atingida por um daqueles poderia matá-la com tanta facilidade quanto um tiro direto.

— Vai, mãe! — gritou alguém lá atrás.

— Segue em frente! — disse a mãe.

Para onde?

Um tiro de espingarda irrompeu pelo ar.

Heather olhou de relance para trás. Conseguiu ver a mãe na cabine da Hilux; o carro vinha mais ou menos em sua direção. A velha estava inclinada para fora da janela com uma arma. A mãe explodiu em luz ao disparar a espingarda.

Heather se achatou no chão quando o tiro incandescente rasgou o ar sobre a sua cabeça.

Achava que essa piranha velha mal conseguisse andar!

Agora ela já não tinha mais chances. Levantou-se e correu para a escuridão da planície. Os faróis do Toyota a encontraram. A mãe recarregou a espingarda. Heather se jogou no chão bem quando a mãe atirou. As balas passaram tão perto dessa vez que ela foi capaz de escutar o *zummmm* acima.

Ela se apoiou num dos joelhos e mirou a Lee-Enfield no motorista da Hilux. Matt. Ele a viu mirando. Desesperado, virou o volante. Ela apertou o gatilho e nada aconteceu. Heather ejetou o cartucho vazio. Remexeu na bolsa, encontrou a munição, recarregou, mirou e apertou o gatilho.

Uma bala atravessou o para-brisa. Ouviu o chiado dos freios, e desta vez o carro não a seguiu.

Ou tinha matado Matt, ou ele havia mudado de ideia quanto à perseguição.

Ela correu e correu e correu.

Motos saíram à sua procura, uma para o sul e outra para o leste. Vieram o quadriciclo e até mesmo o drone.

Quando já estava a quase um quilômetro de distância, ela parou, recuperou o fôlego e bebeu água do cantil.

De repente, as luzes da fazenda se apagaram.

O gerador havia ficado sem diesel.

Ela verificou a quantas andava o seu estoque de munição. Ainda tinha três balas na bolsa.

Será que valia a pena arriscar um tiro a um quilômetro de distância? Será que valia a pena gastar um dos seus últimos três tiros para tentar incendiar vapor de diesel e gasolina?

Por que não?

Ela se deitou na terra, abriu a mira de longo alcance e mirou levemente acima do corpo escuro que era o tanque de combustível do gerador.

A música na sua cabeça era "Days of the Lords", do Joy Division.

Agora precisava tomar cuidado.

Devagar.

Puxou o gatilho.

A .303 atravessou direto o tanque de diesel e não incendiou nada.

Droga.

Será que devia tentar de novo?

Ah, que se foda. Ela fez o ferrolho dançar. Mirou. Apertou o gatilho, e a carabina deu aquele confortável coice no ombro. O explosivo daquele cartucho lançou uma ogiva de chumbo que fez o cano emitir no ar um leve aroma de fumaça e o doce cheiro de pólvora. Aquela bala estava em curso de colisão com seu alvo desde que havia sido fabricada no norte de Londres, em 1941. Viajou pela charneca a mais de dois mil quilômetros por hora.

Houve uma explosão amarela tão grande que talvez chamasse atenção até no continente. Ela ouviu o estrondo dois segundos inteiros depois de ver as chamas.

— Essa é pelo Tom. Ele era médico! E pelo Hans e pela Petra. E por deixar os *meus filhos* cagados de medo!

Heather se levantou e mostrou o dedo do meio.

40

Ela correu por quase um quilômetro antes de parar e tomar um gole do cantil.

Estava chovendo mais forte. A luz dos raios fazia sua silhueta se destacar contra o horizonte. Tinha cheiro da chuva de Seattle. De abeto. Bem diferente do cheiro daquele continente ressecado. Ela ficou se perguntando se todas as chuvas tinham o mesmo cheiro.

Tom, morto, coitado, saberia a resposta.

Levou quarenta e cinco minutos para voltar até a caverna.

Os O'Neill podiam conseguir mais cachorros, mas, por enquanto, os cães estavam mortos e os três, a salvo.

Owen estava sentado perto do fogo, esperando-a.

— Oi, Owen — disse ela.

— Oi. Você está molhada.

— Está chovendo. Não consegui arranjar mais carne. Tudo bem por aqui?

— Ã-hã... Eu matei uma cobra.

— Você o quê?

— Ali na parede. Não sabia se ia incomodar a gente ou não, mas estava rastejando na direção da Olivia, então tive que matar.

Heather estava em choque.

— Como é que é? Uma cobra? É sério isso?

— Está ali perto da parede.

Heather tirou a carabina do ombro. Havia, de fato, uma cobra morta perto da parede. Uma cobra marrom com quase dois metros de comprimento.

— Achei que ela ia deixar a gente quieto. É o que a maioria das cobras faz, sabe? Mas aí ela começou a chegar perto da Olivia. Fiquei vendo de trás do meu muro. Tem esse muro que eu faço...

— Eu sei.

— Eu estava atrás do meu muro, mas ficava espiando por cima dele e vi que a cobra estava chegando mais perto, então tive que tentar matar.

— Ai, Owen! Meu Deus do céu! — disse ela e o abraçou. — E nem acordou a Olivia?

— Para quê? Eu matei o bicho.

Olivia continuava dormindo, toda encolhida de lado perto da fogueira.

— Como você matou a cobra?

— Peguei uma pedra grande e joguei nela. Errei feio. A pedra bateu na parede da caverna, mas aí caiu bem na cobra e ela meio que ficou presa. Peguei outra pedra, cheguei perto e derrubei na cabeça dela.

— Por Deus, Owen. E se ela tivesse picado você? Ou jogado veneno?

— Elas não fazem isso.

Heather se aproximou para dar uma olhada no animal.

— Onde você aprendeu a fazer isso?

— No meu livro sobre cobras e no canal Tecnologia Primitiva no YouTube. Aquele cara faz um milhão de coisas com pedras. Você devia assistir. Mas acho que ela não estava cem por cento acordada. Elas têm sangue frio, então precisam se aquecer. Não foi uma luta justa.

Olivia se mexeu.

— Você voltou — disse ela.

— Owen, conta o que você fez enquanto eu procuro outros convidados na caverna.

— Eu não... tipo... não quero ficar me gabando nem nada assim.

— Pelo menos uma vez na vida, pode se gabar.

Owen contou a Olivia da cobra. Ela não acreditou até ele mostrar. A garota o abraçou e aí foi Owen que não acreditou. Heather não achou nenhuma outra cobra na caverna.

— Esqueci de contar para vocês que encontrei uma lata de pêssego — disse ela e a pegou da bolsa.

— Nossa, isso aí deve ter uns cinquenta anos — disse Owen.

— Será que ainda é seguro comer? — perguntou Olivia.

— Só tem um jeito de descobrir.

Heather martelou o facão na tampa e a abriu com cuidado.

Comeram os pêssegos.

Eram os pêssegos mais gostosos da história do planeta Terra.

As crianças beberam a água da conserva, conversaram e até riram.

Os três se sentaram ao redor do fogo, e Heather deu uma olhada no dever de ciências de Owen. As atividades iam muito além das suas capacidades, mas as crianças explicaram tudo.

— A gente precisa de um pouco de música — disse Olivia.

— Então canta — disse Heather.

Envergonhada a princípio, mas depois cada vez mais confiante, Olivia cantou e reproduziu os versos de rap de todo o *Pink Friday*, da Nicki Minaj. Owen se juntava a ela nos refrões.

— E você? — perguntou Olivia.

— Vocês não iam gostar. Sou uma mulher das antigas. Quase sempre, pelo menos.

Mas eles insistiram enquanto ela mexia no fogo. Queriam uma história ou uma música. Ela se ofereceu para cantar Greta Van Fleet, Tame Impala ou Lana, mas Olivia queria algo realmente retrô e hipster, então Heather acabou cantando todo o *White Album*, até as músicas ruins.

— Você canta muito bem — disse Olivia com toda a sinceridade.

— É mesmo — concordou Owen.

— Obrigada.

Eles bocejaram, espreguiçaram-se, conversaram e caíram no sono um ao lado do outro. Crianças têm o dom do sono. Estavam tão serenas, faziam parte de um amanhã em que tudo aquilo chegaria ao fim.

Heather limpou a carabina e a deixou por perto.

Tinha mais uma bala.

Fechou os olhos, deitou-se no chão arenoso da caverna e, em alguns minutos, também caiu num sono profundo através da noite azul-escura.

Ela sonhou. As crianças sonharam. Os sonhos num ritmo quebrado.

Na superfície lá em cima havia apenas caos, tempestade e raios, mas ali embaixo, no mundo subterrâneo, estava tudo silencioso.

41

O sol estava cor de ferro antigo, depois sangue e então esmaeceu para um amarelo infantil. Ela estava sentada no galho de uma árvore, olhando pelo binóculo para a água e para o continente. Era até possível tentar dar um tiro para lá, mas a distância era de mais de três quilômetros, e não havia garantia nenhuma de que atingiria alguma coisa ou chamaria atenção. Munição era algo precioso. Ela viu uma barbatana emergir e afundar sob as ondas.

A árvore começou a balançar. Ela olhou para baixo. Owen estava subindo. Ele alcançou o primeiro nível de galhos, depois o segundo e então o terceiro. A velha Heather teria lhe dito que tomasse cuidado, mas àquela altura o garoto já não precisava mais desse tipo de conselho.

— Oi — disse ela.

— Está fazendo o quê? — perguntou ele.

— Só de olho.

— Que passarinho é aquele?

— Qual?

— Aquele perto do corvo na outra árvore.

— Ah, aquele ali. Sei lá. Algum tipo de ave de rapina. Algum tipo de falcão-peregrino australiano, talvez. Ó, olha pelo binóculo. — Ela passou o binóculo para ele e voltou ao seu momento de contemplação.

Agora era Olivia que estava na base da árvore.

— Posso subir?

— Claro.

Olivia escalou o eucalipto e se sentou no galho ao lado de Owen.

Heather mudou de posição e olhou na direção da fazenda. Não conseguia vê-la dali, mas dava para avistar uma linha escura de fumaça vindo daquelas partes.

— O passarinho tem umas penas vermelhas na parte da frente, o que será que é? — perguntou Owen e devolveu o binóculo.

— Puxa, Owen, não tenho ideia. Que erro não ter trazido um guia de aves australianas para cá. Não sei por que não pensei nisso — respondeu ela e ajustou o foco. — Algum tipo de milhafre, talvez?

— O papai saberia?

— Ele sabia tudo.

— Ele não sabia nada de pássaros — disse Olivia.

— Tenho que ir no banheiro. Fazer o número dois — informou Owen.

Heather sabia qual era o problema.

— Usa grama. Acho que foi isso que a humanidade fez por duzentos mil anos antes da invenção do papel higiênico.

Ele saiu por dois minutos. Quando subiu de volta na árvore, acenou com a cabeça para ela.

— Até que foi de boa. Mas agora estou com fome.

— Não dá para pegar ovos durante o dia. E aquela cobra? Você acha que dá para comer? — perguntou Heather.

— Ela é venenosa! — disse Olivia.

— Não, ela é peçonhenta, não venenosa! Que burra! — disse Owen.

— Não fala assim com a sua irmã.

— Ele que é burro!

— Pede desculpa, Olivia.

— Só se ele pedir primeiro.

Normalmente, isso poderia se estender por quinze minutos, mas hoje Owen simplesmente disse:

— Desculpa, eu não estava falando sério.

E Olivia respondeu:

— Desculpa, eu também não.

Pareciam até duas crianças de comercial de margarina.

— É cruel pensar que elas voam tanto para chegar aqui só para a gente ir lá e comer os ovos — disse Owen.

— Vamos arranjar outra coisa, então.

Heather analisou o horizonte. Sabia que, em algum momento, os O'Neill voltariam a procurá-los. Acontece que, sem cachorros e com pouco combustível nos veículos, eles talvez não se movimentassem mais tão rápido. E havia também uma possibilidade de começarem a passar mal naquela manhã por causa do poço envenenado.

— Você aprendeu tudo sobre pássaros naquele lugar em que cresceu? — perguntou Olivia.

— Na ilha de Goose. É, acho que sim.

— Por que você saiu de lá?

— Hum... Acho que só cheguei naquele ponto em que os nossos pais mudam e, de repente, passam a estar sempre errados em vez de sempre certos.

Olivia fez que sim, desceu da árvore e foi vagar perto do ônibus em ruínas

— Isso nunca vai acontecer comigo porque não tenho pai nem mãe — disse Owen.

Heather engoliu em seco.

— Owen...

— Gente, olha o que eu achei — anunciou Olivia. Era um espelho retrovisor do ônibus. — É útil, né?

— Claro que é! Dá para fazer sinal pedindo ajuda para algum avião que passar. É só refletir o sol assim, ó — falou Owen.

Ele desceu da árvore e pegou o objeto.

— Ô, fui eu que achei — disse Olivia, puxando o espelho de volta.

— Posso ver? — perguntou Heather.

Olivia se aproximou, ficou na ponta dos pés e o entregou a ela. De relance, Heather viu seu reflexo. Seu rosto bronzeado estava imundo de sangue e terra. O cabelo, todo cheio de nós e bagunçado. Os olhos pareciam fundos, e sua pálpebra direita estava inchada. Havia um hematoma amarelado na testa, um corte embaixo da sobrancelha esquerda e outro corte na bochecha, do qual ela nem sequer se lembrava.

— Meu Deus, eu estou horrível — disse ela.

Rindo, devolveu o espelho para Olivia.

— Meu Deus, olha para mim — disse a garota, toda queimada de sol, com o cabelo cheio de nós e os olhos vermelhos.

— Me deixa me ver — pediu Owen.

As queimaduras de sol também não haviam valorizado muito a aparência do garoto.

— Como foi que tudo isso aconteceu? Como foi que a gente ficou tão... perdido? — perguntou Olivia baixinho, sentando-se no chão.

— A gente não está perdido. Sabemos que lugar é esse — disse Owen.

— Você entendeu.

Heather desceu da árvore.

— A gente veio para o outro lado do mundo, dirigiu rápido demais e atropelou uma mulher. Simples assim — disse com gentileza.

— É — concordou Olivia.

Heather se sentou e passou os braços pela cintura da garota. Owen se sentou, e Heather o envolveu com os braços também.

— A gente não está perdido de verdade, não é? — perguntou Olivia.

— Não — respondeu Heather.

Antes talvez estivessem, mas agora não mais. Eles conheciam aquele lugar. Aquele estranho continente sem neve alguma, mesmo que fosse fevereiro. E toda aquela imensidão alaranjada. E a vermelhidão sem fim.

— Você passou a vida inteira no estuário de Puget? — perguntou Olivia.

— Na verdade, eu nasci no Kansas — respondeu Heather.

— Onde no Kansas?

— Num lugar chamado Forte Riley. Não me lembro muito de lá. A gente se mudou quando eu era pequena.

— Que tipo de forte era? — perguntou Owen.

— Era um forte do Exército, um complexo enorme. O meu pai e a minha mãe eram militares.

— Você foi militar também? — quis saber Owen.

— Não.

— Que empregos você teve? — perguntou Olivia.

— Depois que saí da ilha de Goose, fiz algumas coisas. Fui garçonete. Trabalhei na recepção de um hospital de veteranos. Tentei ser cantora. Li o futuro usando I Ching no mercado de Pike Place. Fiquei sem teto por um tempo. Aí, com a ajuda de uma amiga, fiz um curso de massoterapia. Foi assim que conheci o pai de vocês.

— E como é que você foi parar na ilha de Goose, para começo de conversa?

— Depois que o meu pai voltou da guerra, ele passou por poucas e boas. Todo o sistema de tratamento para doenças mentais dos hospitais de veteranos é um labirinto... Enfim, a minha mãe conhecia o estuário muito bem. Ela nasceu em Neah Bay. Sabem onde fica?

— Não — respondeu Olivia.

— Sabem as montanhas que dá para ver lá de casa?

— Lá em Seattle? — perguntou a garota, como se aquele agora fosse um lugar imaginário.

— Isso. Então, aquele é o Parque Nacional Olympic; mais para trás, bem na fronteira dos Estados Unidos, fica uma região chamada Neah Bay, que é de onde a minha mãe vem. É uma reserva do povo makah. Depois que os pais dela se separaram, a minha mãe continuou lá por um tempo. Quando fez 18 anos, ela entrou no Exército e foi assim que conheceu o meu pai. Depois da guerra, um monte de veteranos estava saindo do Exército e indo para o litoral noroeste. Muitos dessa gente tinham problemas, e a minha mãe conhecia muito bem a comunidade da ilha de Goose, onde todo mundo ia poder meio que se curar junto. Para o meu pai pareceu bom, então a gente se mudou, e foi basicamente lá que eu cresci.

— E você gostava?

— Ã-hã. Era tudo o que eu conhecia. Mas, como eu disse, quando era adolescente, já sabia que tinha que dar o fora de lá. Eu precisava ver o mundo. Não podia ficar lá para sempre.

— E agora você viu o mundo. Sabe que o mundo é, tipo, uma merda — disse Owen.

Heather riu. E então Olivia riu. E então até Owen riu.

O sol continuava subindo sobre o litoral, sobre a ilha, sobre as outras ilhas, sobre o continente. Ele tinha prática nisso. Fazia milhões de anos que desempenhava essa mesma função.

— Dá uma olhada no meu braço? — pediu Olivia.

— É uma mordida de mosquito. Não coça — disse Heather.

Parecia pior que uma mordida de mosquito. Parecia ter sido obra de alguma varejeira. Talvez virasse berne em um ou dois dias, mas não havia motivo para preocupar Olivia com essas coisas agora.

Ela limpou o ferimento com a camiseta da Universidade de Leiden, fez carinho na cabeça de Olivia e, com aquela voz que mães usavam havia dez mil gerações, disse:

— Calma, meu amor, vai ficar tudo bem.

— Onde a gente vai morar quando voltar para os Estados Unidos? — perguntou Owen.

— A gente pode ir morar com o vovô John e a vovó Bess. Você não precisa cuidar da gente se não quiser — disse Olivia para Heather.

— Vocês querem que eu continue cuidando de vocês?

— Você quer?

— Muito — respondeu Heather.

Olivia sorriu, e então Owen sorriu.

— Quero visitar o vovô John, mas morar com eles não — disse o garoto.

— A gente pode fazer o que quiser — comentou Heather.

— Vamos lá embaixo dar uma olhada naquele troço — falou Owen.

E as crianças desceram para brincar perto das ruínas do ônibus.

Heather ficou observando os dois.

O dia estava lindo. A grama dançava ao vento. O céu azul como seda. Garças rosa sobre o mar espelhado.

— Ah, não! — disse Owen.

— "Ah, não" o quê? — gritou Heather.

— Achei outra daquelas armadilhas de raposa atrás do ônibus.

— Não chega perto!

Heather se aproximou para dar uma olhada. Era outra armadilha com aparência maligna como aquela em que quase pisaram no campo de tiro, toda vermelha de ferrugem e cheia de presas. Ela ficou tentada a desarmá-la com um graveto, mas pensou melhor. Se passassem outra noite presos ali, talvez aquilo descolasse para eles uma ovelha ou um coelho. Ela não tinha visto nenhum coelho ou ovelha fora da fazenda, mas nunca se sabe.

Heather contou o plano para as crianças e depois marcou a armadilha usando galhos com pedaços de tecido arrancado da sua camiseta.

— Está proibido chegar perto da traseira do ônibus! — disse ela.

Fez uma varredura pela montanha para ver se encontrava mais alguma.

Quando terminou, Heather voltou a ligar o walkie-talkie. A bateria agora contava com apenas um tracinho.

— O meu nome é Heather Baxter. Precisamos da polícia. Estamos presos na ilha Holandesa, na costa de Victoria...

Ela repetiu a mensagem em todos os canais enquanto a luz da bateria ficava mais fraca.

De repente, no canal dois, uma voz atravessou a estática.

— Heather, é você?

— Sou eu. Quem é?

— Heather, é o Matt. Que caralho você fez?

— Como assim, Matt?

— Está todo mundo passando mal aqui, Heather. Diarreia, e tem gente vomitando! O Hans! Meu Deus, Heather! Você envenenou o poço!

— Pelo visto hoje ninguém vem atrás da gente, não é?

— Você atirou no Blue! Ele era um bom cachorro. Meu Deus. E os outros cachorros! E a merda do gerador!

— Vou dizer uma coisa para você: é só trazer a balsa e deixar a gente voltar para o continente que os seus problemas vão acabar!

— Engraçado. Só que os nossos problemas não vão acabar... Você vai procurar a polícia!

— Vou ficar de bico fechado.

— Merda, você nem sabe, não é? — disse Matt.

— Não sei o quê?

— A gente estava tentando chegar num acordo com a merda do Tom quando começou todo aquele caos ontem à noite.

— Que história é essa?

— Como assim "que história é essa"?

— Você falou que estava tentando fazer um acordo com o Tom.

— Deus do céu, você não sabe *mesmo*, não é? A Gillian é enfermeira, ela... Deus do céu. Espera aí.

Heather fechou os olhos. Ela balançou, então recuperou o equilíbrio.

O que é que ele... Ele deve estar...

Ela estava toda gelada. Fria feito um cadáver.

— Heather... não estou entendendo. Você atacou a fazenda quando eu estava tentando chegar a um acordo. O que você andou fazendo?

A voz no rádio. Puta merda. Era Tom.

42

Seu velho amigo, o corvo de olhos amarelos, encarava-a enquanto o mundo girava até voltar ao foco.

Ela devia ter desmaiado.

Nunca tinha desmaiado na vida.

As pessoas só desmaiavam em livros com personagens chamados Darcy e Rochester. Ninguém desmaiava no mundo real.

— Heather!

O que estava acontec... Ai. Meu. Deus. Ela pegou o walkie-talkie.

— Tom? É você?

— Heather?

— Estou aqui.

— Estou aqui também.

— Como?

— Eles me salvaram. A Gillian me salvou...

— Como é que você...

— Gillian. Ela é enfermeira. Heather, escuta, está difícil falar. Acho que fiz um acordo.

— Um acordo? Quê? Tom... Como você confia neles depois de tudo isso?

— A gente precisa, Heather... única chance de sair vivo... não dá para falar... vou devolver o walkie-talkie para o Matt.

— Não!

Estática.

— Tom? Tom!

— É o Matt de novo. Heather, está me ouvindo?

— Estou.

— O Tom está péssimo. Não consegue falar por muito tempo. Ele está com pneumotórax.

— Ele está vivo? É impossível! Eu vi quando ele foi esfaqueado!

— Você viu que ele levou uma facada na lateral do corpo. Mas a Gillian salvou o seu marido. Toda estação remota na Austrália tem suprimentos médicos de emergência. A pequena Niamh encontrou ele ainda respirando. A Gillian era enfermeira. A gente costurou do melhor jeito que deu. A Gillian disse que parecia um açougue. Ele está com pneumotórax e provavelmente danos no fígado. Precisa ir para o hospital, Heather. Ele está mal.

Heather começou a chorar.

— As crianças não sabem que ele está vivo. Vou chamar os dois.

— Primeiro me escuta, Heather. A gente fez um acordo. Apesar de tudo o que você fez. Na verdade, vou deixar o Tom explicar.

Mais estática antes de um Tom com a voz fraca voltar ao rádio.

— As crianças estão bem?

— Estão.

— Você está bem?

— Estou, Tom, estou bem!

— Meu Deus... acho que a gente precisa... confiar neles. Vai dar certo — disse Tom e então teve um acesso de tosse.

Matt voltou.

— Ele perdeu muito sangue. Precisa de cirurgia e de transfusão de sangue. A gente tem que ser rápido, Heather. Vocês vão voltar para a fazenda. Você vai comigo no banco, pegamos o dinheiro, aí a gente volta para cá e deixa vocês irem embora. Esse é o novo acordo. Já está resolvido. O Tom concordou.

Parecia tão razoável.

Mas essa gente era louca.

As coisas que fizeram... Coisas insanas, horrorosas, terríveis e sádicas.

— Vocês estavam nos caçando. Iam matar a gente! — disse Heather.

— A gente estava tentando encontrar vocês! Por que acha que trouxemos os cachorros? — disse Matt.

— Vocês mataram a Petra!

— Não, ela atacou os cachorros e eles começaram a destroçá-la — disse Matt. — A gente tentou atirar neles, mas o Ivan acertou as costas dela. Pensa bem, Heather. Quem é o vilão dessa história? Vocês vieram para a nossa casa. Mataram a Ellen. Você atacou a nossa fazenda. Atirou nos nossos cachorros. Ninguém consegue achar o Jacko e agora você está com essa merda dessa carabina. Quer me explicar?

— Não.

— Os vilões são vocês! Nós estávamos cuidando da nossa própria vida, vivendo tranquilos, e aí vocês chegaram. A minha família não fez nada com a sua. E você transformou a nossa vida numa bagunça.

— O Jacko ia me estuprar.

— Bom, mas o Jacko não está mais entre nós, né? Então, Heather, qual vai ser? Quer sair viva dessa?

Parecia quase plausível. Tom tinha matado Ellen. Ela havia tentado acobertar tudo.

Mas não fazia nenhum... Não.

— Hans, o que vocês fizeram com o Hans...

— É, eu sei — disse Matt. — Merda. Foi tudo coisa do doido do Jacko. O Ivan e o Jacko tentaram fazer o cara falar. É loucura, eu sei. Olha, tem algumas facções diferentes aqui, Heather. É complicado. Estou tentando achar o melhor caminho para nós e para a sua família... O Tom quer falar com as crianças. Dá para passar para elas?

Agora Heather estava chorando de verdade. Owen e Olivia estavam sentados na cabine das ruínas do ônibus olhando para ela.

— Venham aqui! Vocês dois!

Eles correram. Ela teve que se segurar para não vomitar. Precisava manter a voz firme.

— É o pai de vocês. Ele está vivo — disse Heather e entregou o walkie-talkie para Olivia.

As crianças ouviram enquanto Tom falava.

Heather se afastou. Para dar espaço a eles. Aquilo era coisa de família. Uma conversa particular. Não tinha nada a ver com ela.

Ela se sentou à sombra do eucalipto mais distante, numa raiz retorcida tão escurecida e polida por sucessivos incêndios que quase parecia um espelho.

A chuva da noite passada havia mudado aquela montanha.

Flores nasciam pela grama. Flores vermelhas, azuis e amarelas. De que espécie ela não sabia, mas havia passarinhos voando por todo canto, comendo o pólen.

— Heather! Heather!

Era Olivia chamando. Ela voltou até os dois irmãos.

— Estou aqui.

— O Matt quer falar com você — disse a garota.

Ela fez que sim e pegou o walkie-talkie.

— Matt?

— A gente tem que resolver isso hoje. Agora. Onde você está, Heather?

— Ao norte de... algum lugar.

— Vocês conseguem vir andando até a fazenda?

— Ã-hã.

— As crianças estão bem o bastante para andar ou é melhor a gente levar um carro para elas?

— As crianças estão bem.

— Beleza, então traz os dois para cá. Vem com as mãos para cima. A gente se vê daqui a pouco.

A cabeça dela latejava.

— Não.

— Não o quê?

— Não vou fazer isso. Vocês mataram a Petra, torturaram o Hans. Estão apontando uma arma para o Tom, e eu não confio em você, Matt.

— Você vai estragar tudo *de novo*, Heather.

— Eu quero... quero...

— Quer o quê?

— Quero falar com o Tom pessoalmente. Quero que ele me diga que posso confiar em você.

— Aí não, parceira. Já está tudo acertado. Acabou. Vem para a fazenda.

— *Esse* acordo eu não faço. O Tom está sendo coagido. Não sei com o que ele está sendo ameaçado. Tenho duas condições. Primeira: quero falar com o Tom pessoalmente, *sozinha*, sem ninguém em volta, antes de concordar em fazer todo mundo aqui se render. Segunda: eu fico aqui como refém, não as crianças. Eu. O Tom leva as crianças quando for pegar o dinheiro. As crianças saem da ilha com ele para nunca mais voltar. Quando o Tom voltar com o dinheiro, aí vocês me soltam.

Matt demorou um bom tempo antes de voltar para o walkie-talkie.

— Concordamos com a segunda condição. Tom pode levar as crianças para Melbourne contanto que você fique de refém. Mas não temos como aceitar a primeira. Não podemos tirar o Tom daqui.

— Tenho que me encontrar com ele, preciso falar com ele, saber que ele está seguro. Preciso que ele me convença a confiar em vocês depois de tudo o que eu vi — insistiu Heather.

Houve outra longa pausa antes de Matt voltar.

— Tá bom. É o seguinte: a nordeste da fazenda tem uma área de charneca queimada. O mato foi completamente incinerado. Não tem lugar para ninguém se esconder. Tem um eucalipto morto e todo preto lá.

— Eu sei onde é — disse Heather.

— Você encontra o Tom lá. Vamos deixar tudo preparado para isso acontecer hoje mais tarde. Às seis da tarde.

— Estarei lá — disse Heather.

43

Depois de pendurar a Lee-Enfield no ombro, Heather deu o binóculo para Owen e o cantil para Olivia.

Segurou a mão das crianças e foram juntas para o sul através do caniço-branco, da triodia, do capim-canguru e do capim-treme-treme.

Ela já não sentia mais as folhas afiadas e os cardos.

Não sentia mais nada.

Nem as moscas.

Nem o calor.

Ninguém falava.

Estavam indo fazer um acordo. Era o melhor acordo possível. Ela queria as crianças fora da ilha.

Ficaria aqui.

Danny e talvez alguns dos outros tentassem estuprá-la. Matt talvez tentasse impedi-los, mas ele era apenas um cunhado, não um irmão.

Tom teria noção disso. Ele era um homem bom, um homem de bem, mas estava desesperado.

Cada passo a levava para mais perto do horror.

Ela vasculhou o cérebro em busca de alternativas.

Mas não havia nenhuma.

Um milagre tinha acontecido. Tom, que ela vira ser assassinado, estava vivo!

Ele era o homem mais inteligente que ela já havia conhecido. E, se ele havia confiado naquela gente, então ela devia confiar também.

Continuaram andando em silêncio.

O sol iria se pôr dali a uma hora, mais ou menos.

Estavam chegando perto agora.

Ainda não dava para ver a fazenda em si, já que ela ficava no vale entre dois morros, mas era possível avistar um fio branco de fumaça. Deviam estar fervendo água para beber.

Isso a fez sorrir.

Apesar do que Matt disse, ficou feliz por ela e Hans terem causado inconvenientes para aquela família. Eles mereciam. E o plano deu certo. Fez com que passassem mal, matou seus cachorros e destruiu o combustível. Se continuasse com uma série de ataques que transformasse a vida deles num inferno, talvez lhe dessem acesso à balsa só para se livrar dela.

Talvez.

Chegaram ao alto do morro e já conseguiam ver, no outro morro, o eucalipto morto cercado pela terra queimada.

— Então é isso — disse, sorrindo para as crianças. — Vocês vão ver o pai de vocês e voltar para casa.

— O que vai acontecer com você? — perguntou Olivia.

— Vamos fazer uma troca. Vou ficar aqui como... hum... refém, acho. Quando vocês voltarem para a cidade, o Tom vai dar o dinheiro para eles e aí vão me soltar.

— E a gente vai confiar nessa gente? — perguntou Olivia.

— Vai. O seu pai acha que vai dar certo. Eles salvaram a vida dele.

Owen meneou a cabeça e se sentou na grama.

— Vamos, Owen.

— Senta, por favor — pediu o garoto.

Ele olhava com ar sério para Heather. Era um olhar determinado. Durante esse um ano em que o conhecia, nunca o tinha visto com um olhar tão firme.

— O que foi, Owen?

— Senta, por favor... Se a gente ficar de pé aqui por muito tempo, eles vão ver.

— Tá bom.

Ela e Olivia se sentaram no mato alto.

— Não quero que você faça esse acordo — disse Owen.

— Eu também não quero, mas é o único jeito de conseguirmos o seu pai de volta.

Ele estava com dificuldade para encontrar as palavras certas.

Ela esperou.

— Eu... quero ficar com você. Não quero o meu pai de volta — disse Owen.

— Que história é essa? — perguntou Heather.

— Você sabe do muro que construo na minha cabeça com tijolos do *Minecraft*. E eu escondo coisas lá para nunca mais ver nem pensar nelas.

— Sei.

— Às vezes eu me escondo atrás do muro, e às vezes escondo coisas que nunca mais quero ver na vida.

— Ã-hã.

— E, se o muro for grosso e alto o bastante, dá até para esquecer as coisas que estão lá atrás.

— Está tudo bem, Owen, é uma forma de lidar com traumas. Você e a sua irmã passaram por poucas e boas nesse último ano. Só Deus sabe...

— Não. Você não está me entendendo. Nenhuma de vocês está. Vocês não sabem o que tem atrás do muro. Nem eu sabia, na real. Enfim, eu não queria pensar nisso. Mas a minha mente tem andado muito clara nesses últimos dias. Pelo menos desde que a gente conseguiu água.

— Ah, que bom, Owen, é...

— Por favor, só me escuta. O que foi que o meu pai contou do que aconteceu com a mamãe? — perguntou Owen.

— Que foi um acidente, só isso. A sua mãe era uma mulher muito corajosa. Todos aqueles anos com esclerose múltipla. E aí, quando ela começou a piorar... continuou cuidando de vocês, trabalhando. Ela parece ter sido uma pessoa maravilhosa.

— O que foi *exatamente* que ele contou sobre o acidente?

Heather voltou a se sentir gelada.

— O mesmo que ele contou para todo mundo. Que encontrou a sua mãe. Que ela caiu da escada. Que andava meio sem equilíbrio.

— Ele deixou de fora a parte da bebida?

Heather fez que sim.

— Deixou... Quer dizer, não, depois de um tempo, ele acabou me contando a verdade. Mas eu não culpo a sua mãe. Eu beberia também se fosse diagnosticada com algo assim. A culpa não é dela. Ela foi uma boa mãe e só estava tentando lidar com a situação.

— A mamãe não bebia. Não desse jeito. E ela também não se suicidou.

— Eu sei, meu amor! São só boatos. As pessoas têm mania de dizer coisas horríveis.

— Foi ele que disse essas coisas horríveis. Ele que começou esses boatos. Ele queria que as pessoas achassem que ela bebia demais e que era suicida.

— Não, isso é... — começou Heather, mas Owen a interrompeu:

— A mamãe não era assim. Foi ele...

— Ele o quê? — perguntou Olivia.

— Todos esses boatos de que ela talvez tenha se matado ou de que estava bêbada... é tudo mentira, o meu pai que inventou.

— O Tom não faria uma coisa dessas — disse Heather.

Owen pegou a mão de Heather.

— Eu estava lá — falou ele.

— Quando?

— Bloqueei tudo com o meu muro. Um muro grande. O maior de todos. E acho que o diazepam ajudava também.

— O que foi que aconteceu, Owen? — perguntou Olivia.

— Ainda não está totalmente claro, mas está voltando... Era para eu estar na educação física. Só que eu odeio educação física e tinha conseguido um atestado da enfermeira para ser liberado da aula, aí fui para casa. São só cinco minutos andando da escola.

— Você estava lá? — perguntou Olivia, chocada.

Owen acenou positivamente com a cabeça.

— Acho que sim. Não, eu *sei* que estava. Eu estava lá. A mamãe e o papai não estavam em casa quando eu cheguei, e não era o dia da Maria, então ninguém sabia que eu tinha voltado. Eu estava no quarto jogando *Mario Kart* quando ouvi o papai e a mamãe chegando. Eu não queria que ele soubesse que eu estava matando aula, então me escondi.

Olivia meneava a cabeça.

— É verdade! — insistiu Owen. — O papai e a mamãe estavam brigando por algum motivo. Ela foi lá para cima. Levou o maior tempão para subir as escadas. Ela estava chorando. Eu ia sair do quarto para dar um abraço nela, mas o meu pai veio atrás dela. Era ele que estava bebendo. Foi o copo de uísque dele que encontraram no pé da escada.

— O que foi que aconteceu, Owen? — perguntou Olivia.

— A mamãe descobriu sobre uma mulher aí com quem o papai estava saindo. Eles estavam brigando. Ela estava muito brava. Falou que daquela vez era sério. Que a mulher nova era a gota d'água. Que, quando se separassem, ele não ia ficar com nada. Que ia acabar com ele. Que contaria para o vovô, e o vovô daria um jeito nele...

Heather deu um abraço em Owen quando ele começou a chorar. Olivia segurou as mãos do irmão.

— O que foi que aconteceu, Owen? — perguntou Olivia.

— Acho que a mamãe falou que ele ia ter que devolver o dinheiro que o vovô deu para ele fazer faculdade de medicina. O papai ficava rindo dela. Eu estava espiando pela porta do quarto. Ela foi bater nele, mas se desequilibrou e caiu da escada. Eu vi tudo.

— Ai, meu Deus — disse Olivia.

Heather meneava a cabeça.

— O Tom não estava em casa...

— Estava, sim! E ele é médico, poderia ter salvado ela, eu acho, mas nem tentou. Só ficou lá olhando para ela. Não ajudou. E eu também não.

Me escondi. Não ajudei a minha mãe. Não falei nada. Fiquei lá escondido e construí o meu muro. E o papai falou que achou ela daquele jeito quando chegou em casa, mas é mentira. E depois a ambulância veio. E a Olivia chegou em casa. E eu consegui fingir que tinha acabado de chegar também. E o papai ligou para a vovó. E ela veio. E eles levaram a mamãe. E eu me escondi atrás do meu muro. E tudo virou um borrão. E eu consegui fingir que nada disso tinha acontecido.

Heather estava chorando.

Ela acreditava em Owen.

Tom não era culpado de homicídio doloso. Provavelmente nem culposo. Talvez pudesse ter feito alguma coisa para salvá-la; jamais teriam como saber. De onde estava escondido, era possível que Owen não tivesse conseguido ver o que Tom fez quando, enfim, desceu a escada. Talvez ela tenha morrido na hora. Talvez tudo o que Tom tenha feito de errado, no fim das contas, tenha sido mentir sobre o que aconteceu.

Mas mentir já bastava, e não ajudar também.

Sua primeira reação deve ter sido choque, mas depois uma emoção diferente deve ter aparecido. Se Judith morresse, muitos dos problemas dele estariam resolvidos.

Havia outro Tom nas entrelinhas do Tom em que Heather queria acreditar. Havia o Tom que não a deixava falar muito com os amigos dele nas festas, porque ela poderia envergonhá-lo. O Tom que às vezes era grosseiro com garçons. O Tom que carregava aquela raiva estranha, inexplicável e incandescente. O Tom que fazia questão de que Heather medicasse Owen todo dia de manhã bem cedo para que o garoto não o incomodasse enquanto ele se arrumava para o trabalho.

Carolyn a havia alertado de que todo cirurgião era babaca. Mas não era só isso, era? Ficou chocada com a história de Owen, mas não surpresa, na verdade.

— Acho que já faz um ano que eu odeio ele. Vou odiar ele para sempre — disse Owen com uma voz distante.

Ela fez que sim e compreendeu algo que a andava incomodando.

Aquele acordo que ele afirmava ter feito com os O'Neill não fazia o menor sentido. Não depois de tudo o que aconteceu. O Tom que ela achava que conhecia teria percebido isso. Mas o Tom da história de Owen talvez se agarrasse a qualquer tábua de salvação, independentemente do custo.

Mesmo naquele primeiro acordo, ele quis levar Olivia e deixar Heather com Owen. Olivia era sua favorita. Se as coisas dessem errado, pelo menos ele estaria com ela. Será que esse era o plano? Que tipo de pai pensaria uma coisa dessas?

Tom.

Agora ela sabia disso.

Os três choravam.

Heather abraçou Owen o mais forte que pôde. E Olivia o abraçou também. Ficaram ali, sentados no mato, abraçando-se e chorando por quinze minutos.

Tiveram uma conversa sem dizer nada.

Heather sabia o que precisava fazer.

Ela secou as lágrimas e segurou a mão dos dois. Perguntou se eles tinham certeza.

Eram só crianças, mas tinham certeza.

Não confiavam nele. Confiavam nela.

— Voltem para a caverna. Não estou gostando nada disso — disse Heather.

Ela os mandou de volta e, quando não dava mais para vê-los, rastejou pelo mato alto até chegar perto do lugar em que o incêndio florestal havia acabado. Era uma grande área de terra queimada, onde, bem no meio, ficava o eucalipto preto feito carvão. Uma árvore que tinha evoluído em meio ao fogo por milhões de anos e que parecia morta, mas cujo coração paciente continuava a bater.

Ela levou o binóculo aos olhos e viu Tom sentado numa cadeira de vime à sombra de um galho. Havia uma bolsa de soro caseiro pendurada num suporte improvisado ligado ao seu braço.

Ele estava segurando um walkie-talkie.

Mas havia alguma coisa...

Ele estava pálido e parecia morto, mas, quando Heather o analisou através do binóculo, viu que ele piscava.

Estava vivo. Era ele mesmo. Nenhum truque digno de *Um morto muito louco* por parte do clã O'Neill.

Mas *havia* alguma coisa errada.

Ela analisou o horizonte. Por todo o entorno da árvore, a vegetação tinha sido queimada, sem deixar nada além de terra vermelha. Parecia não haver nenhum lugar em que os O'Neill pudessem se esconder. Mesmo assim, ela se aproximou com cautela, de quatro, e farejando o ar como uma leoa enquanto ia até o limite do mato.

Heather pegou o walkie-talkie.

— Tom, você está sozinho aí? — sussurrou.

Tudo o que ouviu como resposta foi estática.

Ela rastejou um pouco mais para a frente e olhou de novo através do binóculo. Ele estava respirando. E os seus olhos pareciam suficientemente alertas.

Eram só alguns metros de grama queimada até onde Tom estava.

Os O'Neill haviam cumprido o prometido. Não estavam à vista, em lugar nenhum.

Ela tinha mais uma bala.

Em silêncio, carregou a .303 na carabina e pegou o walkie-talkie mais uma vez.

— Tom?

Ssssssssssssssssssssssssssssssssssssss.

— Tom?

Sssssssssssssssssssssssssssssssssssss.

Ela tentou e tentou, mas tudo o que recebia em resposta era aquele longo e triste sussurro de estática que sibilava ao fundo havia treze bilhões de anos.

Ssssssssssssssssss, e então, do vazio, uma voz repentina e chocantemente clara disse:

— Heather, cadê você, parceira? A gente está esperando você e as crianças. O Tom ainda não falou que a barra está limpa. Vê se não vai pôr tudo a perder...

Ela abaixou o volume do walkie-talkie e rastejou para a direita, onde ficavam as últimas folhas afiadas de triodia.

Tom continuava sentado na mesma cadeira à sombra da árvore morta. Sua silhueta estava delineada pelo sol poente. Ele estava de roupão do hospital e chapéu de palha. E havia aquela bolsa de soro ligada ao seu braço.

Ele estava fazendo alguma coisa.

Mexendo no walkie-talkie.

Heather se preparou para ficar de pé e correr até ele.

Analisou o terreno uma última vez com o binóculo.

Será que havia algo de estranho?

Que nada, estava tudo...

Espera aí.

O que era aquilo?

Algo refletindo no chão queimado. No chão queimado, onde não deveria haver luz nenhuma.

O reflexo do sol numa arma de cobre? No cano de uma espingarda? Será que eles teriam tido tempo de se enfiar em trincheiras naquela paisagem carbonizada? Matt, Ivan e alguns dos outros?

Mas por que Tom não tinha avisado?

Tom saberia que era uma armadilha, ele iria...

Porque o walkie-talkie dele não tinha bateria!

Heather recuou de volta para o mato.

Suspirou.

Ah, Tom. Eu queria falar com você. Queria dizer que o acordo caiu por terra. Que as crianças fizeram uma escolha. E elas me escolheram. Confiam que vou colocá-las em primeiro lugar, proteger e manter todo mundo em segurança. Elas ainda te amam, claro que amam, mas não confiam em você. Por causa da Judith. Por causa do que aconteceu na escada. E por causa do que aconteceu com a gente aqui na ilha.

Mas eu queria falar com você. Queria ouvir o seu lado da história. Queria que você falasse comigo com aquela voz de Tom. Queria que você me convencesse de que Owen entendeu tudo errado. Heather, você ficou louca? O Owen está errado. Eu encontrei a Judith daquele jeito. Cérebro de criança funciona diferente. Você conhece o Owen. Ele não vê as coisas como elas são. Ele não sabe o que aconteceu. Diz que eu estou errada; diz que eu também estava cega, Tom.

Eu caí no seu papinho. Você foi me ver pela primeira vez no dia 14 de fevereiro. No Dia dos Namorados. Eu tinha me esquecido disso até pouco tempo atrás. A gente já tinha feito três sessões de massoterapia quando a Judith morreu. Quando você me conheceu, ela ainda estava viva. Depois da terceira sessão, a gente saiu para beber. Lembra? Eu falei que de jeito nenhum sairia com um cliente, mas você era tão engraçado e legal e insistiu tanto. "Só uma bebidinha aqui perto." E depois você só voltou no fim de maio.

O acidente da Judith foi em 3 de março. Fui eu a mulher que a Judith descobriu? Ou havia outra também? Espero que não tenha sido eu, mas acho que pode ter sido. A Judith era esperta. Ela sentiu. Sabia o que estava acontecendo. Sabia que estava acontecendo de novo. Se a gente não tivesse se conhecido, talvez ela ainda estivesse viva.

Eu te conheço, Tom. Você vai negar, vai falar de como as pessoas se lembram das coisas de jeitos diferentes e vai mencionar aquele filme Rashomon, *que eu ainda não vi, e vai ser até capaz de falar que eu sou nova demais para saber como o mundo funciona.*

Ou talvez não. Talvez você se abra e conte tudo... E aí eu vou explicar que tenho que te deixar aqui e você vai entender. Vou dizer que eu sei que o Matt é um mentiroso, que não vai ter acordo nenhum e que o único jeito de salvar as crianças é deixando você para trás.

Mais lágrimas.

Lágrimas que lhe escorriam pelas bochechas e caíam na coronha da Lee-Enfield.

Ela pensou em Tom e então no pai. Iria se virar sem nenhum dos dois. Ficaria sozinha. E daria tudo certo.

Porque era esse o preço a pagar. Para manter as crianças a salvo, tinha que abandonar Tom.

O céu a oeste estava carmesim.

A noite vinha chegando.

Durante todo aquele tempo, Tom havia começado a ficar cada vez mais agitado. Tinha enfim entendido que haviam lhe dado um walkie-talkie quebrado.

Agora ele entendia.

Tinha de fato achado que os O'Neill os libertaria, mas, quando o levaram para lá, alguma coisa que Tom viu o fez entender que era uma armadilha.

Pelo binóculo, Heather viu que ele tentou se levantar, mas não conseguiu.

— Eles estão aqui! Corre, Heather! Pega as crianças e não para de correr! — gritou ele com seus pulmões em frangalhos, então despencou de volta na cadeira.

Dois dos homens escondidos na terra se levantaram imediatamente com espingardas. Dois outros continuaram em posição, mas se mexeram o suficiente para que Heather os localizasse.

Havia quatro deles em buracos ao redor da árvore, esperando-a em trincheiras previamente preparadas.

Muito esperto. Era ideia de Matt, sem dúvida.

Heather não correu.

Não moveu um músculo sequer.

— Obrigada, Tom — sussurrou.

Ela se deitou ao lado da carabina.

Os O'Neill estavam esperando para pegá-la numa armadilha.

Ela podia esperar também.

A paciência era sua arma.

Desligou o walkie-talkie e ficou ali deitada.

Finalmente, o grandalhão Ivan saiu da trincheira e acenou para os outros.

— Vou dar isso aqui por encerrado, rapazes — disse ele.

Eram quatro, exatamente como ela havia imaginado: Matt, Kate, Danny e Ivan.

Kate aproveitou a oportunidade para vomitar. Matt se curvou e teve ânsia de vômito.

— Piranha maldita! — xingou Kate.

Estavam todos com cara de doente. A água havia *mesmo* os intoxicado, e Heather ficou feliz de saber que eles tiveram que passar tanto tempo ali deitados mesmo passando tão mal.

Ivan foi até Tom. Ele carregava algo.

Seu plano B.

Era um galão de gasolina.

— É a sua última chance de fazer alguma coisa, Heather! — gritou em direção ao mato. — Seja lá qual for o seu plano, Heather, não vai dar certo. Vamos trazer mais cachorros amanhã. Vamos encontrar você.

— Nenhum policial veio atrás de vocês, Heather! Ninguém faz a menor ideia de que vocês estão aqui! A gente *vai* te pegar — disse Kate.

— Isso aqui é gasolina, Heather. Quer mesmo que eu faça isso ou vai desistir? Última chance!

Heather engoliu em seco.

— Tá bom. Então olha! — disse Ivan, enquanto despejava o combustível em Tom. Iam queimá-lo vivo na cadeira.

Ela só tinha mais uma bala. Não conseguiria matar todos os quatro.

Sabia o que precisava fazer.

Era terrível, mas não havia escolha.

Será que seria capaz? Arrancou a camiseta, enrolou-a no cano e a amarrou na boca da arma. Mirou.

O tecido não faria a menor diferença quanto ao barulho, mas ajudaria a disfarçar o brilho do disparo.

— Agora é sério, Danny — disse Ivan.

Danny acendeu um cigarro, deu uma tragada e o jogou em Tom. Houve uma grande bola de fogo amarela, mas, antes mesmo que Tom pudesse gritar, Heather atirou no coração dele.

O tiro ecoou pela clareira.

— Onde? — gritou Ivan.

— Alguém viu? — perguntou Matt.

Ninguém tinha visto.

Matt jogou uma coberta por cima do corpo para abafar as chamas.

A Hilux veio trazendo seu para-brisa com furos de bala e a caixa de câmbio vazando. Jogaram Tom na carroceria.

— Qual é o seu plano, Heather? — berrou Ivan. — Vamos trazer mais cachorros! Não apareceu nenhum policial atrás de vocês! Ninguém vai vir procurar aqui! Vocês nunca vão sair dessa ilha. Nunca!

— Isso aí! — disse Kate.

Entraram no Toyota e partiram.

Mesmo assim, ela esperou até que escurecesse por completo.

— Vocês quase me pegaram — sussurrou enquanto colocava a camiseta chamuscada e rasgada de Petra.

Ela voltou rastejando pelo mato. Agora eram ela e eles. Sairia da ilha ou morreria tentando. Quando estava a pouco menos de um quilômetro da caverna, virou para o sul a fim de pegar mais alguns ovos de pardela. A maré estava muito baixa. Seus tênis afundavam suavemente na areia molhada.

Aquela era a lua? Uma lua novinha em folha depois de toda aquela escuridão?

Era.

Uma bela lasca de lua branca, como uma foice, desafiadoramente de cabeça para baixo.

Ela pegou os ovos e partiu para casa.

Quando chegou à planície chamuscada, deu uma derradeira olhada para aquele morro com uma única árvore.

— Adeus, Tom.

44

A terra tinha ficado escura.
Um tique-taque profundo e sombrio em sincronia com as estrelas em rotação. Olivia estava sentada debaixo da folhagem dos eucaliptos. Eram folhas poeirentas, secas e feias, mas cada uma representava um engenhoso milagre que havia passado o dia convertendo luz em comida.

Pássaros voavam em V no céu.

O luar na água.

Ela pensou em Heather. Estava preocupada com ela. Tinha errado a respeito dela.

Ali, sentada na raiz, chorou. Chorou por si mesma e pela mãe. Chorou pelo pai.

No fim das contas, ele era o seu pai.

Mas era Heather quem daria um jeito de tirar os dois dali, não ele. Olivia sabia disso. Tinha que cuidar do seu irmão mais novo.

Na caverna, dava para ouvir Owen cozinhando a cobra no fogo. Não vai ter muita carne, ele tinha avisado. Era tudo ossudo e nojento. Mas tudo bem.

Olivia se levantou, espiou a escuridão e esperou por Heather.

Ou Heather voltaria, ou então seu pai, Matt e os outros viriam. Estava com saudades do pai. Ela o amava. Mas queria que fosse Heather. Sua mãe também iria querer que fosse Heather.

Voltou para a entrada da caverna. De olhos semicerrados, quase fechados, dava para ver desenhos nas paredes. Homens e mulheres de palitinho dançando com lanças. Iluminados pela luz do fogo de Owen, eles dançavam parados.

Os homens e as mulheres com lanças estavam atacando ou fugindo de um monstro de seis pernas.

Depois de um tempo, Heather apareceu na entrada da caverna.

Olivia a abraçou.

Fez uma pergunta sem dizer nada.

Heather fez que sim com a cabeça.

Heather a abraçou também e explicou o que havia acontecido.

Olivia chorou, Heather chorou, e elas ficaram abraçadas por um longo tempo.

— Olha o que eu achei — disse Olivia, fungando e mostrando os desenhos na caverna. — Algumas dessas imagens tem milhares de anos, mas outras devem ter sido feitas nos últimos cento e cinquenta. É um homem num cavalo ali, não é?

— Acho que é.

— Fizeram um registro da Linha Negra, do massacre.

— O que vocês estão fazendo aqui em cima? — gritou Owen. — Já está pronto, venham aqui.

Elas foram.

Tinha gosto de frango ou de ave de caça. Era gostoso. Combinava com os ovos.

Owen e Heather conversaram sobre programas de TV, filmes e música para se distrair.

Heather não falou mais nada a respeito de Tom. Owen já sabia.

Os três conversaram, comeram e beberam. Owen contou tudo sobre os vídeos do canal Tecnologia Primitiva no YouTube. Heather falou de como a maré estava baixa onde ficavam os ninhos de pardela, e Owen explicou que provavelmente era por causa da lua nova. Olivia e Owen conversaram sobre o dever de astronomia dele. Tudo parecia muito mais claro agora. Owen recitou os planetas e, desta vez, acertou. Fizeram tudo o que podiam para não mencionar Tom.

Mais tarde, Heather cantou para eles todas as músicas do *Sgt. Pepper's Lonely Hearts Club Band*.

Estavam cansados e se ajeitaram para dormir um ao lado do outro, perto do fogo.

Heather pegou a carabina, acionou a trava de segurança e dormiu com a mão na coronha.

— Foi estranho olhar no espelho ontem — comentou Olivia. — Eu tinha esquecido como eu era.

— Sabia que, se olhar *bem* de perto, todo espelho parece um globo ocular?

Olivia pensou nisso e deu um sorriso.

— Gente, vou tentar dormir um pouco, tá? — disse Heather.

Olivia fez que sim, deitou-se e pensou na lua.

Fechou os olhos.

Começou a pairar à deriva para o sono.

Zodíaco, lua, mãe.

Ela se sentou de supetão.

— Owen! O seu dever de casa! A lua nova e a lua cheia! Não é quando a maré fica o mais baixo possível? — perguntou Olivia.

— É. Acho que é isso mesmo. A maré viva. Acontece duas vezes por mês.

O rosto de Owen se iluminou. Ele viu aonde Olivia queria chegar. Chacoalhou Heather.

— O que foi? Está tudo bem? — perguntou ela.

— A gente sabe um jeito de sair daqui — disse Owen.

45

L á naquelas terras ermas. Na sombra de Slemish.
 Isso, repense. Em algum lugar daquelas montanhas altas, o monstro.
Fuja. Fuja da pobreza e da chuva. Pegue sua passagem e entre no grande barco. Construa uma vida em outra terra, do outro lado do mar. *Boa sorte, meu amor*, disseram eles. *Boa sorte, meu amor*, e foi isso.
Essa nova terra. Essa terra vazia. Essa terra que emanava sorte.
O monstro no seu encalço.
Olha a minha idade, não preciso passar por isso. Essa coisa nos persegue. De baixo da sombra da montanha escura ela vem.
Sei tudo sobre ela. Conheço o seu significado. Morrigan, o corvo, a conhece também.
Esses vagabundos imprestáveis. Não fiquei doente. Água? Nunca que eu encostaria naquilo. E eu com essas pernas ruins. Eu me sairia melhor. Ela vai destruir tudo o que construí se eu não der um jeito nisso.

— Matty! Matty, acorda! Tenho um plano. Matthew, cadê você? Acorda e vem cá!

Ele, o único que não carregava a mácula daquele sangue.

— Que foi, mãe?

— Vem cá! O seu plano não deu certo, mas eu tenho uma ideia para a gente pegar essa vagabunda.

— Que ideia? — perguntou Matt, abrindo a porta.

— Vai ali na cômoda. Pega a cana. Os meus joelhos. Esses joelhos de merda. Quem é ela? Como foi que ela causou essa bagunça toda, Matthew?

— Não sei, mãe. O Tom disse que ela era massoterapeuta dele antes de se casarem.

— Ela não é do tipinho intelectual?

— Não, mãe.

— Mas o que é que ela tem, então? Tem cara de que qualquer ventinho forte já leva embora.

— Pois é. Eu pensei a mesma coisa.

— Ela teve sorte ou é esperta?

— Não sei.

A mãe tomou um gole da cana com satisfação. Era da boa. Tinha bem mais de 20 anos, mas descia redondo. E o gosto de alga a fazia se lembrar dos uísques irlandeses.

— Senta aqui do meu lado na cama, isso. Quer um pouco?

— Não, mãe.

— Às vezes fico pensando se a gente é feito de merda ou de luz. O que você acha, Matthew?

— Hum... Não sei, mãe.

— Não sabe. Tem muita coisa que você não sabe, não é, Matty? Mas eu sei. Sei muito mais do que você pensa. Sei que você, o Terry e a Kate andaram conversando de montar algum tipo de hotel para turistas aqui, Matthew.

— Uma pousada ecológica, mãe. Foi ideia do Terry. Está na moda hoje em dia. Teria dado certo. A gente podia ter trazido muito dinheiro para cá. Mudado o nome da ilha. Garantido o nosso futuro. O dinheiro está acabando. A gente precisa pensar nessas coisas.

— Eu sei disso! Mas sabe por que eu não achava essa ideia boa? Sabe por que eu não gosto de gente estranha vindo aqui na ilha?

— Por quê, mãe?

Ela deu uns tapinhas na perna dele, sorriu e soltou uma risadinha.

— Porque eu sabia que ela estava vindo. Bem no fundo dos meus ossos. Ela... Alguém como ela. A nossa vida aqui é boa. Abre a janela para mim, faz favor?

Matt se levantou e abriu a janela. O mato tinha um cheiro ocre, exaurido, tão cansado quanto ela. A canção da noite a envolvia. O mato era indiferente. Não ligava para o que acontecia com nenhum deles.

— A gente tem que tocar o barco, Matthew. Seguir em frente. Em direção ao passado, quando tudo era presa. As coisas podem voltar a ser como eram... pelo menos por um tempo. Entendeu?

— Na verdade, não, mãe.

— Só a gente, vivendo de um jeito simples. Nada de pousada ecológica, nada de estranhos. Eu sabia que ela viria e estragaria tudo. Ela ou alguém parecido. Sabe o que essazinha é, Matthew? O monstro. O *bunyip*. Ela vai destruir a gente a menos que a gente destrua ela. Temos que pegar ela.

— Mas como? — perguntou Matt.

— Quando eu era bem pequenininha e cheguei aqui, me perdi. E sabe como foi que o Terry me encontrou?

— Não.

— Senta que eu vou contar.

46

Matt saiu da fazenda montado em Pikey bem antes do amanhecer. Estava feliz por dar o fora dali. Não tinham água. Nem energia. E ninguém sabia o que fazer, a não ser ele e a mãe.

Heather estava lá em algum lugar.

Ele iria encontrá-la sem os cachorros.

Estava com sua confiável carabina .22, que usava para caçar animais de pequeno porte e que tinha fazia anos. Podia até não ser a arma mais mortal da ilha, mas gerava um coice fraco e era muito veloz. Matt nunca havia errado com ela, nunquinha.

Iria encontrá-la. Tinha que encontrá-la.

Ela era a coisa externa que ameaçava o estilo de vida de todos ali.

Cavalgou com Pikey para o sudeste sobre o capim-canguru em direção à prisão.

Chamou Rory. Estava muito enjoado e vomitou no banheiro externo do sujeito.

Rory não a tinha visto. O gerador não funcionava, então a bomba também não, por isso ele também não tinha eletricidade nem água.

— Se vir ela, atira — orientou Matt e cavalgou para a costa leste, onde a maré estava baixa.

O nascer do sol nesse lado da ilha era sempre bonito. Um vermelhão extraordinário. Mas não havia tempo para esperar o amanhecer.

— Heather? — tentou chamar pelo walkie-talkie.

Estática.

Cavalgou até o extremo sul, onde as pardelas faziam ninhos.

— Heather? — tentou de novo enquanto andava pela praia.

Estática.

Foi para o oeste, em direção à balsa, mas Kate, que estava vigiando o cais, não tinha visto nenhum sinal dela.

— Heather?

Estática.

Cavalgou para o noroeste até a praia com o manguezal.

— Heather?

Nada.

Cavalgou para o norte, onde a campina começava a ficar cheia de morros.

— Heather?

Estática e depois uma voz.

— Matt?

Ah... então era ali que ela estava se escondendo.

— Heather, por que é que você fez tudo isso com a gente? A gente não tem energia, nem combustível, nem água.

— Pelo visto, vocês vão ter que trazer a balsa para pegar suprimentos.

— Vamos vigiar a balsa como se fosse uma barcaça saindo de Fort Knox.

— Você quase me enganou, Matt. Até que você é inteligente, mas acho que não tanto quanto imagina.

— É uma pena, Heather. A gente podia ter feito um acordo. Sei que muitos de nós queriam.

— Vocês não teriam cumprido o combinado.

— Talvez sim, talvez não. Você não teve a chance de ver o nosso melhor lado. A gente está olhando para o futuro. A família está planejando um negócio de ecoturismo para daqui a alguns anos.

— Que pena.

— O Tom é que foi uma pena.

— E o Hans e a Petra.

— E o Hans e a Petra.

— E agora? — perguntou Heather.

— Eu que pergunto.

— Talvez a gente fique por aqui. Estamos gostando, eu e as crianças. Temos água. Comida. E vocês vão todos morrer em uma semana, mas com a gente está tudo ótimo.

— Papo furado.

— Nada. A Olivia estava colhendo margaridas hoje, e sabe o que ela encontrou?

— O quê?

— As margaridas, na verdade, são flores do inhame. A gente encontrou inhame. Crescendo solto. Por toda a ilha. Você sabia disso, por acaso?

— Não.

— Esse lugar é tão rico em comida. É só saber onde procurar. Centenas de aborígenes viviam aqui.

— Duvido.

— Então fica duvidando. Vamos ficar bem aqui no mato enquanto vocês apodrecem e morrem nos seus caixões de madeira.

— É tudo culpa sua — disse Matt com amargura.

— Ai, Matt, a gente já passou da fase da "culpa" faz tempo. Podemos ficar ou ir embora. Podemos atravessar a água voando, se a gente quiser. Os corvos vão nos levar.

— Parece que você está alucinando de sede.

— Ficar ou ir embora. Eu digo ficar. Temos uma missão. Os corvos vão nos ajudar nisso também.

— Que história é essa, Heather? Que missão?

— A nossa vida é permeada de tarefas profundas. Eu recebi ferro meteórico. Veio com instruções. Os dois últimos dias foram só o começo. Matar os cachorros. Destruir os seus combustíveis. Envenenar o poço. Explodir o gerador. Vou voltar toda noite. Vocês nunca vão me encontrar. Eu fui enviada para cá, Matthew. Fui enviada para cá para formar outra linha, uma que vai acabar com a sua. Para apagar vocês. Aniquilar vocês. Entendeu?

— Você não teria coragem.

— É melhor tirar as crianças daqui, porque eu vou expurgar essa ilha da presença dos O'Neill.

— Você ficou doida? Tomou água do mar?

— A gente está bem. Temos água fresca. Muita água fresca. A ilha é nossa agora. Podemos viver em qualquer lugar daqui, mas vocês estão presos. Presos numa ilha que é um barril de pólvora com uma mulher que tinha um pai atirador de elite que treinou a filha para também ser atiradora de elite.

— Mentira!

— Ah, ele ficou meio incerto quanto a me ensinar, é verdade, mas acabou me contando que foi a única coisa que ele aprendeu a fazer na vida. Eu sei limpar, mirar e disparar qualquer arma já feita. Consigo acertar um rato de esgoto na praia no pôr do sol. Consigo matar um coelho a um quilômetro de distância. Vocês estão mortos, Matt. Todos vocês. Só não sabem ainda.

O sinal de Heather agora vinha com muita clareza pelo walkie-talkie. Ela tinha que estar num raio de quatrocentos metros do local em que Matt cavalgava. Havia um amontoado de eucaliptos no alto de um morro a oeste. Havia notado a presença deles muitas vezes no passado, sem jamais se perguntar onde aquelas árvores grandes e velhas arrumavam água.

Muita água, foi o que ela disse.

— Aonde você quer chegar, Heather?

— A questão, Matt, é que está chegando a sua hora, a hora da mãe e dos outros. A polícia vai aparecer muito em breve para procurar a gente, vai nos achar, e vocês vão ser acusados de assassinato. Cada um de vocês. Até lá, vou transformar a vida de vocês num inferno.

— Está sugerindo um acordo?

— Deixa a balsa para a gente. Quero todo mundo na fazenda até a gente sair da ilha.

— E o que é que vamos ganhar com isso, Heather?

— Eu digo para a polícia que foi o Jacko que matou o Tom, a Petra e o Hans. E aí eu matei ele em legítima defesa.

— E o Danny?

— Não vamos mencionar o Danny.

Matt fez Pikey diminuir de um galope para um trote. Estava aproximando-se dos eucaliptos agora. O sol havia enfim nascido para mais um dia escaldante. Ele tirou a carabina do coldre de couro.

— Calma, garota — disse para Pikey.

Ele desmontou e amarrou a égua numa árvore.

Estava enjoado de novo. Sentiu ânsia de vômito, mas se recompôs. Apertou o botão do walkie-talkie.

— Vou ter que ver com a mãe — disse para Heather.

— Então vê.

— É o que eu vou fazer.

Andou entre as árvores e lá, em frente à entrada de uma caverna que ele nunca tinha visto, estava a menininha. Cavando atrás de inhames, como Heather disse.

47

Heather olhou para o rádio e esperou pela resposta de Matt. Talvez houvesse uma saída que não exigisse mais derramamento de sangue, que não colocasse a vida das crianças em risco por seguirem o plano de Olivia e Owen.

Matt era o mais inteligente e provavelmente o mais arrazoado da família.

— Matt? — disse ela para o walkie-talkie.

Heather estava de guarda com a Lee-Enfield já fazia um tempo e não tinha percebido nada errado. Mas o silêncio agora era preocupante. O que...

— Prontos ou não, aí vou eu! — disse Matt, não através do walkie-talkie, mas de algum lugar muito perto.

Heather se encolheu atrás do tronco de uma árvore.

Ai, meu Deus. Ele estava ali.

— Aparece, Heather! Peguei a sua garotinha. Estou apontando uma arma para ela. Aparece.

Como é que ele encontrou...

— É tão chato, não é? Contar três, dois, um. Mas é isso que eu vou fazer, Heather. Três, dois, um...

Heather saiu de trás do eucalipto.

— Estou aqui — disse.

Com a mão esquerda, Matt segurava Olivia pela nuca. Na direita, ele carregava a carabina apontada para a garota.

— Solta a arma ou a garota aqui vai conhecer Jesus mais cedo — disse Matt.

— Matt, não! A gente pode fazer um acordo.

— Ô, mas esse povinho dos Estados Unidos tem mania de fazer acordo. Solta agora ou ela morre!

Heather largou a Lee-Enfield.

— Muito esperta. Agora mãos para o alto.

Ela as levantou.

— Não dá para depender dos outros para fazerem as coisas direito mesmo — disse Matt com um sorriso debochado.

— Como foi que você encontrou a gente?

— O seu pai era militar e nunca ensinou sobre silêncio de rádio? Triangulação?

O queixo de Heather foi ao chão. Triangulação. Sim.

— Eu estava tentando me lembrar de tudo o que ele falava.

— Ah, parceira, você tinha que ver a sua cara. Frustrada que só. Vem aqui, *devagar*.

Ela andou na direção dele.

Quando estava a uns cinco metros de distância, ele disse:

— Já está bom.

— Aqui?

— Mãos para o alto, por favor. É bom não inventar de bancar a heroína.

Heather ergueu as mãos.

— Cadê o menino? Não mente para mim.

— Dormindo ainda. Na caverna. A gente achou uma caverna.

— Ele que se prepare, porque vai acordar no susto. Mãos mais para o alto, por favor. E mais separadas.

Ela seguiu a ordem.

— Você não vai me capturar, não é? — perguntou.

Matt meneou a cabeça.

—Sabe de uma coisa? Você causa problemas demais, acho que assim vai ser melhor para todo mundo. A mãe diz que você é o *bunyip*.

— Fico ouvindo essa palavra o tempo todo. O que quer dizer?

— É um monstro da mitologia aborígene. Centenas de anos atrás, o *bunyip* era representado como um tipo de emu, mas, aos poucos, conforme os europeus e os seus totens foram entrando no Sonhar, o diabo, o *bunyip*, começou a ser representado como homens brancos a cavalo.

— Ah, entendi. Os monstros somos nós.

— Os monstros, de fato, somos nós. Você aprendeu, Heather. Não tem mais nada que a ilha possa te ensinar. Fecha os olhos.

Ele soltou Olivia e apontou para Heather. Apoiou a carabina no ombro e olhou através da mira.

E então atirou nela.

48

Tudo o que ela podia fazer era cair.
 Era tão fácil cair.
 Pessoas caíam todo dia. O planeta não queria que elas ficassem andando por aí. Queria-as perto. Queria que virassem parte dele.
 Embaixo do eucalipto, ela caiu.
 E, enquanto caía, viu o céu e o corvo e ouviu o estouro da carabina.
 Uma marreta atingiu seu ombro. Bem onde aquele primeiro tiro começava a sarar.
 Sua nuca bateu na raiz de uma árvore.
 A dor a deixou sem fôlego.
 Matt não a havia matado com o primeiro tiro, mas não importava. Ele a tinha derrubado.
 Ela estava caída, sem sua arma, e ele se aproximava com uma carabina.
 Olivia tentou agarrar a perna dele, mas Matt a chutou com força para longe, e ela se encolheu em agonia.
 Heather olhou para o ombro. O tiro parecia ter atravessado. Era só uma bala calibre .22, mas, por Deus, como doía. Pelo menos ela ainda conseguia sentir alguma coisa, o que significava que continuava viva.
 — Ora, ora, ora — disse Matt. — Você fez a gente suar, não fez? Deu uma agitada nas coisas por aqui.

— Eu tentei... O que é que você vai fazer agora?

— Dar um fim em você, eu acho, e depois levar os pequenos — respondeu Matt.

— Eu te conheço, Matt. Você não é assim. Acha mesmo que é a coisa certa a fazer?

— Defender a minha família de intrusos que bagunçaram a nossa vida? Pode crer que é a coisa certa sim, parceira.

Mas ele devia estar atirando em vez de falando. É preciso foco para matar qualquer coisa, seja um coelho, um cervo ou um ser humano. O pai de Heather lhe ensinou isso. Ele matou onze homens no Iraque. Guardou uma lembrança profunda e multifacetada de cada um. Nunca contou nada sobre cada morte. Mas às vezes ela o ouvia falar enquanto dormia ou ao telefone...

É preciso bloquear o mundo. É preciso ter foco. Matt não tinha. Ele parou para ver onde Olivia estava e ergueu o olhar quando Owen saiu da caverna.

O que lhe custou dois segundos.

Ela se deixou levar pela gravidade e deslizou da raiz grande e brilhosa do eucalipto em direção à grama. Atrapalhada, esforçou-se para se levantar e foi mancando para o velho ônibus escolar.

Despreocupado, Matt a seguiu. Ele também não estava lá muito bem, mas certamente andava mais rápido que ela.

— Aonde você pensa que vai, Heather? Está achando que vai ligar aquele ônibus e sair dirigindo?

Ele riu da própria piada.

Heather foi aos tropeços até a traseira do ônibus escolar e despencou no chão.

Não conseguia ir mais longe.

Matt deu um sorriso largo.

As crianças os seguiram. Ele apontou a arma para os irmãos.

— Não cheguem mais perto, vocês dois!

Eles pareciam apavorados.

Heather tentou chamar a atenção de Olivia. *Vai ficar tudo bem. Não. É sério. Eu não mentiria para vocês.*

Heather engatinhou para a esquerda.

Matt faria questão de acertar o tiro que a mataria.

Ele chegaria perto.

Iria direto para ela.

O ar da manhã estava pesado, doce e melado.

Havia borboletas. Uma garça. Um velho corvo.

O tempo passava devagar.

Ela sorriu para ele.

— Está sorrindo por quê? — disse Matt e foi direto para a armadilha de dingo.

Ele gritou e soltou a carabina quando as mandíbulas se fecharam no seu tornozelo.

Aquele teria sido o fim de Matt se a armadilha não fosse velha demais e estivesse com as molas enferrujadas. Não quebrou a perna dele nem perfurou uma artéria.

Ele ficou lá, de pé, gemendo e, então, com um rugido poderoso, conseguiu abrir o mecanismo.

— Merda! — gritou e tirou o pé da armadilha.

Escorria sangue do seu tornozelo.

Heather não parou para olhá-lo. Estava rastejando em direção à carabina.

— Nada disso! — disse Matt e avançou sobre ela.

Os blefes, as súplicas e a razão tinham acabado. Agora o jogo era outro. O jogo mais velho já inventado.

Matar ou morrer.

Ela lhe deu um soco nos rins. Ele estremeceu, deu uma cabeçada no nariz dela e o quebrou. A cabeçada doeu quase tanto quanto a bala .22.

Escorreu sangue da boca de Heather.

Matt estava em cima dela. Ele colocou suas patas enormes e carnudas ao redor do seu pescoço e apertou. Estava estrangulando-a com a força dos punhos. Aquilo era bom, pensou Heather, quando seu cérebro de massoterapeuta assumiu o controle inapropriadamente. Ele poderia matá-la sem forçar as costas. As crianças estavam se aproximando sem medo. Iam tentar atacá-lo com as próprias mãos. Estavam longe demais para ajudar. *Fujam, só fujam!*, ela queria dizer. Mas elas não eram mais do tipo que fugia.

— Eu devia ter feito isso no primeiro dia — rosnou Matt enquanto a enforcava.

O mundo ficou preto.

Ela não conseguia respirar.

Não conseguia pensar.

Como foi capaz de achar que água era tão importante quando a única coisa que importava era o ar?

A última coisa que ela veria era o rosto furioso e vermelho de Matt.

E até isso estava esvanecendo.

Dissolvendo-se numa imensidão branca.

Cinza.

Nada.

Mas havia uma esperança.

Precisava se lembrar de que era a mensageira.

A mensageira com o ferro meteórico.

Sim.

Sim...

Está ouvindo, Matt?

A mensagem há de vir.

Matt gritou quando Heather enfiou o canivete na sua coxa.

Ela o chutou para longe e rastejou até a carabina .22.

Não estava lá.

Onde?

Onde é que...

Owen estava apontando para a cabeça de Matt.

Matt se arrastava na direção dela.

— Chega — disse Owen.

— Você acha que sabe usar isso aí? — grunhiu Matt.

— A Heather ensinou.

— A gente sabe exatamente o que fazer — disse Olivia, apontando a Lee-Enfield para ele.

Não tinha como Matt saber que a Enfield estava descarregada e que Owen provavelmente não havia recarregado a .22.

Matt olhou para as carabinas e levantou as mãos.

— Relaxem, crianças. Não vou a lugar nenhum. E como é que eu iria? Ela me esfaqueou, e olhem para o meu tornozelo.

— Se ele sequer peidar na minha direção, atirem do jeito que eu ensinei. Vou pegar a porra do meu canivete de volta.

Heather puxou a faca da parte carnuda da coxa de Matt e a guardou no bolso. O tornozelo dele era uma maçaroca ensanguentada e o corte na coxa tinha sido supreendentemente fundo, mas ele sobreviveria.

Ela analisou o ferimento no ombro. Doía pra cacete, mas era uma bala de baixo calibre e não estava sangrando tanto assim. Ela também sobreviveria.

— E agora, vai fazer o quê? Me matar? — perguntou Matt.

— Olha, Matt — respondeu Heather. — Você encontrou o nosso esconderijo, então acho que o mais esperto seria te matar mesmo. Mas isso seria assassinato. E não é do nosso feitio. Vamos pegar um carro, dar o fora da ilha Holandesa e chamar a polícia.

— E depois vamos deixar uma avaliação *péssima* no TripAdvisor — disse Owen.

49

Amarraram as mãos dele nas costas com o cinto e o enfiaram dentro da caverna. Pegaram a carabina .22 e tomaram o caminho da fazenda.

Engatinharam através da grama até estarem a menos de meio quilômetro de distância.

O plano de Olivia e Owen era fazer isso à noite. Mas tinham como entrar em ação durante a maré baixa do dia também. Só seria mais perigoso.

Precisariam de uma distração.

O vento soprava com firmeza do oeste.

Heather arrancou dez folhas de capim-canguru e as posicionou no chão a mais ou menos um metro uma da outra. Pegou o isqueiro de Jacko e ateou fogo em cada montinho. As condições estavam perfeitas. O mato crescido depois da chuva, o combustível seco, o vento estável.

Pegou fogo rápido, e a chama correu para o leste, bem como deveria acontecer.

Fogo não era nada assustador. Era possível vê-lo trabalhando se ficassem a barlavento.

Por duas mil gerações, os povos indígenas usaram fogo como ferramenta para cuidar daquele mesmo terreno. O fogo se tornava inimigo apenas de quem não podia se mover.

De quem, por exemplo, tinha uma casa para defender.

— Vamos, crianças — disse Heather.

Correram para o sul e subiram um morrinho.

Apenas uma hora havia se passado desde o amanhecer, e o sol estava baixo no céu, mas tinha luz suficiente para que vissem o fogo alastrando-se pela vegetação rasteira em direção à fazenda da família O'Neill.

Alguém começou a gritar, e homens, mulheres e crianças começaram a seguir para o oeste do complexo. Deviam ter um gerador de emergência guardado em algum lugar, porque apareceram com uma mangueira contra incêndio que bombeava água do poço.

Ela não ficou tão decepcionada. Tentar apagar o fogo lhes daria outra coisa a fazer que não simplesmente abandonar o navio.

— Vamos indo — disse Heather.

Eles se mantiveram abaixados até se afastarem algumas centenas de metros e então se arrastaram.

Tinham ficado bons nisso.

Arrastaram-se até ficar a quinze metros do pátio da fazenda.

Vocês têm certeza de que vai dar certo, crianças?, Heather estava tentada a perguntar, mas ficou de boca fechada. Que escolha tinham?

Chegaram ao pátio e se esconderam atrás do grande celeiro. Estavam todos lá fora, lutando contra o fogo. E não havia nenhum cachorro para denunciá-los.

— O que a gente faz se estiver trancado? — perguntou Owen.

Heather mordeu o lábio. Nenhum outro carro serviria. Tinha que ser aquele Porsche Cayenne ridículo com o snorkel grande e ao mesmo tempo feio e lindo.

Ela forçou a maçaneta.

A porta se abriu. Esse veículo em particular tinha uma chave e um botão para ligar. A chave funcionava via Wi-Fi, por aproximação. Se a chave estivesse no carro, só precisariam pisar no freio e apertar o botão.

As crianças entraram. Ela pisou no freio e apertou o botão.

Nada aconteceu. Apertou de novo. Nada. Uma terceira vez... Nada. Ela procurou pelo carro, mas não havia nem sinal da chave.

— A chave deve estar dentro da casa. Esperem aqui, fiquem abaixados e deixem a porta fechada. Volto em um segundo — disse Heather. Entregou a .22 de Matt para Olivia. — Acho que ainda tem duas balas aqui. Fiquem no carro. Se alguém tentar arrastar vocês para fora, atira.

Olivia fez que sim.

— Vou atirar.

Heather fechou a porta do motorista, pegou a Lee-Enfield descarregada e correu até a casa. Estavam todos do lado de fora resolvendo o incêndio. Onde é que guardariam uma chave? Ela procurou por ganchos na parede ou alguma bandeja perto da entrada. Nada parecido. Se não encontrasse aquela chave, estariam perdidos. Não era possível fazer ligação direta num carro moderno como era comum em modelos mais antigos. A chave por aproximação precisava estar dentro daquela merda.

Ela se lembrou da escada que levava até o quarto da mãe.

Subiu de três em três degraus.

No topo da escada havia um longo corredor com meia dúzia de portas.

— Merda.

A primeira que abriu dava para o quarto de um homem onde havia uma calça jeans jogada no chão.

A segunda dava para um banheiro.

Estava ficando sem tempo.

— O que você está procurando? — perguntou uma voz.

Era uma menina muito pequenininha com grandes olhos castanhos.

— As chaves do meu carro e o meu celular — respondeu Heather

— Foi você que tacou fogo no mato? — quis saber a garota.

— Foi. Me desculpa. Eu não devia ter feito aquilo. Pensei que todo mundo ia sair para apagar o incêndio e a gente ia conseguir fugir.

— Tudo bem. Acontece todo verão. A gente está acostumado. O meu nome é Niamh, por sinal — disse a garotinha e estendeu a mão.

Heather a cumprimentou.

— Heather — disse, solene.

— O seu celular e as chaves estão no quarto da mãe. Ali no final.

— Obrigada, Niamh.

Ela foi até o final do corredor. A porta dava para um quarto quente, empoeirado e cheio de coisas, com uma gigantesca cama de dossel, uma cômoda alta e vários outros móveis de madeira antiquíssimos. As paredes eram cobertas por fotos velhas em preto e branco de homens com barbas elaboradas e mulheres com vestidos elaborados. Havia uma passagem de barco de Liverpool para Sydney enquadrada e, ao lado, uma foto que retratava uma garota linda e ridiculamente jovem com uma mala tentando fazer cara de adulta.

— Deus do céu! O que você pensa que está fazendo aqui?! — disse uma voz.

Heather se virou. Era a mãe com um garotinho loiro ao lado, apoiada nele.

— É hora de a gente ir embora.

— Não dei permissão para vocês irem — disse a mãe.

— Você não está em posição de dar permissão nenhuma.

— A ilha é minha!

— Não é sua nem nunca foi. Cadê a chave do Porsche? — perguntou Heather e apontou a arma para a cabeça da mãe.

— Você não vai atirar.

— Pergunta para o Jacko se não vou. Atiro em você e no seu neto.

— Você é um bicho!

— Cadê a chave?! — gritou Heather, apontando a carabina descarregada para a cabeça do garoto.

— Na mesa de cabeceira. Bem do lado da cama — disse a mãe.

Heather viu a chave numa bandejinha ao lado da cama, em cima de todos os celulares. Enfiou tudo nos bolsos.

— Que gritaria toda é essa, mãe? — perguntou Danny do corredor com uma expressão atordoada.

Heather apontou a Lee-Enfield sem balas para o sujeito.

— Põe a mão atrás da cabeça e se ajoelha no chão! Agora!

Danny se ajoelhou e colocou as mãos no pescoço.

— Não é justo — choramingou.

Heather passou por ele.

— Sinto muito pela Ellen. De verdade — disse e golpeou a nuca dele com a coronha pesada da carabina.

Danny caiu de cara no velho assoalho.

— Assim que virem você chegando, vão tirar a balsa da praia. Vocês estão ferrados! — disse a mãe com uma risadinha.

— A gente estaria ferrado se esse lugar *fosse* uma ilha — respondeu Heather.

Os olhos da mãe foram tomados por uma onda de fúria. Ela previu o futuro. Sabia o que aquela jovem faria com tudo o que ela havia construído aqui se conseguisse sair.

Também era um olhar de reconhecimento. Um espelho. Tinha chegado ali jovem e agitado as coisas, se casado com um nativo, destruído e construído coisas por todos aqueles anos.

A mãe lhe deu um golpe fraco com a bengala.

— Eu vou te pegar, sua piranha! — disse, raivosa.

— Então é melhor correr.

Heather disparou pelo corredor. Deu um tchauzinho para a pequenina Niamh e correu escada abaixo. Atravessou rápido o pátio da fazenda até chegar ao Porsche.

— Sou eu — disse quando abriu a porta do motorista.

Olivia, sentada no banco do carona, sorriu e relaxou os dedos com que segurava a arma. Heather pisou no freio, apertou o botão e o motor do Porsche roncou, ganhando vida.

Ela deu a volta na casa, conferiu a posição do sol e partiu para o leste. Pelo retrovisor, viu Matt galopando em direção à fazenda.

— Matt! — gritou Olivia.

— Num cavalo! — acrescentou Owen.

— Estou vendo! Merda. Fica de olho lá atrás, Owen, eles vão perseguir a gente daqui a pouco — disse Heather um minuto depois.

— Acho que já estão perseguindo!

— Não pode ser!

Ela olhou pelo retrovisor.

Vários deles se empilharam na Hilux e estavam a caminho.

Ela olhou para a frente.

Sol vermelho.

Reflexos no vidro.

Na sua mente, tocava uma música dos Pixies, "Gouge Away — que significava quase "mete o pé"; meio óbvia, mas e daí?

Dirigiu pela charneca pantanosa. O Porsche ia quicando na terra. Uma terra que não era *deles*. Que nunca foi.

Ela torceu para as crianças estarem certas. Torceu para o panfleto da prisão estar certo. Dois dias por mês, na maré baixa da lua cheia e da lua nova, a ilha Holandesa se transformava numa península.

— Cuidado! — disse Owen, e ela desviou de um Fusca naufragado, belo em todo o seu esplendor vermelho por causa da ferrugem, parado no mato como um anquilossauro.

Se eles baterem, vão simplesmente pegar outro carro. Se a gente bater, estamos mortos, pensou Heather.

Uma bala espatifou o vidro traseiro.

Olivia gritou.

— Todo mundo bem? — perguntou Heather.

— Eu, sim — disse Owen.

— Atiro também? — perguntou Olivia com a carabina de Matt em mãos.

— Só fica com a cabeça abaixada, meu amor! Vocês dois!

Ela fez a volta num toco de árvore e foi direto para um canal que devia ser um antigo sistema de drenagem ou um rio alargado pelas chuvas.

O capô do carro mergulhou no canal, e três coisas aconteceram ao mesmo tempo: algo pesado bateu no eixo, o carro deu uma guinada de lado e um véu de lama e água marrom atingiu o para-brisa.

— Cuidado! — gritou Owen enquanto giravam em direção ao paredão da margem oposta do canal.

Eles bateram de lado. O carro morreu e então parou.

Ela ligou os limpadores de para-brisa e tentou usar o borrifador de água. Nenhuma gota saiu, e um dos limpadores parecia estar quebrado.

O outro funcionou e abriu um pequeno arco em frente ao rosto dela. A visibilidade no banco do carona era zero.

Se ficassem presos naquele paredão, seria o fim de todos eles.

Ela olhou pelo retrovisor.

Continuavam nos seus calcanhares.

Ela diminuiu a marcha e apertou o botão para ligar o veículo.

— Se segurem, crianças!

O carro tremeu.

Ela pisou fundo no acelerador até o pedal quase encostar no chão do carro.

— Vamos lá! — disse

O motor roncou, e o Porsche pareceu entender o que Heather queria. Os pneus dianteiros se esforçaram para conseguir tração na trincheira, espirraram lama e, aos poucos, firmaram-se. Quando ela conseguiu impulso suficiente, virou o volante para o paredão oposto, e o Porsche começou a escalá-lo.

Subiu num ângulo de trinta graus, e ela se perguntou se iriam capotar.

Outra bala atingiu a traseira do carro com um som estridente e ricocheteou de forma terrível, atravessando a janela lateral. Cacos de vidro acertaram a bochecha direita de Heather.

— Vamos lá, bebê, você consegue, sua lata velha de merda! — disse.

E, com aquele encorajamento, o Porsche galgou para fora do canal e voltou à charneca.

Ela aumentou a marcha e deu uma olhada no retrovisor. Viu o Toyota desaparecer dentro do canal e prendeu a respiração por três segundos antes de vê-lo saindo com dificuldade lá de dentro.

— Merda.

Faltava menos de meio quilômetro para chegarem ao oceano.

O solo era pantanoso, mas o Porsche não se importava. Ela ouviu o carro aumentando as marchas. Terceira. Quarta.

Outra bala acertou o interior da cabine e fez um buraco no para-brisa. Dessa vez, o vidro inteiro se espatifou.

Ela não conseguia ver nada.

Tentou bater e empurrar o vidro para fora com a palma da mão. Ele nem se mexeu.

— Não consigo ver!

Olivia o atingiu em cheio com a coronha da carabina, e o para-brisa se despedaçou, cobrindo-os de vidro.

O walkie-talkie voltou à vida.

— Desiste, Heather! Vai acabar matando você e as crianças! Ninguém quer isso! — disse Matt.

Olivia olhou para ela.

— Quer responder?

— Não se preocupa com isso. Só fica de cabeça baixa.

— Dá para responder aqui de baixo.

— Não tem nada para dizer.

— Heather, por favor, estaciona antes que mais alguém se machuque. A gente pode conversar e resolver tudo. A mãe concorda comigo, essa história já foi longe demais. A gente pode voltar para o plano original — disse Matt.

Ela dirigiu através do mato pantanoso e deu uma olhada na Hilux. O Toyota tinha arcos de pneu muito mais altos e avançava com mais facilidade pelo terreno.

Mas agora faltava pouco para chegarem ao oceano.

Outra bala passou cantando pelo carro. Ela se encolheu depois que o tiro já havia errado o alvo. Olivia se sentou. Heather empurrou a cabeça da garota de volta para baixo.

Pegou o walkie-talkie.

— Se é para negociar, Matt, então sugiro que vocês parem de atirar na gente.

Houve uma pausa antes de Matt voltar.

— Vamos parar de atirar se você estacionar.

— Primeiro parem de atirar que depois a gente conversa.

— Para onde você está indo, Heather? Não adianta. Não tem para onde correr.

— Como está de gasolina por aí, Matthew? E a caixa de câmbio, hein?

— Tudo indo bem.

Talvez tivessem combustível suficiente para um carro, mas não o suficiente para que o restante da família os seguisse.

Ela olhou pelo retrovisor mais uma vez. O Toyota estava a uma distância de cinco carros agora.

Estava a oitenta quilômetros por hora. Uma velocidade absurda para aquele tipo de terreno.

Fazia trinta segundos que não ouvia nem um pio de Owen.

— Owen, tudo certo aí atrás?

— Ã-hã.

Eles bateram em alguma coisa; o carro inteiro tremeu, ficou sobre dois pneus por um segundo e depois voltou para baixo com um baque pesado.

Retrovisor.

Kate dirigindo. Matt no carona. Com uma espingarda nas mãos. Ivan estava lá também, espremido. As cinzas do incêndio que haviam causado caíam do céu como neve.

Matt abriu a janela da caminhonete.

— Se abaixa todo mundo! — mandou Heather.

Balas atravessaram o Porsche.

Olivia foi lançada sobre o painel.

— Crianças!

— Eu estou bem! — disse Owen, caído no chão do carro.

— Olivia? Olivia? Olivia?

Olivia não estava respondendo.

— Owen, levanta e pega o volante aqui!

— Quê?

— Pega o volante!

Owen agarrou o volante enquanto Heather se debruçava sobre Olivia.

— O que eu faço? — perguntou o garoto.

— Reto toda a vida até a praia. Está no automático. Só conduz.

Olivia parecia uma boneca de pano.

Heather a examinou. Nenhum ferimento de bala, mas ela havia batido a cabeça.

— Ui — disse a menina.

— Você está bem, querida?

— Estou.

— Heather, isso é loucura! Qual é o seu plano? — perguntou Matt pelo walkie-talkie.

Você adoraria saber, não é? Ela olhou pelo vidro traseiro estilhaçado e mirou a carabina .22 em Kate, que dirigia o Toyota. Apertou o gatilho. O Porsche deu um solavanco e ela errou. Recarregou a arma e mirou no bloco do motor. Era um alvo maior. Atirou e com certeza acertou alguma coisa.

Merda. Eram as últimas balas.

— Fiquem com a cabeça abaixada, crianças! Owen, vou assumir a direção.

Mas, antes que conseguisse colocar as mãos no volante, a charneca ficou para trás, e eles chegaram à praia.

O Porsche girou, e o Toyota estava em cima deles.

Kate os abalroou, e o Porsche ficou sobre duas rodas de novo. Caso capotassem, não haveria misericórdia. Era o que a lógica exigia. O que a mãe exigia.

Kate frearia com tudo. Matt e Ivan sairiam, arrastariam todo mundo para fora do carro e executariam um depois do outro.

Heather não permitiria que isso acontecesse.

O carro voltou ao solo com um baque pesado.

O pé dela encontrou o pedal.

O Porsche começou a acelerar. Kate continuava logo atrás, mas o para-brisa da Hilux estava trincando.

— A gente tem que dar um jeito de atingir aquele vidro — murmurou Heather.

— Que tal isso aqui? — perguntou Olivia, pegando o *Contos completos e peças de Anton Tchekhov* do chão.

— Vai! — disse Heather.

Olivia passou o livro para o braço esquerdo, o braço que usava para fazer lançamentos no softball, mirou e jogou o volume de capa dura pesado que Tom havia trazido lá de Seattle.

O livro fez uma curva através do ar, fulgurante, como um falcão numa parábola de ataque, atingiu o canto do para-brisa e o espatifou.

— Isso! — disse Olivia.

O Toyota deu uma guinada caótica enquanto Kate socava o vidro que tinha sobrado.

Heather desacelerou e dirigiu ao longo da praia, procurando a passagem sobre a qual haviam lido. A passagem que só aparecia quando a maré atingia seu ponto mínimo, com a lua nova e a lua cheia.

Onde é que estava?

Onde é que estava?

Onde é que...

Lá. Uma linha sutil sob a água que ia da ilha Holandesa até o continente.

Ela acelerou o Porsche em direção ao mar e puxou a alavanca que ativava o snorkel.

Chegou à passagem que ninguém além dela e das crianças conhecia.

— A gente está no mar! — disse Owen.

Heather não tinha certeza do que esperava e ficou assustada quando o carro começou a encher de água salgada.

A água ia para lá e para cá ao redor dos seus pés

O Toyota continuava seguindo-os.

Olivia e Owen saíram do chão do carro conforme a água subia.

Estavam na metade do caminho.

O snorkel do Porsche funcionava bem.

A corrente os levantou e começou a carregá-los.

A corrente voltou a abaixá-los.

— Merda!

Os pneus perdiam e ganhavam tração.

O Toyota continuava a perseguição.

Já tinham atravessado dois terços do caminho.

— Tubarão! — disse Olivia, sentando-se alerta.

Heather abriu o canivete e o segurou na boca. Tinha pena do maldito tubarão que ousasse se meter com ela agora.

Vamos lá. Vamos lá.

Água.

Terra.

Água.

Vamos lá. A gente está voando! Debaixo da asa do corvo. Sob a lua em formato de foice. Estamos nadando. Com os peixes e os...

Não... Estamos dirigindo. As rodas estavam girando; haviam chegado à areia.

— Sentiram isso, crianças?

Ela atravessou a arrebentação.

Algo sólido debaixo das quatro rodas. Estavam na praia. No continente!

Ela olhou para o retrovisor.

O Toyota estava logo atrás, aproximando-se para uma última batid...

Não.

A Hilux perdeu tração, atingiu uma onda e virou.

Heather ligou o iPhone. Não tinha a menor ideia de que, em Seattle, Carolyn *havia* ligado para Jenny, a representante do congresso, e de que a polícia de Victoria andava procurando por eles na área onde o GPS do Porsche tinha emitido o último sinal. Se ela conseguisse rede no celular, seriam resgatados em minutos.

O celular acendeu.

Tinha três por cento de bateria.

Ela dirigiu duna acima numa estrada litorânea deserta e descobriu que tinha uma barra inteira de sinal de banda larga. Havia uma mensagem de Carolyn sobre *Star Trek: Voyager*.

— O telefone está funcionando? — perguntou Olivia.

— Está — respondeu Heather e ligou para 000.

50

*E*ra um sonho. Não tinha como aquilo ter acontecido de verdade.
Tom tinha sonhado com eles do outro lado do mundo.
E ela havia sonhado com todos de volta em casa.
Estava escuro lá fora. As crianças dormiam.

Ela colocou a caneca de chocolate quente de volta na mesinha de centro, ao lado de uma caixa da Dunkin', um exemplar do *Seattle Times*, um canivete de ferro meteórico e uma longa carta de Carolyn com letras de músicas.

Ela se levantou e espiou pela fresta das cortinas. Não havia van de nenhum canal de TV lá fora hoje. Ontem foi a KIRO 7, e, anteontem, a CBS.

A televisão estava ligada como uma vela contra a escuridão. No canal de compras, que era sempre animado, mesmo às três da manhã. Principalmente às três da manhã.

Tinha trabalho a fazer. Formulários a assinar. A polícia de Victoria e o governo da Austrália não poderiam ter sido mais gentis. Depois de ter recebido alta do hospital, deixaram-na ir embora. Acreditaram quando ela disse que voltaria para qualquer possível julgamento.

A verdade é que ela não sabia se, *de fato*, voltaria. As crianças não deviam passar por tudo aquilo. Agora, seguros em casa nos distantes

Estados Unidos, as duas dormiam. E os terapeutas e o Dr. Havercamp diziam que elas estavam se saindo bem, considerando o que passaram. As duas pararam de tomar remédios, o que já era alguma coisa.

Heather se sentou de volta no sofá e zapeou pelos canais.

Quinhentos canais, mas, de madrugada, nada era tão alto-astral quanto o canal de compras.

Estava pensando em ligar para lá e comprar um espanador com um cabo de plástico bem comprido quando ouviu um barulho no alto da escada.

— Você está aí embaixo? — perguntou Owen.

— Estou aqui, meu amor.

— Eu ouvi alguma coisa.

— Fui eu, estou acordada aqui na sala, vendo TV. Fica aí. Vou subir.

Ela conferiu Olivia, que dormia profundamente. Colocou Owen de volta na cama e lhe deu um beijo na testa.

— A gente pode visitar a vovó e o vovô na ilha de Goose esse fim de semana? — perguntou ele.

— Claro que pode, mas é capaz de a vovó querer fazer um quadro seu. E eu sei que você odeia essas coisas.

— Não tem problema — disse Owen.

— Então tudo bem, meu amor. Tenta dormir de novo.

— Vou tentar. Eu estava pensando aqui. A Olivia tem razão numa coisa.

— No quê?

— Ela disse que você até que canta bem.

— Disse, é?

— Ã-hã. Você devia cantar em algum lugar. Tipo num café ou algo assim. A gente iria te ver.

— Quem sabe. Boa noite, Owen.

— Boa noite...

— Não precisa dizer.

— Mas eu vou.

— Mas não precisa — insistiu Heather.

— Eu quero.

— Menino, eu não preciso disso, de verdade.

— Boa noite, m... ã.. e — disse ele, rindo e sussurrando as letras como se fossem um feitiço.

Ela voltou lá para baixo.

Pensou nos O'Neill. Tinha lido ontem que havia uma proposta para remover toda a família da ilha Holandesa enquanto os oficiais do governo de Victoria investigavam os títulos de propriedade. Disseram que havia a possibilidade de devolverem a terra para seus donos nativos, o povo bunurongue.

Talvez algo de bom pudesse vir de tudo aquilo.

Talvez.

Ela abriu a porta e a tela da frente, sentou-se na escada da varanda e acendeu um cigarro.

O oeste de Seattle estava calmo. O estuário estava calmo.

A lua lá em cima brilhava tanto que dava para ver as montanhas nevadas do Parque Nacional Olympic. Havia um corvo no fio de telefone em frente à Starbucks.

Ela sabia que não era o mesmo corvo. Só as pardelas faziam a jornada da Austrália até aqui. Corvos não.

Mesmo assim, ele olhava para Heather como se a conhecesse. E dar um oi não custava nada.

— Oi — disse ela.

Ela terminou o cigarro e, quando deu por si, estava trancando a porta, guardando a chave no bolso e atravessando a rua até a praia de Alki, deserta àquela hora.

Dava para ver sua respiração sob a luz da lua.

A praia estava imaculada; o verão se aproximava, por isso passavam ancinhos na orla toda noite.

Tirou os *slip-ons* da Converse e, com os dedos enfiados na areia gelada, colocou-se sobre um dos rastros de ancinho.

Levantou uma perna e deixou a Terra rotacionar lentamente sob seus pés.

Respirou e expirou.

Para dentro e para fora.

Deixou a tensão se aliviar nos seus ombros. Em particular o esquerdo, que ainda doía.

Lembrou-se da palavra makah para água que sua avó havia lhe ensinado: *wa'ak*.

Sua avó estava morta, e o último falante nativo de makah tinha falecido havia alguns anos. Ela pensou naquela outra palavra mágica que ainda tratava com extremo ceticismo.

— Mãe — disse e sorriu.

Ainda era tudo verdade. Ela era muito jovem. Não havia nem chegado a ser tia ou babá. Mas, às vezes, as pessoas são incumbidas de certas missões e, às vezes, levam jeito para a coisa.

Enrolou as calças de moletom até os joelhos e entrou na água opaca.

Estava gelada.

Bem gelada.

A praia parecia meio sombria.

Ela estava ali sozinha na escuridão, embora, na verdade, não houvesse o que temer. Heather era capaz de cuidar de si mesma e da sua família. E aquele era o seu lugar. Sua casa.

Uma brisa agitou a calmaria.

Ela se abraçou e percebeu que estava chorando.

Lágrimas escorriam pelas suas bochechas e caíam na lua crescente refletida nas águas do estuário de Puget.

Olhou para o leste, em direção ao restante do continente.

Ainda faltava muito para o nascer do sol.

Mas era só esperar.

Paciência era uma arma.

E, para quem espera o bastante, o amanhecer sempre chega.

AGRADECIMENTOS

Eu deveria dizer aqui neste encerramento que, embora a ilha Holandesa seja um lugar real (com um nome diferente), as pessoas que vivem lá são diferentes dos habitantes descritos em *A ilha*. A geografia não foi alterada pela ficção, mas os moradores, sim. Morei em Melbourne de 2008 até 2019 e posso garantir que Victoria é o estado mais amigável da Austrália.

Este livro não teria sido escrito sem a ajuda do meu agente e amigo Shane Salerno. No celular, um dia, Shane e eu estávamos falando de filmes, como sempre, e eu contei sobre um momento do filme *Amargo pesadelo* que aconteceu comigo na vida real certa vez: enquanto dirigia pelo interior da Austrália em uma ilha muito isolada e habitada por uma grande família, uma mulher usando um aparelho auditivo apareceu do nada na estrada e eu desviei para não a atropelar. Meio que brincando, falei para minha esposa, Leah, que, se a tivéssemos atropelado (o que graças a Deus não aconteceu), não teríamos saído vivos de lá. Quando contei essa história para Shane, ele disse: "Que nada, você *atropelou* a mulher *sim*. Esse vai ser o seu próximo livro." Shane conduziu este livro através de vários rascunhos durante a quarentena da covid, quando a última coisa que eu queria fazer era escrever. Quem é sortudo o bastante para ter Shane Salerno por perto é uma pessoa realmente privilegiada.

Da Little, Brown, quero agradecer a Michael Pietsch e Bruce Nichols, que são adoráveis e verdadeiros defensores de seus autores. A Little, Brown sempre apostou muito na arte e nos artistas, e a equipe inteira sempre foi uma grande fonte de encorajamento. Craig Young, especificamente, tem sido um amigo e protetor desde o começo, além de ser uma força da natureza que conduziu o navio através da tempestade num momento em que tenho plena certeza de que eu não era o único autor tendo problemas para lidar com a pandemia. Quero agradecer à minha editora, Tracy Roe, com quem duelei e dialoguei às margens de *A ilha*.

Preciso agradecer a toda a minha família na Irlanda por torcer tanto pela minha escrita, especialmente à minha mãe, Jean McKinty; a minhas irmãs e irmãos, Diane, Lorna, Rod e Gareth; à minha tia, Catherine; e a todos os meus sobrinhos e sobrinhas pequenos de lá.

Sou muito sortudo de ter feito vários amigos na indústria da escrita de thrillers criminais e na comunidade literária em geral, e quero mencionar Don Winslow, Steve Hamilton, Steve Cavanagh, Diana Gabaldon, Stu Neville, Daniel Woodrell, Brian McGilloway, Liz Nugent, Gerard Brennan, Ian Rankin, Val McDermid, Abir Mukherjee, Jason Steger e muitos outros que a restrição de espaço me impede de citar, mas que sabem que os amo.

Um enorme agradecimento a Jeff Glor e a toda a equipe da CBS News por me deixarem tão boa-pinta em rede nacional (uma edição habilidosa e efeitos especiais devem ter sido usados neste caso). Agradeço a todos os meus amigos e família dos Estados Unidos, especialmente à minha madrasta, Susan Vladeck.

Quero deixar um breve agradecimento a Salman Rushdie e James Ellroy, que entrevistei pouco antes da crise da covid e a quem apresentei o conceito de *A ilha* para ouvir algumas opiniões. Ambos me deram ideias que entraram no livro.

Este livro foi escrito durante a quarentena com a minha família num apartamento minúsculo na cidade de Nova York. Meus dois gatos adotados, Miggy e Jet, merecem uma menção porque ficavam lá acordados comigo até as três da manhã, quando todo mundo já tinha ido dormir. Quero agradecer a minhas filhas maravilhosas, Arwynn e Sophie, por me fazerem sorrir, darem os melhores abraços e manterem minha sanidade. Por fim, quero agradecer à minha linda esposa, Leah, por fazer parte dessa tal âncora emocional e por todos os anos de amor, apoio e por rir das minhas — notoriamente hilárias — piadas.

Este livro foi composto na tipografia Palatino
LT Std, em corpo 11/16, e impresso em
papel off-white no Sistema Cameron da
Divisão Gráfica da Distribuidora Record.